感谢我的世界里，你曾来过

顾七兮 著

内蒙古出版集团
远方出版社

图书在版编目(CIP)数据

感谢我的世界里，你曾来过 / 顾七兮著 . —呼和浩特：远方出版社，2016.7
（紫水晶情感小说系列）
ISBN 978-7-5555-0729-1

Ⅰ . ①感… Ⅱ . ①顾… Ⅲ . ①长篇小说 – 中国 – 当代 Ⅳ . ① I247.5

中国版本图书馆 CIP 数据核字（2016）第 150296 号

感谢我的世界里，你曾来过

作　　者	顾七兮
责任编辑	刘洪洋
出版发行	内蒙古出版集团　远方出版社
社　　址	呼和浩特市乌兰察布东路 666 号　邮编 010010
电　　话	（0471）2236471 总编室　2236460 发行部
经　　销	新华书店
印　　刷	北京富达印务有限公司
开　　本	650mm × 940mm　1/16
字　　数	200 千
印　　张	17.5
版　　次	2016 年 7 月第 1 版
印　　次	2016 年 7 月第 1 次印刷
标准书号	ISBN 978-7-5555-0729-1
定　　价	29.80 元

目录

引言

南茜说过："吸引不了男人的女人是失败的女人，没有婚姻的女人是不完整的女人。"南茜还说："米多多，恭喜你，这两样你都不缺，你算是个成功的完整女人了。"

米多多只是轻轻地扯了下嘴角，将那些苦涩吞咽进肚子里，淡淡地回道："婚姻，不是你想象中那么简单的。还有，一个完整的女人，也不只是一场婚姻而已。"

南茜伸出纤纤玉手，点了点米多多的额头，意味深长地说道："亲爱的米多多，莫非你的婚姻已经提前出现七年之痒了？"

米多多只是淡然一笑："痒不痒也只有自己清楚，别人是看不出来的，至少我看着挺好的。"

南茜看着米多多许久，最终不动声色地叹息一声："不管怎么样，米多多你要记住，女人的幸福是靠自己拼出来的。生命不息，战斗不止，永远不要轻易放弃。"

第一章 相爱的那些年

“多多，今天去咱妈家吃饭。”林默言温和的嗓音透过话筒清晰地传到米多多的耳中，她不动声色地皱眉看了眼电脑屏幕，犹豫道：“默言，咱们能改天去吗？我明天要交的设计稿需要改的地方很多，今晚可能要加班了。”

“多多，你又不是不知道我妈，她今天都给我打了三个电话了，你说能改么？”

听着林默言无奈的语气，米多多只好安抚道：“那我下班后直接去你妈那儿。你去的时候记得买点水果带上去呀。”挂了电话，米多多深深地叹了口气。

跟林默言结婚四年，米多多从一个被爸妈宠爱的姑娘变成林家的媳妇，从一个张牙舞爪的嚣张女孩儿渐渐蜕变成温柔贤淑的良家小媳妇。单身有单身的精彩，恋爱有恋爱的色彩，婚姻有婚姻的美好滋味，每一段人生都有着不同的美好景色。只有体验过了，再去看那些风景，才会明白人生百味的感慨。

米多多跟林默言是自由恋爱，在爱得如胶似漆的时候选择了进入婚姻殿堂。从一个人的生活，变成什么都是两个人一起做，婚后生活犹如泡在蜜罐里一般甜蜜。可惜这样的幸福只过了半年，就被急切要抱孙子的婆婆肖美凤给打破了。婆婆最初委婉暗示，米多多不懂；到后来的明示，米多多也只能装不懂；再到后来直接开口要孩子，米多多没法装了，只有含糊敷衍；最近更是每次回家都要提这件事，装傻、敷衍都搞不定。

米多多这一年也努力想要孩子啊，只是孩子是想要就马上能有的吗？

唉，真的是家家有本难念的经啊！

米多多下班后匆匆赶到林默言父母家，开门的是林默言的妹妹林佳楠。这个年方二十七，贪慕虚荣，做着明星梦，不肯踏踏实实好好上班的姑娘，每天就幻想着天降个“高富帅”带她一步登入豪门，从此衣食无忧。当然现在她也算衣食无忧，吃住在父母家，花钱伸手向父母要，是个标准的“啃老族”。

米多多本不是吝啬的人，对待自己的小姑子算和善的了，不时地给她买一些包包、香水等奢侈品小礼物讨她欢心。可是，自从知道自家亲亲老公竟然背着她动用小金库，每个月给自家妹子的高消费买单，米多多不由得动怒了。小姑子“啃老”她不敢管，也懒得管，可是这样“啃”自己的老公，实在不能忍受。他可以养他家妹子一时，如果她一直不肯好好工作，难道要养一世吗？再说夫妻两人之前就说好的，小金库的钱，谁都不能乱动，要留着给娃将来做教育基金呢。米多多跟林默言吵闹过后，收回了小金库的银行卡和密码。他虽然还是会不时从零花钱里省出来给自家妹子还信用卡，但是至少没太敢明目张胆了。夫妻之间重归于好。小姑子林佳楠却从此恨上了米多多。来林家吃饭，就算米多多再给她送礼物，她也没给过一个笑脸，好像米多多天生就该欠她似的。时间久了，米多多也懒得去热脸贴冷屁股了。

“哟，嫂子，你总算来了呀？”林佳楠嘴里敷衍地喊了句，嘴角挂着嘲讽道，“我还以为你今天不来了呢。”说着转过身去关门，鼻子里哼了声，“饿死我了，饭菜都凉了。”

“爸、妈，不好意思我来晚了，路上有点堵车。”米多多换好拖鞋，歉意地看着肖美凤和林更胜。

“没事，赶紧过来坐吧。”林更胜笑着朝她招招手。肖美凤瞅了眼米多多，视线飞快地在她肚子上打了个转，脸色冷了几分道：“过来坐吧，赶紧趁热把汤喝了。”

米多多一听到“汤”这个字，头皮就发麻，求助地看向坐在肖美凤旁边给她使眼色的老公林默言。天哪，她真不想喝这乱七八糟的汤啊！这一年，肖美凤已经给她炖过无数“黑暗”求子偏方的料理了，上次她喝完上吐下泻大半夜去医院挂急诊——食物中毒来着。

“怎么不过来？”看着米多多满脸的不情愿，肖美凤的脸立马就拉了下来，“让你喝汤还不是为了你好？要是你肚子争气，我用得着这么费劲去给你搞药方吗？”说着把端着的碗重重地往桌子上一放，“我容易么我？”

“妈，我……”米多多赔着笑，刚想张口解释，肖美凤没好气地打断，“妈什么妈，我可没福气受你这声‘妈’！连个孩子都生不出来，娶你回家摆着看的呀？”

米多多委屈地看着林默言，深深地吸了口气，强压心头的怒火和脱口而出的顶撞，道：“妈，孩子的事我们也在努力，这不是要看缘分么。”

“缘分？一直没缘分，你就不生了是不是？”肖美凤气得捶胸，“你知道街坊邻居是怎么传的吗？说我们林家娶了个不会下蛋的母鸡，在默言这一代要绝后了！”

米多多沉默，结婚四年不生孩子，在老一辈眼里真的就这样罪大恶极吗？

“妈，您别生气，多多喝就是了。”林默言温润地安抚着肖美凤，招手喊道，“多多，你看你，惹妈生气了吧？赶紧过来多喝两碗赔不是。”

“喝喝喝，喝再多，不会生还是不会生呀。”林佳楠嘲讽道，“妈，你指望嫂子生，还不如指望我早点找个好老公嫁了，保准一年生一个，三年抱俩。”

“小楠，你一边玩去，别添乱。”林默言瞪了一眼幸灾乐祸的林佳楠喝止道，转过脸看着米多多催促道，“多多，赶紧过来喝。”

米多多深深地看了一眼林默言，默不作声地走过去，在肖美凤的注视下，面无表情地端起那一碗黑乎乎的药汤，一鼓作气喝了个干干净净，将不剩药渣的碗轻轻地放回了肖美凤面前。“妈，您看，多多喝得多干净呀，您别生气了。”林默言讨好地拉了拉肖美凤，又给父亲林更胜使眼色，“爸，咱们准备开饭吧。”

米多多只觉得心里委屈，眼睛酸涩，克制不住地想掉眼泪。林默言悄悄在桌子底下握住她的手，轻轻地拍了拍，算是安慰。

这个男人在结婚第一年的时候，会理直气壮地跟肖美凤说：“妈，我单了二十七年，才刚刚过上幸福的生活，您就让我们两人世界甜蜜一段时间呗！”

第二年的时候，他会嬉皮笑脸地跟肖美凤说：“妈，知道您急着抱孙子，咱们不正在努力嘛！”

第三年的时候，林默言俊朗的眉宇间带着一丝阴郁，对肖美凤敷衍道：“妈，咱每天都有做功课努力的，您很快就可以如愿了。”

可是一年年挥汗如雨的耕耘，换得颗粒无收的结果，他终于也默认了问题出在米多多身上。所以，第四年的时候，他悄然地跟肖美凤站到了一个队列中，不再阻止她给米多多吃那些没安全保障的偏方，也渐渐容忍肖美凤对米多多冷嘲热讽和话语越来越尖酸刻薄。

这顿晚饭吃得实在有些难以下咽，米多多胃里直犯恶心，好不容易熬到结束，她抢着奔去厨房洗碗，“妈，我来收拾好了，您去看电视吧。”

肖美凤也没客气，语气凉凉地道：“你一会儿把这剩下的五服药带回去，每天泡半个小时，熬一个小时，早晚各吃一次，每次要一碗哦！”

“好。”米多多乖巧地应了一声。拿回去了，煮不煮这事就她说了算了。

收拾妥当又赔着笑脸听了许久肖美凤叨念的怨气与不满，米多多好不容易从林家回到她跟林默言的家。她深深地叹了口气，直奔电脑前，打开绘图软件就开始加班。明天要交这个季度主打款式图，她还有一些图片没有处理完。

一张图的色还没上完，林默言已经开门回来了，他拧着俊眉看了一眼米多多，见她聚精会神地处理图片，不由得道：“你怎么还不洗澡？”

每一对夫妻或者情侣都会有属于自己特定的小秘密跟小暗号。结婚四年来，林默言跟米多多要亲热的暗号便是“你怎么还不洗澡”。相反，米多多如果想要跟林默言亲热，会甜腻腻地撒娇道：“老公，我已经洗得香香的哦，你睡不？”这样两个人便会心照不宣地走上种地收娃之路。

“默言，你回来了？”米多多忙里偷闲地抬脸扫了眼林默言，低下头，手指又飞快地在键盘上敲打起来，根本就没注意听他刚才话语里的暗示。

“米多多！”林默言在米多多走后又被老妈肖美凤拎着耳朵大训了一通，肚子里正憋着满满的火气无处发，瞅着米多多专注工作的模样更是上火。他暗示过，也跟米多多沟通过，希望她辞去这份工作，不要总是对着电脑坐着，多多运动，好好调理身体，专心要个孩子，毕竟两个人都三十多岁了，除了第一年避孕故意不想要外，两个人可是实实在在地耕耘了三年了。功课没少做，补品没少吃，米多多的肚子就是没动静。其实不但肖美凤急得上火，就连林默言也有点担心了，如果不是米多多跟他好的时候是处女，他甚至都要怀疑，是不是米多多之前流掉过很多孩子而怀不上。不然按照正常逻辑，两个人体质都棒棒的，要个孩子一点儿难度都没有。意外怀孕的那么多，随随便便不要孩子的那么多，偏偏他们家求子心切，却怀不上。

林默言沉闷着俊脸一言不发地直接将她的电脑关了。“你干什么？”米多多恼火地瞪着林默言。坑爹啊，她都没保存的！

“干什么？！你看看现在几点了？”林默言没好气地伸手指着墙壁上的钟道，“现在都 10 点了，你还不洗澡睡觉？”

米多多顺着林默言的手扫了一眼墙壁，又把视线淡淡地落在他脸上，明白了他话里的弦外之音，撇撇嘴道：“我今天跟你说了的，明天这批设计稿要交稿、定稿的，晚上我要加班。”种地造娃也不差这一晚上，今天米多多实在是没有那个时间，也没有那个心情。

“米多多，你什么意思？”林默言沉下俊脸。

“没什么意思，字面上的意思。”米多多心里也来气了，怄气说完又径自打开了电脑。

“林默言，你到底想干吗？”米多多瞪向再一次粗暴合上她电脑屏幕的林默言，语气不善地拔高音调。

“米多多，这话该我问你！”林默言淡扫了眼米多多，“你什么意思？”

“我说了，我没什么意思，我要加班。”米多多耐着性子一字一句地看着林默言道。她今天可真不想跟林默言争吵，她是真的忙。

“我妈说，你喝药了，咱们得同房。”林默言面不改色道。

“没心情。”

“米多多，你是不是想吵架？”林默言不耐烦道。

“林默言，你是不是想吵架？”米多多转过脸正色道，“你明知道我今天忙得要命，你还跟我烦？”

“要是你肚子争气，怀上了，我至于跟你烦吗？”林默言气恼道。

“林默言，你妈没文化，我不计较，你也没文化吗？没上过生理课吗？”米多多本来在林家就憋了一肚子的火，只是强压下去，现在被林默言这话气得够呛，再也压不住了，“怀娃是两个人的事，你光知道说我，你自己就肯定没问题？指不定就是你的问题！”

“就是你有问题！”林默言一听这话脸都绿了。凡是正常男人听到老婆指责自己有问题都会恼怒，男人最不能忍的就是两件事：一是绿帽子；二是你有问题，不行。

“林默言，你不要不讲道理。我们之间到底谁有问题，明天去医院做检查再说。”

“要去你自己去。”林默言瞪了眼米多多，“我才不陪你去丢人。”

“林默言，”米多多气得浑身发抖，“去医院检查你就嫌丢人了？你妈拉着我去求那些乱七八糟的偏方的时候，你怎么不嫌丢人？”

“米多多，我懒得跟你吵，今天我就把话搁这儿了，你今年要是再怀不上，我妈让咱们离婚。”

“离婚？”米多多冷哼道，“林默言，这是你妈的意思，还是你的意思？”

“有区别吗？”林默言烦躁道。

“当然有！”米多多深吸了一口气，看着林默言，“如果是你妈的意思，那咱们都去医院做一次全面检查，看看到底是谁的问题。如果是你的意思，那检查都不用做了，也不需要等到今年怀不上了，咱们明天就去民政局离婚好了！”

“米多多，你什么意思？”林默言气急败坏地砸了茶几一拳。

“林默言，我们分开冷静冷静。”米多多知道自己跟林默言此时都已经怒火冲天，不再适合继续谈话。再说下去只会越吵越激烈，然后两个人开始相互指责对方的不是，最后就算能和好，那些吵架说出来的话，那些伤人的话，也都在彼此心底留下深深的印记。一次可以消弭，两次可以淡化，三次、四次、五次……随着次数越来越多，两个人的感情会随着吵架变得越来越伤不起，最后吵得疲惫了，大家都会厌倦，然后想着放手、解脱。

虽然每一段感情开始的时候都是奔着想要一辈子在一起去的，哪怕一辈子争吵也不想离开。但是，随着时间的推移，随着岁月流逝划过的痕迹，两个人之间的磨合，相互隐藏起个性贴合的过程是疼痛的。能熬过去的，便相融了，相濡以沫一生；熬不过去的，只有彼此放手，相忘江湖，重新去找寻那个契合自己的另一半。

米多多一直觉得自己很幸福，茫茫人海中，她能在适合的年纪，遇到自己喜欢的人，门当户对，没有刁钻的婆婆，更没有那些乱七八糟的前任搅和，顺风顺水地步入婚姻的殿堂，婚后的日子也是如胶似漆，举案齐眉。可是米多多真的无法想象，因为没有孩子，她所认为的幸福生活，竟然这么不堪一击。

“离婚”两个字，说出来很轻巧，但杀伤力却是无法估量的大，至少这一刻在米多多的心里，如同深深地扎了一根刺，按下去，尖锐刺疼；拔出来，鲜血淋漓。

骄傲的米多多真的无法接受“离婚”两个字会从自家亲爱的老公嘴里说出来，而且离婚的理由竟然是这么可笑。

米多多真的从来没有想过，她会被“离婚”两个字伤得失去理智。

米多多快速收拾了电脑，又跑去卧室收拾了替换的衣服，匆匆抓着包包便要开门出去。此刻，她真的一分钟、一秒钟都无法跟林默言待在一起。

“你又想玩离家出走？”林默言快一步拦住了米多多的去路，拽住她，转身蛮横地锁上了门。米多多跟林默言结婚这四年来虽然没怎么大吵，但是小吵、争执是在所难免的，尤其上次动用小金库事件，让一向好脾气的米多多离家出走了半个月，林默言急得差点把整个 S 市给翻遍了，才找到躲在闺蜜家的媳妇，好说歹说总算哄回了家。林默言对米多多离家出走这样的行为真的是又恼又怕。

“让开！”米多多咬牙切齿道。

“米多多，你今天敢走出这个门，以后就别回来了！”林默言想到上次米多多负气离家出走就心有余悸。他这个媳妇吵架了不躲回娘家，怕爹妈担心；也不去公司附近，怕同事看到笑话；就会去找她的好闺蜜南茜。偏偏这个南茜天生跟他八字不合，林默言压根没办法从她嘴里知道米多多的任何消息，也别指望她会劝米多多回来跟他好好过日子。而且更可气的是，这丫头属“兔”，喜欢整好几个窝，林默言还真没办法全找到。上次，如果不是米多多最后心软，主动提供台阶给他下，让他有机会哄，估摸着躲个一年半载的林默言都找不到。

“不回来就不回来！”米多多赌气道。

“米多多，你本事了，敢离家出走了？”林默言嘲讽地勾着嘴角，挑眉道，“那你本事再大点，有种把家里的银行卡、钱、钥匙都给我留下。”

“留下就留下！”米多多胡乱地翻开自己的包，手忙脚乱地打开钱包，把银行卡、钱、车钥匙一股脑儿地找出来朝林默言身上丢去，“满意了？”

林默言俊脸微变，盯着米多多半晌，“你今天铁了心要走？”不等米多多回话，又接着道，“你要真走出这个门，咱们明天就去民政局离婚！”

“林默言，你想离婚很久了是不是？”米多多俏脸一白，眸子死死地盯着他，“你现在激怒我，就为了给离婚找借口是不是？”

“我至于为离婚找借口吗？”林默言挑挑眉，带着几分讽刺道，“因为你不会生，我早就可以甩你几百次了。”

“你放屁！你才不行！”米多多气急败坏地朝林默言甩过去一巴掌，林默言眼疾手快捏住她的手腕，力道之大，恨不得把米多多的手腕给捏碎了，让米多多忍不住俏脸大变，吃疼地“嗞”了声，“浑蛋！你放手！”

“米多多，你再说一次！”林默言眼眸内拄着隐隐的愤怒，好像要把米多多给吞噬了似的。

“你大爷的，浑蛋！给我松手！”米多多边骂边伸手去掰林默言紧扣她手腕的手。男人的手劲异常大，尤其是处于愤怒阶段的他。米多多那点儿力量根本就没有办法把他的手掰开，只能胡乱地掐、抓，外加伸出腿去踹林默言。

林默言一边紧紧地拽着米多多的手腕，一边还要闪躲她不分轻重胡乱地往自己身上踹的脚。本就愤怒，这下被米多多这样撒泼的态度更是激得失去了理智，他的动作越发地粗暴，手脚并用地去制伏米多多，两个人就这样毫不顾忌形象地厮打在了一起。

米多多一只脚踹出去，被林默言拽住，另外一只脚失去平衡，身体不稳地往后倒下去，林默言见机毫不犹豫地欺身，来个饿狼扑虎，将米多多结结实实地压在了身下。米多多后脑勺撞在地毯上，头晕眼花的她毫无招架之力地翻了翻白眼，“林默言，浑蛋，你放开我！”

林默言气急败坏地伸手掐着米多多的脖子，“米多多，什么叫不行？”

“你不行！你无能！”米多多头脑发热，这话冲口而出。被掐着脖子的她俏脸因为窒息而红白交替。

瞅着米多多大气渐渐衰竭，林默言松开手，一把捏住她的下颚并高高抬起，毫不犹豫地俯下身粗暴地吻住她愤怒的俏脸：“老子告诉你，什么叫行！”

米多多奋力地躲开林默言这样粗暴不堪的吻，用尽全身力气挣扎，奈何男女体力上的悬殊让她被迫承受林默言毫不温柔的纠缠。这与其说是吻，倒不如说是啃、咬。林默言带着怒意，带着征服的欲望，强势、粗暴地撕开米多多的衣服，毫不迟疑地、没有任何前奏地向她袭来。

米多多没有办法，只能抽出来两只手，乱抓，乱打，在林默言的俊脸和脖子上留下几道深深的抓痕。林默言疯狂地要用行动来证明自己到底有多行。米多多只能死死地咬住自己的唇，泪眼蒙眬地望着林默言，心里涌现无尽的委屈和悲愤。虽然她跟林默言是夫妻，滚床单这事婚后四年也做了不少，尤其这一年为了孩子，更是除了“亲戚”光顾外，经常做功课。可是这不代表米多多可以接受林默言这样无理的对待。他今时今日的行为，完全就是一头冲动的野兽。

当林默言发泄完怒火后，米多多隐忍许久的眼泪终于克制不住了，无声无息地落了下来。林默言抽着面纸擦拭完自己，又习惯性地要给米多多进行清理，却在看到她的眼泪时顿住了。这无声的控诉远比米多多跟林默言大吵大闹让他心惊与震撼，“米多多，你哭什么？”

米多多伸手狠狠地擦了一把泪，泪眼婆娑地看着林默言道：“明天，我们就去民政局离婚。”家暴可以分为很多种，除了男人殴打女人，冷暴力、婚内强奸都算，而一旦发生了第一次，必定会有第二次、第三次……林默言刚才的举动，让米多多意识到了他的可怕。原来这个一向谦逊有礼的恋人，温文尔雅的模范丈夫，发起怒来竟然是这么可怕。幸福的时候，他可以把你宠上天，但是不幸福的时候，他便会拖着你一起下地狱。

看着米多多冷然决绝的表情，欲火泄了，愤怒也降了，林默言没由来地一阵心悸，他抓着面纸小心地讨好地道歉：“老婆，对不起。”

米多多毫不犹豫地挥开了他的手，面无表情地拖着酸涩的身体起来，“林默言，我现在不想看到你，你给我滚！”

林默言幽深的眸子盯着米多多看了半晌，张了张嘴，欲言又止：“老婆……”

“你别叫我，滚！”米多多粗暴地推开他，径直朝卫生间走去，“砰”的一声关上门，利落地上锁。

林默言不动声色地叹了口气，弯身将米多多扔得乱七八糟的物品小心地捡起来，整整齐齐地摆放进她的钱包，这一刻他有点后悔自己刚才精虫上脑。米多多是他心爱的姑娘，是他明媒正娶的媳妇，两个人携手在一起五个年头，从来没有像今天这样激烈地争吵过，更别说情绪失控地做出这样的事来。林默言知道，以米多多骄傲的性子，今天的事肯定要被她记恨上，他要想办法哄米多多，但愿媳妇不要生气太久。

“老婆，我错了，你不要生气了好不好？”林默言放低姿态走到卫生间门口敲门喊道，“你要生气，那你打我一顿好不好？”见米多多不接话，他继续自言自语道，“老婆，你不要生气了，我真的知道错了。”

米多多将自己泡在浴缸里，眼睛酸涩地看着自己身上那些触目惊心的“爱痕”，鼻子一酸，眼泪不争气地又流了出来，她深吸了一口气将眼泪擦干，沙哑着嗓子哽咽着回道：“林默言，我现在真的不想看到你，你滚好不好？”

“老婆，你让我滚哪儿去呢？”林默言见米多多总算是吭声接自己话茬了，忙嬉皮笑脸地接话。

“随便哪里，我就不想看到你。”米多多胡乱洗完，披着浴巾出来，越过林默言径直走到门口，将大门打开，“你滚不滚？

你不滚，我滚！”

“老婆，你来真的？”林默言当然不会让米多多这副样子出门，但是他知道米多多的性子，如果他不走的话，只怕她真能豁出去，就这样出去。

米多多紧咬着唇没有说话，态度异常的坚决果断，她真的没办法面对刚才施暴的林默言，至少短时间内看到他，心里就堵得发慌。

“老婆，你别生气，你不想看到我，那我先出去好了。”林默言一把拉住米多多，生怕她就这样跑出去，赔着笑脸道，“你赶紧去穿衣服，别冻着了。”说完无奈地走出家门，看着米多多毫不留情地锁门，大声地补充道，“老婆，我哪儿都不去，就守在门口，一直等到你气消了好不好？”

米多多连湿漉漉的头发都懒得擦，回到房间倒头就睡。她长这么大，一直顺风顺水的，跟林默言之间的夫妻生活，哪怕因为孩子的问题小有摩擦，但是总的大方向是没有错的。刚才的事件，是她三十多年的人生中最为恐怖的一段经历，因为窒息感让她觉得离死亡竟然那么近，如果林默言下一次发怒失手，那么自己是否还能继续活在这个世界上？

米多多知道自己的想法有时候有些偏执，或许林默言不过就失控了一次。人这一辈子这么长，总会有失控的时候，可是她就是没有办法轻易去原谅这个男人，至少在这一段经历淡忘之前，她真的没办法跟林默言继续在一起生活。

这一觉米多多睡得异常不安，梦中惊醒了好几次，翻来覆去地在床上熬到凌晨五点的时候，终于躺不住了。一起身，脑袋眩晕起来，她伸手摸了摸额头，滚烫，在家里药箱找出体温计量了下，三十八度五，估计昨晚没吹头发睡觉就发烧了。随手在药箱里找了盒感冒药吃了两颗，她就拿着包出门去上班。拉开门的时候并没有看到林默言，只是地上扔了一堆的烟蒂，她轻轻地踩过去，锁上门。

米多多跨进自己车的时候脑袋一阵眩晕，她在开车跟打车之间犹豫了下，最终还是强忍着不适果断地将车开出了车库。车速放缓行驶，倒也还算安全，只不过进公司停车场停车的时候发生了意外，为躲避迎面而来的车，她错把油门当刹车踩，“砰”的一声，撞上了安静停在车位上的一辆红色跑车。心里暗叫了一声“糟糕”，米多多昏沉的脑袋清醒几分。她忙下车查看，对面的车倒是没事，米多多的车头擦了大半，保险杠都撞歪了。当然更惨的是那辆红色跑车，被米多多撞得那叫惨不忍睹。

“你会不会开车啊？”对面那辆车的车主喋喋不休。米多多恼怒地回一句：“我会不会关你屁事，又没撞到你，你逆行出车库还好意思说话。”那车主心虚地快速离开现场，米多多叹了口气，忙打电话报警：“您好，我在 ×× 大厦停车场 B1，我撞车了。”她又简单地把事情给交代了下，“人没事，就停车的时候我技术不好，撞坏别人的车了。”

不一会儿警察就来了，简单拍照，又询问了下事故，然后打电话联系对方车主后才跟米多多说：“这宝马车主现在正赶过来。

虽然你是全责，但是事故责任鉴定书还是需要双方当事人签字确认的。你先把驾驶证、行驶证给我带回交警中队，等对方车主来了，一起来办理相关手续。”

米多多犹豫了下道：“你能把对方车主的联系方式给我吗？”既然要两个人一起去处理，米多多作为肇事者，当然要主动一些，赔礼道歉，免得等对方找上门来挨骂。

交警把对方车主的电话号码报给米多多，然后快速地撤离了现场。

米多多先给保险公司打了个电话，简单地说了下情况。估计那辆宝马跑车的修理费用不菲，她可不敢自己全部承担。保险公司要她的事故责任书以及出险记录，她把出险记录报了过去，事故责任书说好一会儿去交警中心处理。米多多挂了电话，长长地叹了口气，犹豫了下，手指还是快速地在手机上拨出了对方车主号码。“喂，哪位？”米多多接通电话，听到温润的男声，心里顿时紧张起来，结巴道：“喂，您好，能听到我说话吗？”

“说吧。哪位？什么事？”

“您好，我是米多多，刚才在停车场，我不小心撞坏了您的车。”米多多硬着头皮道。

“什么？是你撞坏了我的车？”对方没好气地说，“有没有搞错？你怎么开车的？我停得好好的，都能给我撞了？”

“￥#@￥”此处省略车主愤怒的言语若干。好不容易他出气了，语调平缓道：“你打我电话什么事？”

“交警说事故责任鉴定书要双方当事人一起签字才行，现在您是过来看看车子再去交警中队处理，还是咱们直接去交警中队处理？反正我是全责，您的车我会修好的。”米多多生怕对方又破口大骂，忙语言简练地说重点，要处理事故，然后她负责修车。

“我这几天出行得多不方便？”对方语气不善地说。

“对不起，我不是故意的。”米多多讨好地道歉。

“对不起有什么用啊？”电话那头又是一团火气，接着似乎又嘀嘀咕咕道，“就不该跟萧子显那小子换车，倒霉死了。”

米多多深吸了一口气，平稳下心情努力地将对方的话听清楚，清了清嗓子道：“先生，撞了您的车我很抱歉，您的损失我会尽量弥补。请问您是过来看了车子跟我一起去交警中队处理呢，还是我们各自去交警中队？”说完咳嗽了几声，她伸手捂了下发烫的额头，心里暗叫糟糕，本来就发烧，刚才受了惊吓出了一身冷汗，此时病情更严重了。她脑袋眩晕，嗡嗡作响，眼皮更是沉重得有些睁不开。听着对方车主喋喋不休的谩骂，米多多径直打断道：“先生，撞车的事我很抱歉，但是已经撞了，现在咱们还是想着赶紧解决吧。我在事故现场这边的负一楼咖啡厅等您一个小时，如果您不来，那我就不等了。”说完果断地挂了电话，她真的没心思听这个男人叽叽歪歪。

“喂，喂喂……”顾子辰听到电话传来嘟嘟的声音，不由得扯着嗓子喊了几声，接着抑郁地挂断电话，“都什么人哪？撞我车了，还不让我骂几句，真是太嚣张了！”他自言自语地说完后马上拿起手机给萧子显打电话，“子显，你把老子的车停哪里了？”

萧子显正色地回了句:“停车场啊！放心吧，不会有罚单的。”

“要有罚单老子也就不激动了，是被撞了啊！”顾子辰激动道，“你赶紧给我去处理。”

萧子显刚进朋友公司坐下，连秘书倒的咖啡都没来得及喝一口，接了顾子辰的电话愣了下，好半晌才在他粗鲁的骂声中明白了事情的始末：“你的意思是说，我停的车被人撞了？在停车场里被一个女人撞了？现在等着去处理？”

“是啊，赶紧的。”顾子辰催促。他此时后悔得要命，因为陪客户，他的跑车太拉风，所以找萧子显换了他的卡宴。本来萧子显不要开他的车，他非要显摆，要萧子显试试他的跑车性能，硬塞给人家的。结果这换车第一天，萧子显老老实实地开车，规规矩矩地停车，不想祸事找上门，在停车场都被人撞，简直就是史上最坑他顾子辰的事之一了。

米多多进咖啡馆找了一个靠近门口玻璃的位置，打着哈欠，拖着疲倦的身子坐了下来。她拿出手机，心里犹豫了下要不要给林默言打个电话告诉他。脑海里想到林默言昨日的暴行，米多多最终叹息了一声收回手机，点了一杯咖啡，本想提神，却没有想到却越喝越困，她感觉自己的脑袋嗡嗡直响，就好像要炸开的那种感觉，而她的眼皮也沉重得有些支撑不住，感觉马上就要昏厥倒下。

第二章 第二次洋溢心动

“米多多小姐？”正当米多多等得不耐烦要离开时，看到一个陌生来电，她边接电话边稳住昏沉的脑袋坐回了椅子上，“喂，您好，我是米多多。”

“这里。”那个温润的声音不但透过话筒清晰地传到了米多多耳内，更亲切得就好像在对面似的。米多多愣了下，转过脸，很难把眼前这个男子跟电话里被撞的倒霉车主联系起来。他看上去白白净净，清秀俊逸，年轻阳光的脸上有一双漂亮的桃花眼，而性感的薄唇此时挂着和煦的微笑，两颊竟然还有一对浅浅的酒窝。他朝着米多多走近几步，放下手机试探地问：“米多多小姐？”

米多多点了点头，随即道一声：“顾先生您好！”

萧子显认真地扫了一眼米多多，不动声色地摇了摇头，“米小姐，我不姓顾。”扯着嘴角不吝啬地展了个笑容道，“我姓萧，名子显。”

“萧先生？”米多多的秀眉微蹙了起来，“您是？”虽然她现在头晕眼花，大脑失去了思考能力，但是她并没有失忆，她记得撞的车主是顾子辰，这个姓萧的是怎么回事？

萧子显看着米多多一脸的茫然，勾着性感漂亮的嘴角邪气地一笑，道：“我是顾子辰的好朋友，他现在人在外地，全权委托我来处理车的事。”说着轻描淡写地补充了句，“正巧他的车今天也是我开的。”

“噢，萧先生，不好意思。”米多多赶忙站起来道歉。这时，脑袋一阵眩晕，还没来得及客套，她两眼一黑，整个人就直直地倒了下去。

“喂，米小姐你没事吧？”萧子显见状，眼疾手快，一把拖住米多多大喊了几声，可是米多多已然晕过去了。他伸手在米多多鼻间探了下，又摇晃了几下昏迷的米多多，“米小姐，米小姐？”

“先生，怎么了？”服务员忙关切地上前询问。

“这位小姐晕倒了，赶紧打 120。”萧子显抱住米多多，对旁边的服务员催促说，“赶紧的！”

“噢，好。”服务员忙打 120。

救护车很快到了，萧子显犹豫了下，陪着米多多去了医院。

检查结果显示，米多多是高烧引起的昏迷加急性肺炎。

米多多醒来的时候，入眼是一片雪白的墙壁。她转动着酸涩的眼睛四周看了一遍，毫不意外自己在医院，手上还打着点滴，床边坐着打盹的男人是他的老公林默言。

“咳咳咳……”米多多忍不住咳了几声，将他惊醒。“老婆，你醒了？”

“你怎么来了？”米多多沙哑着嗓子淡淡地问。

“我打你电话才知道你发烧进医院了，马上就赶来了。”林默言讨好地将凉好的开水端到米多多的面前，“来，喝几口润润嗓子吧。”

米多多看着他小心翼翼的样子，甚至还贴心地吹了几下才喂到自己嘴边，终究没说什么，张开嘴，很麻利地喝完了一杯水，她确实也口渴了。

林默言心里暗自松了口气。米多多虽然还在生气，但是至少愿意给自己道歉的机会了。只要自己有诚意，她心里的别扭很快就过去了，两个人又能够相亲相爱了。

林默言也觉得自己昨晚上做得过分了，他竟然失去理智，那么粗暴地掐米多多。看着她脖子上红紫的伤痕，内疚感油然而生，娶媳妇是回家疼的，这几年他一直都努力做模范丈夫，昨晚上却彻底颠覆了。他也后悔得不行，就差挖心表忠诚，宣誓绝对不会有下次了。

“老婆，你想吃什么？一会儿回家我给你做。”林默言讨好地问，随即自言自语道，“你刚发烧，还是吃清淡点的吧，我给你煲粥怎么样？”

米多多润了润嗓子，看着林默言犹豫了下道：“默言，我们分开一段时间吧。”

“什么？”林默言不可思议地看着米多多，“你没烧坏吧？”

“我现在不想看到你。”米多多深深地吸了口气，疲惫地闭上眼睛，“你走吧。”看到林默言，即使现在他衣冠楚楚，风度翩翩，谦和有礼，但是在米多多的脑海里，粗暴，残酷，差点要了她小命的恶魔的样子却是那样清晰，米多多一下子真的没有办法说服自己去原谅他，然后跟他依旧卿卿我我，若无其事地过日子，至少在现阶段她真的做不到。

或许这几年甜蜜的婚姻、温馨的幸福生活让米多多一直觉得自己像生活在美丽童话世界里的公主，而林默言则是那完美的王子。却不料昨晚那一幕，王子变成恶魔的化身。米多多现在对林默言有些恐惧，她只想先远离一段时间，淡化了那些不愉快，才能够将生活继续下去。

“米多多，你别任性了。”林默言拧着俊眉，语气无奈道，“昨晚的事，我真的知道错了。我向你保证，再也不会有下次了。你矫情下就算了，咱们继续好好过日子。”

“林默言，我承认这件事我任性、我矫情了，但是我真的没办法一下子原谅你。”米多多抬眸看向林默言，“死亡的窒息昨天离我那么近，看到你，我现在很害怕。”

“米多多，我保证不会有下次了。”林默言伸手宣誓，“如果下次我再动手打你，我一定自刎谢罪。”

“林默言，我相信你不会有下次。”米多多打断道，“但是问题是这次，这次我现在过不去，你让我冷静几天。”

“你要冷静几天？”林默言冷声问。

“我不知道。”米多多撇开视线。

“米多多，那你想怎么冷静？”林默言嘴角挂着嘲讽，“不想看到我？你的意思是我不回家，还是你不回家？”

“都可以。”米多多小声道，“你想回家，那我搬出去住几天；你想搬出去，那我回家。”

“米多多，你在说笑话吗？”林默言终于再次动怒，“我们夫妻两个好好的一起生活，你现在非要搞冷静？还想分居？你几个意思呀你？”

“我没什么意思，不想跟你吵。”

“米多多，所有夫妻都会吵架、打架。”林默言正色道，“但是所有夫妻不都是床头吵架床尾和吗？结婚这么几年，咱们就吵架这么一次，你就非得要较真儿、折腾吗？”

“是啊，所有夫妻都会吵架、打架。”米多多接话，嘴角挂着嘲讽道，“但是所有夫妻都会下狠手，恨不得掐死对方吗？”说完她认真地看着林默言，“吵架、打架，我都可以原谅你，但是你昨晚的行为是要我命啊，你让我怎么去原谅？看看我的脖子，要不要顺便在医院验伤？”

“米多多，你……”林默言被堵得有些哑口无言，“我都说了对不起了，也保证不会有下次了。”

“你走吧。”米多多叹息了一声，不再搭理林默言。

“米多多，你当真要冷静分开？”林默言见米多多的态度强硬，压根不吃这套，大男子主义不由地发作，语气也变得有些不耐烦起来。

“林默言，我是认真的。”米多多抬脸正色地看着他，“我并不是跟你开玩笑，所以你选下吧，你出去，还是我出去？”米多多就是较劲了,就是矫情了,就是没办法跟他同住一个屋檐下了。

“你爱怎么样，就怎么样吧。”林默言神色不善道，“但是，米多多，我今天把话放这儿，这一次我不会去找你回来。你冷静几天还不想回家的话，做好离婚准备吧。”

“林默言，这话也是我想对你说的。”米多多凄婉地朝他笑笑，“难得我们还能想一块去。”

“米多多，你存心要气死我是不是？”林默言气急败坏地大步走到米多多眼前，手下意识地高高扬起。

“还想动手打我吗？”米多多不避不让，神色淡然地看着他，“你再打一下试试。”看吧，男人一旦有了暴力动手的第一次，离第二次就不会太远了。

林默言漠然地放下手，“米多多，咱们就不能好好说话吗？”他刚才只是被气得下意识抬手而已，现在就算借他几个胆子他也不敢再动手打米多多这个较劲的姑奶奶了。

“林默言，我现在真的没有办法跟你好好说话。”说完，米多多嫌恶地撇开视线看向头顶上雪白的天花板。夫妻，本是世界上最亲近的人，也应该是相互扶持、相亲相爱在一起的两个人。可是偏偏这两个相互了解的人，一旦心里膈应，便会做出最直觉的反应，给对方造成无法避免的伤害。或许真应了那句话吧，最爱的人伤自己往往最深。

“随便你。”林默言丢下这句话，气呼呼地离开了病房。

米多多目送着他远去的背影，自嘲地勾着嘴角笑笑，就算矫情了怎么样？米多多就是这样的性子，她受够了委屈，家暴这件事不过让她找到了一个爆发点，把以往所堆积的不快一下子宣泄出来而已。再说，夫妻之间走到动手家暴这一地步，彼此确实需要冷静地反思下，要不然下次再情绪失控动手的时候，是不是得拿着刀子对砍呀？

米多多一个人在医院静静地挂完水，然后给萧子显打了个电话约好去交通大队处理撞车一事，最后毫不犹豫地给自己闺蜜打了个电话，“南茜，你在哪儿呢？”

“我在家赶稿子呢，我那个变态主编竟然要我写 ×× 跟 ×× 的周五见面绯闻时间解析，我快吐血了。”南茜接起电话就噼里啪啦地对米多多诉苦道。

“嗯，那好，你在家等我，我一会儿就过去。”米多多本想倾诉的欲望瞬间因为听到八卦消息而咽回肚子里，“那个绯闻稿，要是不想写，就不要写了。”何必为了别人而去勉强自己呢，尤

其是 ×× 啊，那个南茜隐婚中的相公。

这真是一对奇葩的夫妻，米多多感触颇深地摇摇头，每个人都有自己的生活方式以及所要面对的事情，如何选择，如何走下去，都只能是自己的事。

“好，我等你。”南茜匆匆挂了电话，继续敬业地写稿，哪怕这个绯闻主角是自己家那位“奇葩”。

米多多拔了针头就直奔交警大队，在门口碰见早到一步的萧子显。她歉意地笑笑：“萧先生，对不起，害你又多跑了一次。”

“无所谓。倒是你，你身体没事了吧？”萧子显随口问。

“没事了，咱们进去办手续吧。”米多多微笑着摇摇头，率先跨步往屋里走。对她而言，萧子显不过是一个萍水相逢的好心人，仅此而已，无须太过寒暄。

萧子显愣了下，随即跟上了米多多的步子。看着她纤瘦却又快步的背影，嘴角不自觉地勾着笑，又是一个新时代的女强人哪，才昏迷进医院挂水出来，就急匆匆地来处理交通事故了，也不知道她家男人是怎么想的？刚帮她接电话的时候，听着口气倒是很关切的样子，也不知道心疼自己的女人，还让她一个人打车。

不过别人家夫妻的事，萧子显也没兴趣深究，只不过腹诽下罢了。

办完手续，米多多再次朝萧子显真诚地道了歉，就匆匆道别了，“今天很对不起，感激您的原谅，后面车子的修理费用，我的保险公司会处理，对不起。”

萧子显无所谓地耸了下肩膀：“只要人没事就好了，你下次开车要注意安全。”礼貌地同米多多告别，萧子显走一段路之后才想起他的驾驶证好像还落在交警大队，忙又折身回去取。结果意外发现，米多多同样走得匆忙忘了拿。他拿着米多多的驾驶证认真地看了几眼，那证件照上清汤挂面的青涩模样，不由得扯着嘴角轻笑了下，“看她胸也不大嘛，怎么就这样没脑子呢！”

米多多打车直奔南茜家，深吸了一口气，平稳了下心情后才敲门。虽然她有这套房的钥匙，但是跟林默言吵架的时候，一股脑儿地扔了一地，后来也没来得及去寻便匆匆出门了。此时她有点后悔了，像钥匙、钱包、银行卡、手机这类的东西，无论如何都不能因为赌气而随便乱扔。要知道离家出走的时候，这些都没有的话，那真叫作寸步难行。想到“离家出走”这个词，米多多不禁摇头苦笑，她从来没有想过自己曾经一心一意想要守护的婚姻，准备相携到老的爱人，才不过几年的时光，她便已经心生绝望，甚至想要尽快逃离。而这次的吵架，只不过是引燃了一根导火线，爆发起来威力却是那么的大。

所以说，任何一段所谓永恒的感情，当初大家在一起的时候，浓情蜜意的时候，确实是想要永恒的，初衷也确实是想要甜腻一辈子的，只是随着时光的推移，两个人渐行渐远，最终那些所谓的承诺就变成了骗子说给傻子听的谎言。到底要用多大的心思，才能够维系住曾经的许诺？婚姻从来都不是情情爱爱便可圆满的，也不是两个人相亲相爱就真的可以顺顺当当地一辈子到白首。它跟恋爱的不同在于恋爱是一门艺术，需要用心打造浪漫，而婚姻却是一门技术活，它需要的是用心经营、彼此磨合，让 0.5+0.5 合成一个圆满的 1。只是磨合真的是一个很漫长的过程，一年、两年，抑或是五年、十年，漫长到无法去想象。米多多甚至不知道她跟林默言明天的路在哪里。此刻她只觉得触手可及的是黑暗和绝望以及心底破碎的冰冷。

米多多敲门等待的时候，脑海里想起南茜买第一套房子的时候两个人说过的话："亲爱的，我这套房的备用钥匙你一定要收好，哪一天我们工作或者感情不顺利了，这个窝将是我们回归的依靠。"那时候的米多多笑着摇头，打趣着南茜："亲爱的，你想多了，两个人的生活必然会比一个人过得好，我会幸福，你也会幸福，相信我们都会幸福的。不过钥匙我还是收了。"此时想起来，南茜真是太有先见之明了。这年头没有什么是永恒不变的，再铁的饭碗也有打翻的时候，更别说婚姻是要过一辈子的事，多多少少会有各种各样的问题。有这么一个小窝能够让自己黯然回归，实属一件难得的让人有安全感的事。

南茜蓬头垢面、打着哈欠开门，看到站在门外同样神色颓然的米多多，不由得一愣，惊诧地张嘴道："多多，你被打劫了吗？怎么这么狼狈？"

米多多深吸了一口气，优雅地伸手撸了下散乱的发丝，勉强地朝南茜挤了丝惨淡的笑，道："你才被打劫了呢。"说着绕过南茜走进屋里，在门口换鞋的时候轻描淡写道，“我可能要搬过来住一阵子。”

“等等，你说你要搬来住一阵子？”南茜忙跟着米多多进门，伸手拽住了她放鞋的手，“跟林默言又吵架了？”

米多多老实地点点头：“嗯。”

“又为了私房钱？”南茜漂亮的秀眉不动声色地拧了起来，“上次不是闹过了吗？”

“这次不是私房钱，是为了孩子。”米多多放好鞋子，对南茜说，“其实孩子也就是个导火线，我跟他之间问题挺多的。”

“姐姐，夫妻之间哪有没问题的？不就是床头吵架床尾和吗？”南茜翻了翻白眼，“我说你这个一吵架就离家出走的毛病得改改，要不然次数用多了，林默言肯定不乐意哄你了。”

“我……可能要离婚。”米多多犹豫着说出口。

“什么？离婚？我没听错吧？”南茜傻眼了，忙用力掏了掏自己的耳朵，“多多，你没跟我开玩笑吧？”

“你觉得我像开玩笑吗？”米多多伸手扯开脖子里的围巾，那些斑斑伤痕一览无遗地展现在南茜眼前，“我现在有点累，不想多说什么，让我休息会儿。”

“家暴？”南茜的声音一下拔高，“米多多，林默言动手打你了？”

“嗯。”米多多点点头，“茜茜，我真的很累，你先别问了，让我先休息会儿好吗？”

南茜看着米多多疲倦的身影直奔卧室，脸色极差，犹豫了下还是选择了不追问，心情复杂地回到电脑前又继续她的工作，炮制“奇葩”老公跟女明星的“绯闻”事件，脑海里却无法平静下来。当看到林默言的来电时，南茜头疼地皱着眉头接起：“喂，您好，南茜。”

“米多多是不是在你那儿？”林默言开门见山道。

“嗯，你们又怎么了？”南茜对林默言的态度随着米多多跟他吵架次数上升而越来越不善，闺蜜毕竟是心疼闺蜜，与闺蜜站在一条战线上。

“没什么，让她待着吧。”林默言说完不等南茜追问，果断地挂断了电话。

“喂喂，喂喂。”南茜一头雾水地扯着嗓子喊了几声，讪然地放下手机，看到米多多已经推门走了出来，忙撇撇嘴，“林默言给我打电话了，问你是不是在我这儿？”

“嗯。”米多多淡淡地应了一声，神色平淡地越过南茜的视线，走到餐桌边倒了一杯水喝。

“瞧这架势，他没打算来接你。”南茜犹豫下道，“多多，你真打算在我这儿住呀？”

“怎么？你嫌弃我？”米多多看着南茜，“要是你嫌弃，那我去酒店开个房间好了。”

“去去去，说的什么话！”南茜忙摆摆手，“我这里随时欢迎你入住。钥匙给你，你以为摆着好看的？”说完撇撇嘴道，“我是怕你跟林默言真的搞僵了。他上次来我这疯了似的找你，这次只是一个轻描淡写的电话，下次我怕他都要不闻不问了。”说完南茜忙捂着嘴巴，“呸呸呸，我可不是故意诅咒你们夫妻不和睦啊。”

“没什么的。”米多多放下杯子朝南茜窝着的沙发走了过来，“茜茜，在来这儿之前，我都没想过要离婚。”

“那你来我这了，就突然想离婚了？”南茜嘴角抽搐，忙摇手道，“我可是什么都没有跟你说啊，也没掺和你们夫妻之间的事。”

“别紧张，我也就是脑抽风说说。”米多多安慰地拍了拍南茜，“最多也就在你这住几天，冷静冷静。”

“说吧，什么事，搞得要离婚那么严重？”南茜挪了挪身子给米多多让出一些位置,“还有,林默言对你是不是真的家暴了？”

“其实也没什么事。”米多多避重就轻道，“他爸妈催着我们要孩子，我们的情况你又不是不知道，”说到这，米多多深深地叹息了一声，“不是我们不想要，只是现在怀不上嘛。”

“孩子的事又不能急的，这得看老天爷给不给。”南茜接话道，“你不会告诉我你们吵架了，然后动手了吧？”

“差不多吧。”米多多含糊道，“反正这几天我不想看到他，我想静静。”

“米多多，你看着我！”南茜一把拽过她，“你跟林默言好歹也算文化人，你们竟然吵架到动手？你看看你这脖子，这不小心会出人命的好不好？”看着那些触目惊心的伤痕，南茜不难想象米多多这会儿轻描淡写的“差不多”，当时争吵得是多么激烈。

“好了南茜，我不想说了。”米多多不耐烦地推开她，“当时吵得脑袋热了，什么都顾不得了嘛。”米多多虽然心里也后怕，林默言只要一失手，可能她现在就是一具冰冷的尸体，可是林默言毕竟是她丈夫，她跟南茜的闺蜜情再铁，也无法跟她说这些不堪的事。

“那你以后打算怎么办？”南茜正色问道。

“还没想好。”米多多说着视线看向南茜的电脑屏幕，惊诧道，“×× 惊现 ××× 公寓的劲爆内幕，周五见。”她的嘴巴张得大大的，“茜茜，你这样写会不会太过分了？”×× 好歹是她老公。

“我的职业操守让我必须这样写啊。”南茜无所谓地耸了下肩膀，“反正 ×× 不会介意的。”

“你们也真是一对奇葩。”米多多歪着脑袋半晌才正色道。

“你啊，管好你自己吧。”南茜转身又在电脑前开工，“不是我说你们两个，这么多年了，怀不上又不好意思去医院检查，老吃些乱七八糟的偏方，也不对症下药，不吃坏身体已经算奇迹了。”

“我大姨妈什么都正常，看什么医生啊？”米多多委屈道，“我跟林默言之前是避孕，不想太早要孩子，是最近一两年才有计划要的。”一年也就十二个月，哪会那么巧，说有就有。再者，家里给的压力那么大，让米多多甚至连运动的欲望都少了许多。

“正常情况来说，夫妻备孕一年没有怀孕，都属于有问题的。”南茜一本正经道，“像你们这样的情况，夫妻两个都得去看不孕不育科。”

“你才看不孕不育科呢。”米多多没好气地打断南茜，“说得跟自己是医生似的。”

“我不是医生，但是这些科普知识杂志上都有。”南茜笑嘻嘻地朝米多多扔过一本杂志，“根据相关人口协会系统调查，我们国家不孕不育患者已超过了4000万，占到育龄人口的12.5%，是20年前的4倍。所以亲爱的，你们那么想要孩子，去医院检查查看，不用害怕的，真的一点儿都不丢人的。”

“算了，先不说这个了。”米多多无奈地叹息了一声。或许南茜说对了，她跟林默言对于“不孕不育”这四个字是抗拒和害怕的，对于去医院检查也都有一种无法言喻的羞耻心，说得更白一点儿，或许就叫作讳疾忌医吧。

“那好吧，我不管你了。”南茜快速地收拾下电脑，交代道，“我一会儿回去那边拍点资料照片，晚上不要锁门，等我回来。”

“好。”米多多应了一声，目送南茜离开后，她便回卧室昏天暗地睡觉了，这几天她真的是身心疲惫，累到快要虚脱了。

萧子显给米多多打电话想约时间归还驾驶证，但她的手机一直处于关机状态，打了好几次都未果，他便放弃了。反正丢驾驶证的是米多多，该着急的也是她，不是吗？萧子显就不那么好心了。

第三章 走着走着就散了

米多多再次醒来的时候，已经是第二天日上三竿了，她从来都没有睡过这么久。昨晚上半夜，米多多脑袋一直迷迷糊糊地想着一些乱七八糟的事，恋爱、婚姻、孩子，还有未来的路到底要怎么走。下半夜的时候，米多多疲倦至极，连想都想不动了，沉沉地睡去，也不记得自己到底是做了什么梦，反正醒来的时候枕头上湿湿的。自从结婚后，她早已养成不用闹钟也能按时起床给林默言准备早餐的习惯。所以，早晨醒来，当她迷迷糊糊要穿衣起床做早饭时，却惊觉自己住在南茜家，她跟林默言在吵架、冷战，她完全不用起来做早饭。于是，米多多翻过身子，拉过被子继续睡了下去。而这个回笼觉睡得异常香甜。

“多多，你起来了？”南茜打了个哈欠道。

“嗯。茜茜，你昨晚几点回来的？”米多多一边快速地收拾自己，一边不忘记问神色憔悴的南茜，“怎么睡沙发上了？”

“嗯，回来继续工作。”南茜打着哈欠指了指电脑，“好不容易熬夜把这个专题给做完了。”

“那你今天好好休息吧，我要赶着去公司。”米多多拉上门匆匆地跑出去，她的手机昨天就没电自动关机了，今天又睡到这个点去公司，这几天工作态度实在是消极怠慢到于心不安，估计顶头上司气得肺都要炸了。

匆匆赶到公司挨了一顿臭骂，米多多诚恳认错，并且快速把延误的工作赶了出来，连午饭都没吃，饿着肚子加班加点，人仰马翻地过了一天。看到办公室的同事都走光了，米多多这才深深地吸了一口气，打开充满电的手机，一阵悦耳的铃声，铺天盖地的短信接踵而至，米多多心情复杂地一一点开那些来电通知，有南茜的，有爸妈的，也有公司上司跟同事的，甚至连那个萧子显都给米多多不同时段打了好些个电话，唯独没有林默言的任何短信和电话。米多多的心里有点说不出来的酸涩，林默言跟她在冷战，并且说好了两个人相互冷静，没有他的消息是一件极其正常的事，但是米多多就是难过，说不出来的失望。或许女人就是这样吧，明明很矫情地想要冷静，不想看到林默言，也不愿意看到他的消息或者电话，但是当他真的一点儿消息都没有的时候，米多多却难过起来。那种感觉就好像看到他，米多多会生气，会发怒，但是看不到的时候，却连发火的地方都找不到，只能生生地将一团怒火憋在心里，焦灼地焚烧着本就动怒的心，让怒火越来越旺盛。其实女人很容易哄，在她生气的时候，男人一个爱的拥抱就能化解她的不快，两个人很容易冰释前嫌，相濡以沫。

米多多不确定如果林默言能够耐心地哄着她，她是不是会回心转意，是不是会消气，把那一晚上发生的事风轻云淡地揭过去，但是她肯定林默言现在如她的意，什么都不做，让彼此冷静的做法，让她内心很抓狂。

米多多不断地深呼吸，平稳了自己的情绪，然后给爸妈、南茜等人一一回了电话去寒暄了几句，最后手机号码拨出萧子显的时候，犹豫了下，没等 接通就挂断了，然后若无其事地收拾包包下班。在米多多心里，跟萧子显的交通事故后续的事，交给保险公司去处理好了，他们没必要接触太多。

萧子显看到米多多的时候，正是下班晚高峰。由于堵车等原因，出租车甚少，拦不到车的她正往公交站台走去。犹豫了一下，萧子显拿起手机给米多多打电话，一边缓缓将车靠边停了下来。

米多多压根就没有听到放在包包里的手机铃声，她步履匆匆地奔向公交站，站在站台的公交牌前细细地看着公交线路，拧着秀眉一条一条地看过去，越看神色越凝重，这边去南茜家根本就没有直达的公交车。要转车的话，米多多太久没坐公交车，也不知道该怎么转，只能掏出手机百度，却意外地看到萧子显来电。米多多盯着手机屏幕许久，瞪着萧子显的名字，犹豫着要不要接。这个男人很奇怪，不就是一场交通事故嘛，昨天都去交警中心处理完毕，接下来的事是保险公司的估价和理赔，还有4S店的维修，跟米多多半毛钱的关系都没有了，他干吗昨天一直打她电话呢？

猜不透萧子显的企图，米多多还真不太想接电话，或许这就是很多安分的已婚妇女不愿意招惹乱七八糟的事的态度。虽然米多多跟林默言的未来黑暗，很难说到底会怎么样，但是此刻的米多多对陌生男士还是相当抗拒，她不想主动去招惹，哪怕他阳光帅气，人又和善可亲，甚至还对自己有过“救命之恩”——送昏迷的自己去医院。但是米多多毕竟已为人妻，不是那种天真烂漫的小女生，这么一来二去就可能有一场浪漫的邂逅，如果缘分更多点，甚至还能摩擦出爱的火花。该有的距离，米多多还是知道的，所以会自动止步。

萧子显看着米多多好像没有要接的意思，心里有点生气，他好心好意要还给她驾驶证，这女人到底怎么回事啊？拒人于千里之外，搞得好像他在纠缠着她不放似的。这次他就要跟她较劲、就要她领情，非要缠一缠她不可。

米多多看着跟她似乎杠上的萧子显的来电，大有一副她不接就一直打下去，直到她接为止的偏执劲，米多多怕一会儿手机被打没电了，只好硬着头皮接电话。

“喂，您好，我是米多多。”萧子显听着米多多温和的声音，视线透过后视镜看着那个拧着秀眉、面无表情的女人，嘴角挑起一抹邪魅的笑意，温润地开口道："米多多你好，我是萧子显。"

"萧先生，您好，请问有事吗？"米多多保持着礼貌地疏远。

"我没什么事，就想提醒你下，你的驾驶证是不是没拿？"萧子显说完便挂断了电话，等着米多多主动给他回电话。

"驾驶证？"米多多自言自语了句，然后忙低头手忙脚乱地在自己包里翻找了起来。还别说，真没有，她犹豫了一秒，拿着手机拨打萧子显的电话。

"喂，您好，我是萧子显。"萧子显原封不动地回米多多，"米小姐，您好，请问有事吗？"

"我……"米多多打了萧子显的电话都没反应过来她应该说什么话。她的驾驶证不见了，应该是在交警大队丢的，她打萧子显的电话有什么用呢？被萧子显如此直率地反问一句，她一时愣住，呆呆地不知道该接什么话。

"你什么呢？"萧子显温和地说，"米多多小姐，你有事就直说好了。"

"你怎么知道我的驾驶证没拿？"米多多终于回过神，抓住重点，反问了一句。

"因为我帮你拿了呀。"萧子显理直气壮道。

"什么？你帮我拿了？"米多多惊诧道。她跟萧子显的关系没好到她落下驾驶证，他要拿了送货上门的地步吗？

"对啊，你要不要过来拿？"萧子显说得随意。

“请问萧先生，你在哪儿呢？”米多多也懒得追问为什么萧子显要帮她代拿了，要怪也只能怪她自己没脑子，把驾驶证给落下了。

“在你正前方。”萧子显说着将车窗摇下，又猛地按了几下喇叭，告诉米多多确切的位置。

米多多看着那辆棕灰色的宝马，愣了一下才反应过来她把手机扔回包里，快步朝萧子显走了过去，礼貌地隔着车窗对他笑笑：“萧先生您好，我们又见面了。”

“是啊，一天见一次，我们挺有缘分的。”萧子显痞气地笑笑，对着米多多努了下嘴道，“上车吧。”

“上车？”米多多为难地看着他，“我只是来拿我的驾驶证的。”她可没跟萧子显熟到可以随便上他的车的地步。对于米多多而言，萧子显真的只是一个见过三次面的陌生人，她是绝对不愿意这样随便上车跟他走的，虽然这宝马七系一直是她很喜欢的一款车。

“我就是带你去拿驾驶证的。”萧子显认真地看着米多多，“昨天给你打了很多电话，你都没接。我今天也没准备遇见你，驾驶证没带在车上的。”

“啊？”米多多愣住，“那你把我驾驶证放哪儿了？”

“我家。”萧子显坦荡道，“幸福大道世纪花园1幢103，你跟我到门卫等就行了。”

“好吧。”米多多咬着唇应下。在萧子显说他家的时候，她心里一惊，差点被自己的口水呛着，听他后来说在门卫等，这才敢点头。

“那你赶紧上车吧，这里不让停车的。”萧子显侧过身子帮米多多打开了副驾驶的车门。

米多多也不扭捏，抬脚跨了进去。

“萧先生，看来今天又得谢谢你了。”米多多快速地将保险带系好，转过脸道谢。

萧子显专注地看着前方的路况，漫不经心地回了句：“你每次都口头道谢，真是一点儿诚意都没有。”

米多多听到萧子显这句带着埋怨的直白话，怔了下，随即只能硬着头皮问：“那萧先生觉得我应该怎么样才算有诚意呢？”毕竟医院那次米多多确实欠了萧子显一个大人情，就算他这样厚脸皮地开口要谢礼，米多多今天也打算认了，毕竟她也不愿意欠陌生人的人情。

听到米多多这么一本正经地问，萧子显倒是不好意思开口说什么了，一脸认栽地说：“我也没什么别的意思，就随便这样一说。”米多多这样较真儿，搞得好像萧子显真图她什么似的，这样的感觉让萧子显的自尊有些受损。

车厢内的气氛瞬间冷了下去，本就尴尬，这下更有些压抑得让人透不过气来。萧子显不再主动跟米多多开口交谈，专注地看着路况，晚高峰期的路况要多糟糕便有多糟糕，五分钟后，车依旧停在原地一点儿没动。

萧子显无聊地扣着方向盘，随手放了一张碟，是一首舒缓的摇滚乐。米多多自从上了车，精神一直保持高度的紧张，她不动声色地捏着拳头，虽然视线看向车窗外，但是眼眸的余光死死地盯着萧子显的一举一动，生怕他突然做出什么不合适的举动出来。他放完碟，又扭过脸看着前方的道路，一点点挪动着向前开，直到他的手机铃声响起，“喂，笑笑啊，我被堵路上了，你们别等我吃饭了。”

电话那头不知道说了句什么，萧子显无奈道：“大餐不吃我当然心疼，可是没办法啊，堵路上了。”又客套了几句，然后挂了电话。

“如果你赶时间要赴约的话，我的驾驶证下次去拿好了。”米多多犹豫了下还是主动开口道。

“就算现在放你下去，我还是被堵路上，还是来不及去吃饭了。”萧子显无所谓地耸了下肩膀，“反正大餐已经错过，我今天索性就做回好人，帮你到底算了。”

“那真是不好意思。”米多多歉意道。

“没什么。”萧子显本想打趣几句，但是看着米多多一本正经的样子，不由得收起了玩儿的心思。

“那为了表示我的谢意，我请你吃饭吧。”米多多也知道自己有些防范过头了，不由得歉意道。

“请我吃饭？今天吗？”萧子显略感意外地看着米多多。

“嗯。”米多多点点头，“就今天。”

“这可是你说的啊。”萧子显嘴角挑起笑意，“正巧今天我大餐没吃成，一会儿我可不会客气的。”

“OK！”米多多朝萧子显点点头，只要不点那些贵得卖肾都喝不起的酒，正常的饭米多多在 S 市的地盘上还是敢夸海口说句“随便吃，请得起”。

“一会儿看在吃人嘴短的份上，我让你挑地方好了。”将米多多带到世纪花园门卫处后，萧子显便匆匆回家给她取了驾驶证送回来，接着萧子显并没有真的狮子大开口，礼貌地让米多多挑选地方，末了补充句，“我反正什么都吃的，没忌口。”

“主随客便。”米多多看着萧子显，听到他肚子不争气地发生一阵“嘀咕”声，一时没忍住，不由得“扑哧”一声笑了出来，“我看你很饿了，赶紧选地方吧。”

“我觉得你也很饿了。”萧子显听到米多多的肚子里也发出阵阵抗议声，不由得打趣道，“今天我们这么饿，你觉得去吃自助餐怎么样？”

“自助餐？”米多多点点头，“没问题。”现在的她真的是饿得能够吃下一头牛了。

萧子显打了个电话去订位后便不再多说，一路疾驰，将米多多带到了香格里拉。米多多穿过香气四溢的大堂，熟门熟路地直奔自助咖啡厅而去，落座后便不客气地问道：“我要去拿吃的了，你要一起吗？”

“当然要。”萧子显麻利地脱下外套，紧跟着米多多的步伐朝着放餐桌走去，见她大大咧咧地挑了满满一盘子食物，不由得打趣道，“看不出来，你这小身材储藏大能量，这么能吃呀？”

“那是，饿了嘛！”米多多麻利地给自己倒了碗汤，对萧子显客气地笑笑，“我先放回去了。你慢慢挑。”对米多多而言，她对萧子显没有任何想法，这一顿饭也不过是出于道义而请，所以不需要太过做作。

“嗯。”萧子显点点头，“我也很快的。”说罢转身开始往自己的盘子里放食物。当他回到座位上时，米多多面前除了摆了满满一盘子食物，她手里还拿了个小盘子，上面放了几块精致的糕点，萧子显不由得惊诧道，“吃这么多甜食，你不怕胖吗？”米多多跟他以往所认识的女性朋友完全不一样，她们总是为了保持身材而拿极少量的食物，或者为了在他面前装矜持而只吃很少的东西，不像米多多，第一次跟他吃饭，就表现出“大胃王”的本色，让他顿感新奇。

“怕呀！”米多多笑嘻嘻地说着，嘴里却塞了一块糕点进去，含糊不清道，“但是怕也没用，胖了嘛，也只有吃饱了，才有力气减肥。”

“点赞！”萧子显毫不吝啬地朝米多多竖着大拇指道，“这个理论很强大，我第一次听到，长见识了。”

“长见识吧？”米多多吃着甜食心情极好，“告诉你，这个世界本来就唯有梦想跟美食不可辜负。”

“不是说唯有爱情和梦想不可辜负吗？”萧子显较真儿地问，

“为什么到你这里把爱情变成美食了呢？”

“因为对于我这把年纪的人来说，爱情远远不及美食重要了。”米多多勾着嘴角浅淡地笑笑，“爱情是留给小女生幻想的，我这种已婚妇女讲究的是家里长短跟柴米油盐。”

“听你的意思好像结婚之后就没有爱情幻想了是不？”萧子显试探地问。

“结婚以后本来就不应该对爱情存有幻想了。”米多多果断答道，“难道你没听说过‘婚姻是爱情的坟墓’吗？”

“我只听说过只要两个人相爱，就算是坟墓也是死能同穴、共赴黄泉的浪漫。”

“你应该还没结婚吧？”米多多突然问道。

“没。”萧子显愣了下老实地回答。

“所以说嘛，说起来一套一套的。”米多多笑道，“等你以后结婚了，肯定不会这样想了。”

“那一般结婚以后的人会怎么想呢？”萧子显好奇地问。

“就跟我想的差不多吧。”米多多歪着脑袋想了想道，“反正结婚后的日子跟恋爱的日子完全是两码事。”

“怎么说？”

“恋爱的时候会想把自己最美好的一面展现给对方，然后力求完美。”米多多也不知道自己为什么会对萧子显打开了话匣子，“但是结婚以后，可能给另外一半的是最差的一面吧。”

“听你这样一说，好像很恐怖的样子。”萧子显耸了下肩膀，害怕道，“看来我还真不能随便就结婚。”

“没结婚之前，我会觉得结婚了恋爱就满分了，人生就算圆满了。”米多多扯着嘴角笑笑，“但是结婚之后发现，原来婚姻只不过是人生的另外一个开篇，离所谓的圆满简直就是差了十万八千里。”

“有道理。”萧子显认同地点点头，“听君一席话，胜读十年书啊！”

“你难道不觉得我唠叨吗？”米多多正色地看着萧子显反问。毕竟对她而言，萧子显真的只是一个见过两次面的陌生人而已，但也正因为他是陌生人，这顿晚饭过后彼此不会再有交集，所以米多多放心地对他吐槽，将这几天积压的不快一吐为快。

“你唠叨吗？”萧子显笑着反问，“没觉得呀！”

“好吧，我现在传输给你的可是婚姻中的负能量。”米多多歉意道，“你可千万不要被我吓得不想结婚了，我可不想被你女朋友诅咒。”

“我单身，求偶状态。”萧子显自豪道。

“那我祝你早日找到心仪的姑娘。”米多多端着酒杯朝萧子显扬了扬，“你要开车，喝可乐就好。”

“我可不喜欢喝可乐。”萧子显端过酒杯细细地闻了一下，“今天送的葡萄酒味道很香呢。”

“干杯！”

“其实婚姻也不全是负能量。”米多多干了一杯白葡萄酒后正色道，“婚姻有恋爱中幻灭的现实一面，也有恋爱中体验不到的另外一种相濡以沫的归属感。”夫妻两个人同心同行、相互扶持着过日子还是值得让人期待的。

“这个世界所有的事本来就好坏参半的。”萧子显优雅地拿着面纸擦了下嘴，“不管恋爱也好，婚姻也罢，过成童话还是怨偶，其实关键在于个人的心态。”

“是啊，心态很重要。”萧子显这句话瞬间戳中了米多多内心深处的一根弦，她蓦地怔了下随后敷衍道，“只要心态好，生活还是很美好的。”不管是恋爱还是婚姻，她现在觉得生活不美好，觉得充满了怨念，其实说到底她自己的心态不算好。如果是在恋爱的时候，有人跟她说，她跟林默言以后的婚姻生活会不容易，会因为各种生活琐事而变得面目全非，甚至最后要以离婚收场，米多多一定不会相信，她一定会自信地告诉那个人，不管未来的路到底有多远、多难走，会经历什么样的残酷打击，她也要跟林默言白头到老，死了也葬一个墓地去。

可是走着走着，才走了几个年头，米多多甚至觉得她似乎才刚刚习惯了林默言存在于她的生活里，为什么突然就变得那么厌恶他了呢？现在似乎看到他，米多多的心情就会变得不明媚，变得烦躁起来。

白头到老，原本是一件心心念念、渴望成真的梦想，但是现在真的是一件让米多多完全不敢去想的事，她现在只想两个人好合好散，各自安好。到底是什么原因，让原本彼此相爱、此时心中依旧相恋的两个人要相互敌对，以伤害对方来达到保护自己的目的呢？米多多真的想不明白。这个问题太过深奥，或许很多原本相爱、最后分手的恋人、夫妻也都想不明白到底是为什么。

如果说是性格不合，那为什么刚开始的时候会彼此吸引，并且浓情蜜意地去磨合呢？

如果说是习惯不合，那为什么在一开始南辕北辙的时候不选择远离而要选择在一起呢？

米多多突然觉得自己脑袋疼，她痛苦地敲着头，努力地想要去想明白，她现在到底是在厌恶林默言什么、嫌弃林默言什么、为什么偏要选择离婚，离婚对她而言真的是一种解脱吗？确实，离婚可以直接解决目前她跟林默言相爱相杀的问题，但是会产生很多新的问题，比如一个人生活是不是真的会比跟林默言在一起过得好。再比如，下一次的遇见，下一场婚姻，她又会邂逅什么样的人，那个人就真的一定会比林默言好吗？再比如，跟林默言离婚，她应该如何跟家里人交代。将父母的反应考虑进去，米多多甚至都不敢想象接下来的局面。或许说离婚，真的是太过赌气跟孩子气了。那么既然离婚不是最好的一条路，接下来应该怎么去处理她跟林默言之间的关系呢？家暴确实存在了，两个人的心这一次确实都伤得不轻，此时谁都拉不下脸去哄对方，假设不给彼此台阶下，只怕最后无路可退，只能硬着头皮选择离婚这条明知道不算好的路了。

“你怎么了？”萧子显伸手在米多多眼前晃了晃，唤回她的神智。

“噢，没事。”米多多回神对着萧子显笑笑，伸手指着自己面前的空盘道，“东西吃完了，我要再去取点。”她快速地站起来以掩饰自己失态。

“我觉得按照你这样的吃法，咱们今天吃自助绝对赚了。”萧子显看着米多多没一会儿又取了一盘子大鱼大肉的食物来不由得打趣道，“你太让我刮目相看了。”

米多多无视萧子显的打趣，顺着接话道：“吃自助餐回本这种事我是干不出来的，但是既然来了，我肯定不能亏待我的胃，一定要尽可能地多吃点。”香格里拉不便宜，米多多今天下血本请客了，当然要能吃多少吃多少。再说最近她心情不好，化悲愤为食量，也算是一种发泄方式吧。

“就怕撑着你的胃。”

“撑着也不怕的，回家有吗丁啉。”米多多大口地吃了块肉后，心情极好地对萧子显道，“不过跟你说实话，吃自助餐能回本这种事，我还真遇到过。”她生怕萧子显不信似的，伸手比画了下两个手指，“还不是一次哦，是两次。”

“说来听听嘛。”萧子显好奇道。

“嗯。我记得有一次跟闺蜜去‘洲际’吃自助餐，那天她特别嘴馋，点名要吃海鲜。”米多多想到南茜当时的表情，不由得嘴角勾着笑意道，“结果她一个人干掉了一个澳洲小青龙，当时把我给惊呆了。”

“你闺蜜神人啊！”萧子显毫不吝啬地伸手点赞，“牛！”

“那是，我闺蜜必须牛啊！”米多多说到南茜，一扫之前的抑郁不快，“她的事迹多了去了。”比如悄悄扑倒大明星并隐婚了，比如为了工作甚至能杜撰自己巨星老公的绯闻……要说到南茜的各种奇葩事，只怕米多多写一本书都不够叙述的。

“能不能给我共享下？”萧子显笑着问，“我对你闺蜜的事迹太感兴趣了。”

“恐怕不能。”米多多摇头拒绝，“不好意思啊，我不能在背后乱议论我闺蜜。”末了心里又加了一句补充，“再说，咱们也没那么熟，可以共享这么多奇葩的八卦。”

“那就不八卦你的闺蜜了，咱们接着说你自助餐能吃回本的事如何？”萧子显第一次遇到米多多这样不做作、爽朗并且对他没有丝毫想法的女人，跟她交谈让他的心情不自觉地放松，胃口也变好了很多。

“我说了，其实自助餐能吃回本这事，我干不了。”米多多挫败地摇手，“我只不过是见识过我闺蜜的丰功伟绩罢了。”

“听你这意思，另外一次回本事迹，又是你那很牛的闺蜜创下的纪录？”萧子显问得直接。

“嗯。”米多多笑着点头，“那还是在学校的时候呢。”

“哦？很年轻嘛！”

“是啊，我记得应该是大一下学期吧，那时候我跟我闺蜜的关系还不算铁，只是一般的室友关系，直到那次去吃完自助餐，我才跟她铁起来的。”米多多边说，脑海里边回忆起她跟南茜交往的画面。

大学的时候一个寝室有四个人，刚开始大家关系都挺好的，有课的时候一起上，上选修课的时候又各自分开，所以只是挺好并没特别要好。毕竟各自有属于自己的生活圈，也有高中亲密的小姐妹分享秘密，周末或者有约会，或者回家，总之人与人之间的交往，也不是一两天就熟得能掏心掏肺的。

“说说当时的情况吧。”萧子显打断了米多多的回忆。

“当时我跟闺蜜约了去吃自助餐，然后选了学校附近一家烧烤店。”米多多喝了口酒，润了润嗓子道，“刚开始老板娘看我跟闺蜜挺和气的，讨好地问要不要这个、要不要那个什么的。可是等我跟闺蜜要了第五盘肉的时候，她的脸就开始变得有些不自然了，委婉地提醒‘小姑娘，你们这样吃会消化不良，会发胖’什么的……”

萧子显捂着嘴忍不住笑了起来，“我觉得这个提醒算善意的吧。”

“是挺善意的。”米多多点点头，“可是当我闺蜜回了句‘老板娘我不怕胖，今天胃口好，你家东西真的很好吃，我再来五盘都没问题’的时候，老板娘的脸开始抽搐、挂不住了，最终扭身离开。当然离开前口气不善道：‘再吃五盘，就怕撑死你。’”

“接下来呢？”萧子显追问。

“接下来我闺蜜就真的又去拿了五盘肉。”米多多想到南茜那时候的表情就忍不住笑了出来，“老板娘当时看得脸都绿了，过来警告道：‘你们要吃不完的话，要双倍罚款的。’”

“这不是自助烧烤么，应该是无限量的吧？”

“对啊！”米多多点点头，“所以说，老板娘的小气惹怒了我闺蜜，她不但把五盘肉给吃完了，最后又点了十几个鸡翅烤，一直烤到炭火没了。老板娘不乐意换新炭，我闺蜜坚持要换。换了新炭以后，她又去拿了两盘鸡胗，把老板娘气得眼珠子都快掉出来。”

“你闺蜜撑着了没？”萧子显愣半晌后忍不住问。

“撑着了，吃完就去厕所吐了。”米多多耸了下肩膀，“但是我一直很清楚地记得她跟我说的一句话，如果老板娘不那么小气，她一定不拿自己身体赌气，宁愿吃到吐也一定要让她心疼。这好比如果别人伤害我的话，我宁愿伤敌一万、自损八千，我也一定要让那人难受。”

“你闺蜜这性格挺倔强。”萧子显中肯地说，“爱憎分明。”

“是啊，她一直都是这么爱憎分明的一个人。”米多多认同地点点头，“从这件事开始，我跟她越走越近，最终成了铁杆。”

“那说明，你也是一个爱憎分明的人。”

“NO，我不是。”米多多轻轻地摇了摇头，“我一直都不是那种主观意识强烈、爱憎分明的人，相反，我很优柔寡断，只有在跟我闺蜜在一起互补的时候，我才能稍微清明那么一点儿。”或许是受到闺蜜的影响，米多多觉得自己现在似乎也在变得越来越爱憎分明了，尤其在对待林默言的这件事上，按照她原来的性子，应该是用柔和的处理方式，现在她竟然学的像南茜一样，这是自己潜意识里的“恶魔”吗？因为它的存在，看到南茜，米多多才会觉得异常亲切和钦佩吗？

“好吧，那你今天要不要试着学你闺蜜呢？”萧子显对这个问题也不较真儿，随口道。

“学我闺蜜？”米多多愣了下，没有反应过来，不知道萧子显指的是什么，“学她什么呢？”

“学她吃回本。”萧子显打趣，“你今天的战绩也不差了。”

“我还是算了。”米多多无奈地耸了下肩膀，看着侍者给萧子显送了一碗面上来，色泽亮丽，不由得食欲大增，忙道，“请给我也来一碗面，谢谢。”

“也是，要吃面回本的话，我估计你今晚吗丁啉都不够用，要 120 急救了。”萧子显笑道。

“在香格里拉，我很少看到有人吃面，你也算另类了。”米多多不甘示弱道。

“对啊，我还加了俩荷包蛋呢！你要不要也试试？”萧子显无视米多多的鄙夷，笑吟吟道。

“嫂子，你怎么在这儿？”萧子显的话刚说完，米多多还没来得及接话，一声清亮的女音便打断了她。米多多转过脸，看到打扮得光鲜亮丽的林佳楠朝她走来，便礼貌地喊了一声：“佳楠啊，你也在？”

“嫂子，你真有情调呀，约帅哥来吃自助餐，这事我哥哥知道吗？”林佳楠嘴角含着嘲讽，看着米多多，将她的表情仔细地收入眼帘，想看出她的不自然或者狼狈来。

“你觉得我需要告诉你哥哥吗？”林佳楠不善的口气顿时让米多多收回了友好。别说她现在跟林默言在吵架冷战，就算两个人甜蜜如初，由着这个爱挑事的小姑子几次三番挑拨离间，两个人也不能愉悦地相处。

“不需要吗？”

“需要吗？”米多多坦然地看着林佳楠，没有错过她眼里一闪而逝的失望。看吧，这个唯恐天下不乱的小姑子在过来打招呼，把“嫂子”喊那么甜腻大声的时候，就是带着幸灾乐祸，准备看米多多笑话来的。

“嫂子，你背着我哥哥跟别的男人吃饭、约会呢，这种行为叫作红杏出墙。”林佳楠在米多多的脸上没找到不自然跟狼狈，不由得有些气馁，口气顿时变得尖锐起来，想主动挑事，“说得难听点，就是背夫偷情。”

“你想多了，我不过是跟朋友光明正大吃个饭而已。”红杏出墙、背夫偷情，听着让人心寒，米多多的秀眉不悦地拧了起来，“林佳楠，请你说话的时候用用脑子。”

“你说朋友就是朋友？”林佳楠不悦地扫了一眼萧子显，“我还说你拿我哥的钱贴小白脸呢。”林佳楠对于之前林默言贴给她私房钱而被米多多吵架制止后一直耿耿于怀，今天她又被男朋友提分手，心里憋着的一团怒火失去理智地朝米多多身上发泄了出来。

“林佳楠，我不想在这里跟你吵架，请你适可而止。”米多多深吸了一口气压下心头的怒火道。因为林佳楠刚才不顾忌而拔高的音调，让这里一些用餐的人都带着好奇的眼光审视着他们这一桌。

“米多多，我哥不嫌弃你不能生就算了，他不愿意听我妈的话跟你离婚也随他，但是你也不能欺负我哥好脾气，就不要脸地找小白脸啊！”林佳楠不管不顾地大声吼了起来。

“林佳楠，你给我闭嘴！”米多多终于按捺不住，气急败坏地抄起桌子上的水杯朝她精致的妆容上狠狠地泼了过去，“就算我不能生，就算你哥要跟我离婚，这都是我跟你哥林默言的事，轮不到你到这里来说三道四。”

“米多多，你竟然敢泼我？”林佳楠的妆容遇水便花，她伸手摸了一把五颜六色的脸，瞬间更是狼狈至极，气恼地冲上前揪住米多多的衣服跟她撕扯了起来，“你不要脸倒贴小白脸，还敢泼我？我跟你拼了！”

“林佳楠，你少血口喷人！”米多多不甘示弱地伸手反击，两个女人就这样不顾形象地在餐厅内扭打了起来，“老娘我忍你很久了。”

“好了，好了。”萧子显从最初的震惊中回过神来，忙在侍者的帮助下将米多多跟林佳楠拉开，又顺势将米多多护到了背后，正色地看着林佳楠道，“小姐，我叫萧子显，跟你嫂子，也就是这位米多多小姐只不过是普通朋友，请你不要用‘小白脸’这三个字来侮辱我。”

“一句‘普通朋友’就能掩人耳目吗？谁知道你们背地里有哪些龌龊事呢。”林佳楠就好像疯狗似的，逮着谁就咬谁，“还有，这是我跟米多多的家事，轮不到你这个外人来插嘴，你给我起开！”

“佳楠，你在做什么？”一个男人挤过层层围观的群众，一把拉住正张牙舞爪要往萧子显身后扑的林佳楠。

“顾子辰，你这个浑蛋，放开我！”林佳楠气急败坏地挣扎。

“子辰，这就是你那个傻妞？”萧子显眸光淡然地看向顾子辰问道。

“刚分手来着，脾气有点大。”顾子辰对着萧子显尴尬地笑，一把抱住林佳楠，语气不善道，“林佳楠，你闹够了没有？”

林佳楠没有想到刚分手的男友顾子辰跟萧子显竟然是熟识，脑袋有些转不过弯来，被他如此大喝一声后，总算回过神来：“你们两个认识？”

“林佳楠，你还要发疯吗？”顾子辰的俊脸上都是满满的黑线，语气不善道，“你再这样的话我就把给你的卡冻结了。”

林佳楠一听这话，顿时蔫了，语气变弱道：“我不要你的卡！”

顾子辰俊眉不动声色地拧了起来，轻轻地“嗯”了一声，林佳楠讪然地收回手，看着顾子辰泪眼婆娑道：“我不要卡，我们能不能不分手？”

“不分手，你跟我有什么前途？”顾子辰顺势将林佳楠拉着坐了下来，随手抽了面纸给她擦泪，压低了声音道，“当初在一起不就说好了大家玩玩，好合好散的么？”

“可我真的爱上你了。”林佳楠一扫刚才的飞扬跋扈，低头泪眼婆娑，“我不想就这样跟你分手。”

萧子显的俊眉也拧了起来，不动声色地拉着米多多在顾子辰对面落座。顾子辰神色平静地说：“佳楠，你是个不错的女孩儿，可惜我结婚太早，现在再跟你继续下去只会耽误你，所以我们不如退回好朋友的位置，至少我待你不薄。”

米多多吃惊地看着顾子辰，眸光带着几分同情地看向林佳楠，最后又把视线看向萧子显。萧子显满脸无奈地摇摇头。米多多张了张嘴，本来想开口说点打抱不平的话，但是林佳楠似乎早已知晓一切，她是自甘堕落，成为别人的玩偶。当小三，这样的角色让米多多更是恨铁不成钢，真想替林默言教训下这个妹妹。

“子辰，我愿意等你的。”林佳楠放低了姿态可怜兮兮道，“我不求名分，不求你的金钱利益，我只想陪着你同行。”

“林佳楠，你要把你们老林家的脸丢到什么地步？”顾子辰还未来得及张口说话，米多多已经按捺不住地站起身子大声呵斥，“你脑子进水了是不是？他都结婚，拖家带口了，你等什么等？做小三就那么有出息吗？”

“你闭嘴！”林佳楠在顾子辰面前坏脾气收敛了不少，压抑着怒火道，“我的事不用你管。”

“你的事我怎么不能管了？”米多多气急败坏道，“我好歹是你嫂子，我不能眼睁睁看着你做小三还做得那么理直气壮！”

“我说了，不要你管！”林佳楠失控地大喊，“你有着闲心管我的事，不如想办法早点生个孩子出来，省的我妈天天嚷着要我哥跟你离婚。”

“林佳楠，就算你哥今天跟我离婚了，我依旧站在嫂子的立场得劝你一句，回头是岸。如果你不知道这个男人有家室，你爱上了他，我会同情你的无知，劝你离开。但是你明知道他有家室，你还要做小三，那我除了鄙夷你、唾弃你、骂醒你，我真的不知道还能做什么？”

“米多多,你少拿出一副圣人的样子来教训我,你不够资格。”林佳楠嘴角含着嘲讽道，“就算我是小三怎么了？你自己不都还在包养小白脸，你有什么资格来鄙夷我、唾弃我？”

“就算你是小三又怎么了？”一个清丽的女声带着嘲讽透过人群传了进来，接着一个女人手脚麻利地朝林佳楠的俏脸上泼了一大杯红酒，神色倨傲道，“我见过不要脸的，没见过你这样不要脸的！勾引了我老公，还能摆出一副受害者的模样出来，你这是做戏给谁看呢？”话落的同时，人已经快步走到林佳楠的面前，抬手毫不犹豫地甩了她两巴掌，“林佳楠是吧？你想要出名我成全你，让所有人都来看看不要脸的狐狸精、小三就长你这样嘴脸！”

“高洁，你别这样。”顾子辰求助地看向萧子显，忙起身拉住了还准备继续教训林佳楠的媳妇，“好了，我都说了我自己会处理好，你这样在子显面前打我脸，是不是有点太过分了？”

“对啊，高洁，这事你让子辰自己处理吧。”萧子显起身将高洁女士拉向一边，对着米多多使了一个眼色，示意她劝林佳楠先行离开。

林佳楠已经被高洁突然出现并动手打她给打懵了，或许小三遇到原配在气势上本就不足，所以不敢拿出对待米多多的那种嚣张跋扈态度。她失神地看着顾子辰这个男人，心里希冀他能够为自己说上一句半句的话，哪怕是假的也好。

米多多见状，不动声色地叹了口气，略带同情地上前搀着林佳楠快速离开是非地。毕竟经过两轮激烈的争执跟动手后，他们那一桌子已经成为众人瞩目的焦点，甚至有人看到原配打小三的戏码，兴致勃勃地拿着手机在各种拍了。米多多用手捂着林佳楠狼狈的脸，好不容易奔出了大门，躲到侧角阴暗的车库入口处。她掏出面纸递给林佳楠，用缓和的语气道：“好了，你先把脸擦一擦吧。”

“我说了不要你管。”林佳楠毫不客气地推开米多多，快速地奔了出去。

“喂……”米多多看着林佳楠狂奔离去的背影，犹豫了下还是打了个电话给林默言，“默言，是我。你今天有时间的话，多关心下你妹妹，她失恋了，情绪不太稳定。”本来米多多想把事情原原本本地跟林默言说上一通，但是想到两个人现在的冷战关系，她又生生地吞咽了回去。她想装作不知道，但是心里又过意不去，林佳楠跟她再怎么不好，毕竟也是她的小姑子。所以米多多如果不给林默言打电话，她又怕林佳楠今天被分手，又被原配打，情绪失控会出事。

“噢，我知道了。”林默言沉默了下道，“你今天过得好吗？”

“嗯，挺好的。”米多多细不可闻地叹息了一声，“我先挂了。”她今天觉得自己跟林默言说话都有些累。林默言吞吞吐吐的，米多多也不知道该说什么，难道两个真的会从陌生走到相爱变得熟悉，然后不爱的时候，又会从熟悉变得陌生吗？

林默言听着手机里传来挂线的嘟嘟声，英俊的脸上闪过一丝阴霾，随即给林佳楠打了电话。毕竟能够让米多多放下冷战主动打电话告知他林佳楠的事，就说明这件事不是一般的严重，先处理好妹子的事，然后让米多多冷静几天，再好好想想两个人以后的路该怎么走吧。

米多多刚回到南西家便收到萧子显的短信：“姐姐，不带你这样坑我的，说好的请我吃饭呢？最后不但是我买单，我还多买了三个人的单。”

米多多“扑哧”一声笑出声来，引得南西好奇地问：“亲爱的，你怎么回事？一进门就带出一股子的桃花味？”

“你才浑身的烧烤味呢。”米多多笑吟吟地将南西推开，手指快速地给萧子显回消息：“对不起，走得太匆忙，算我欠你的，下次再请你吧。”

“下次可千万不能这样坑我了。我告诉你，今天为了蹭你的饭，我都没带钱包，现在被押在酒店洗碗呢。”

“那你慢慢洗。”米多多回完这条消息，才想起顾子辰这名字有些熟，不由得又发了个消息去问，“那个顾子辰，是不是我撞坏的车的车主？”

“你这会总算想起来了？”萧子显的消息回复得很快，“我先申明哦，子辰不是故意欺骗你小姑子的。他们认识的时候，她就知道子辰结婚了，但是她还是倒追子辰。”生怕米多多对顾子辰有什么偏见，萧子显先一步将事情简单交代一下，“当时我们都劝过他们不要玩火，可是你也知道，这种事两个人你情我愿的，我们旁观者也不好多说什么了。”

“他们交往多久了？”米多多虽然不想八卦林佳楠的事，但是毕竟是小姑子的事，既然有萧子显这个旁观者在，她多一分了解，也好多一分劝解的把握。看着林佳楠那一头热的样子，米多多一点儿也没怀疑萧子显说的话，是她倒追的顾子辰。

“也没多久，两三个月吧。”萧子显犹豫一下道，“或许时间更短一些。”认识了有两三个月，但是顾子辰一开始确实也没把林佳楠当回事，也就逗着玩儿，最后两个人好上没几天，就被顾子辰的老婆高洁发现了。

“他们发展到什么程度了？”米多多犹豫一下才打出这条消息。

“这个我就不太清楚了。”萧子显的消息又跟了一条过来，

“反正不管发展到什么程度，子辰是铁了心要跟林佳楠分手的。高洁也不是什么省油的灯。我觉得你还是好好劝劝你小姑子吧，事情闹开了，对她影响不好。”

“我劝得住才有鬼。”米多多满怀怨念地发完，惊觉她在跟萧子显说话，他们没有熟到那样的地步，想要撤回却已经来不及了，不由得懊恼地捶了下手机，暗骂了句，“米多多，你这个笨蛋！”

“你劝不住，你委婉地跟你老公说下，或者跟你公公婆婆说下。”萧子显本来也不是那么八卦的人，但是既然目睹了顾子辰原配跟小三的撕扯现场，他想要假装不知道也不行了。好在米多多也是目击者之一，他说什么也要把这个人拉到一条战线上，不然高洁铁定会把怨念撒到他们身上的——知情不报也是一大罪。

“嗯，我知道了。今天还是要谢谢你。”米多多客套了句，便准备结束对话。

“你今天欠我一顿饭，加要补的，一共是两顿，请你早些约好时间告诉我，下个月我要去国外一次，怕时间太久了，你把这事给忘了。”萧子显一点儿也不客气地说。

“噢，好。”米多多也是坦荡的人，今天的事她确实不对。她说了请萧子显吃饭的，结果最后是他买单，自己成了吃白食的人，这样的事问心有愧，米多多可不乐意在这种小事上欠着别人的人情。

“那我等着。”

米多多没有再回萧子显的消息，深深地叹息了一声，还没来得及开口跟南茜八卦今天所遭遇的奇葩事，米妈妈打电话来了，先是关心地问了下米多多的身体，又绕着弯弯问米多多工作的事，最后委婉地告诉米多多，她知道米多多跟林默言吵架的事了，要她回家认真谈谈。

“妈，我跟他真的没怎么样。”米多多只能耐着性子哄，“我最近工作挺忙的，所以昨天才没有回家去住。明天，明天我就回去了。”米多多没有想到爸妈昨天会突然跑去她跟林默言的家，看到一地狼藉的“吵架战场”，从林默言那里逼问出两个人正在冷战的事，以至于今天老两口商量了一天，晚上才决定打电话给这对小夫妻说和。这也就不难解释林默言在接到米多多电话的时候为什么会吞吞吐吐欲言又止了，估计他是想跟米多多说这事，但是又觉得开不了口。

“你不要骗我了，默言都说你离家出走了。”米妈妈不放心道，“我明天跟你爸爸再去你家。等你回来，一定要好好说说你。不管怎么样，夫妻两个有什么事不能好好说？你就非要闹离家出走？”

“妈，我怎么会骗你呢？我没离家出走，而且明天真的要回去了。”米多多其实不太喜欢自己的父母或者林默言的父母掺和她跟林默言吵架这事。夫妻之间总会有一些磕磕碰碰的争吵，小两口再怎么吵架，假若想要和好的话，只要彼此愿意给一个台阶下，相互哄一哄，就能够雨过天晴了。但是一旦牵扯到自己的父母，双方虽然能够为了照顾老人家的颜面而握手言和，但是当父母走了之后，只怕会该吵架的继续吵架，该冷战的依旧冷战。另外，如果双方父母劝解得不好，或者有偏袒的私心，小夫妻双方的小争吵可能就会变成大争执，再严重的话只怕双方父母都要袒护自己家的孩子，可能会变成两个家庭的矛盾。

米多多了解自己的父母，他们还算好的，多半会骂她而不会轻易开口去说林默言的半句不是。也亏得是米妈妈、米爸爸掺和，要是换成肖美凤知道米多多跟林默言吵架并且离家出走，还要闹离婚，只怕会不留情面地骂米多多不能生，早点离婚算了。婆婆跟妈妈还是有区别的。不过，就算是米妈妈、米爸爸好说话，米多多也不乐意他们掺和，只能耐着性子劝，尽可能地打消他们要来的念头："妈，你们都挺忙的，明天别来了。我周末跟他一起回去看你们好不好？"离周末还有三天的时间，足够让米多多想清楚她跟林默言到底要怎么样了。就算想不清楚，过了这几天的怒火期，两个人也能够平静地携手一同演戏，共同出现，安抚彼此的父母。

"我们这几天也没什么事，就明天晚上，吃好晚饭后，我们过去看看你。"米妈妈这一次的态度很坚决，"多多，我上次去寺庙给你求了一个送子签，正好给你带过去。"说罢深深地叹息一声，遗憾道，"你说你，肚子怎么这么不争气？要是你跟默言有个孩子，两个人都忙着带小孩儿，哪有时间吵架啊！"在父母眼里，没有生育的米多多跟林默言就算结婚几年，就算已经能够独当一面，但是依旧还跟孩子一样，所谓的吵架也都是过家家类型的，只有他们也有了孩子，才算是长大了。

“好了，妈，你别说孩子的问题了。”米多多听到“孩子”这两字，脑袋就开始疼痛。孩子的事，并不是她跟林默言不想要，相反的，两个人都在努力，而且她也被婆婆肖美凤灌了不少乱七八糟的汤汤水水，可肚子就是没反应，她能怎么办？“姨妈君”什么的，米多多都很准时，她都想不通自己为什么就是怀不上。测排卵什么的也都非常正常，而且易怀孕的排卵前一天、当天、之后一天，他们也都辛苦耕耘，虽挥汗如雨，却不见有收成，这事还真的邪门了。

“好了好了，我不说你了。”米妈妈也知道这事不能给米多多他们太大压力，只能委婉道，“那些乱七八糟的汤药以后别吃了，我觉得还是去正规医院检查下。”说完这句，生怕米多多心里难过忙又安抚道，“其实现在很多人怀不上都会去看医生的，一点儿也不丢人。我们小区就有好几个都去‘送子’医院看过了，没多久都怀孕了。咱们也试试，不是说咱们的身体不行，而是现在工作压力大、生活习惯不好，去医院检查了，听听医生的建议，是不是就更容易能够怀上？”

“嗯，我知道了。”米多多点点头。其实她也考虑过去正规医院检查下身体，但是林默言就是异常抗拒，可能男性尊严让他觉得放不下脸面吧，再加上两个人身子底子都挺好，所以一直拖着不愿意去看医生，总相信能够怀上，只是孩子缘分还没到，要晚一点点。

“别老说知道，要去看。”米妈妈叹息了一声道，“做妈的都急，有时候你婆婆说什么重话了，你也别往心里去。毕竟你们都结婚好几年了，别人家的孩子都会打酱油了，你们连个消息都没有，要体谅老人抱孙心切，知道不？”

“嗯，我知道了，妈。”米多多耐着性子应道，“好了，好了，你们明天不是要来看我们么，有事咱们明天再说，好吗？”

“嗯，明天我再劝劝默言，你们俩还是一起去做下检查，要没什么问题，咱们都好放心，是吧？”

“是的，是的。”米多多笑着点头，“你们明晚去我们那吃饭吧，我回去给你们做饭。”

“也行。那我先挂了。”

米多多听着米妈妈挂断了电话，轻叹了一声后，忙给林默言发了个消息过去：“明晚我爸妈要来家里吃饭，我会早点回去买菜做饭，你也早点回吧。”

“我明天下午没事，我去买菜吧，你回家收拾下。”林默言很快回了消息，“屋里很乱，我这几天加班没时间整理。”潜台词就是米多多走后，那天的战场依旧没打扫，所以米妈妈、米爸爸才会被惊到。看着那一片狼藉，不出声过问才怪了。

“好，明天见。”米多多回完信息，再一次深深地叹息。不管她愿意还是不愿意，这一次她跟林默言的冷战风波最终会雷声大雨点小，因为米家家长的介入而宣告终结。

第四章 相爱抵不过心机

米多多其实自己也说不清楚心里到底是不是该松口气。她跟林默言之间由一个孩子的问题，已经延伸出了许许多多的问题，这些问题到底是应该解决呢，还是逃避开？想到那些，米多多的脑袋就一阵发晕，最终心事重重地睡去。明天的问题，交给明天去选择跟面对吧，今天养足了精神才能够有力气去解决明天的事。

第二天，米多多心神不宁地熬到下班便快速地打车奔回了她跟林默言的家。既然约了父母来吃饭，家里又乱得不成样子，林默言买菜做饭没时间收拾，那只有她回来收拾战场了。门刚一打开，她便闻到一股饭香。最近这两天在南茜家，两个心事重重的女人都没有心思好好吃过一顿饭，也没有心情去外面吃饭，都是随便在楼下快餐店买的速食，或者干脆就用泡面打发了自己的胃。闻到这股饭香，米多多的心情不自觉地放松起来。林默言有一手好厨艺。结婚这么几年，除非米多多要求去外面浪漫，不然两个人多数是在家吃的。两个人都会做饭，轮流做饭、洗碗也是别有一番乐趣。当然比起一般不愿意在家开火的小夫妻来说，这一点米多多跟林默言算强上许多，至少不会总吃乱七八糟的垃圾食品“毒害”自己的肠胃。尤其林默言的红烧肉做得真的比一般大厨都要好，满屋的肉香味勾引着她的味蕾，蠢蠢欲动。

米多多不由地想起第一次跟他回这个家里约会的场景。那是刚搬到新家的第一天，林默言就围着米多多买的卡哇伊的围裙利索地下厨了。米多多当时根本不相信林默言这个高大俊朗的男生会烧得一手好菜，还以为他最多哄自己开心，最后她是抱着收拾残局的心态站在厨房门口看他一盘一盘地端出色香味俱全的菜肴。当时的五菜一汤米多多至今都清楚地记得：红烧肉、清蒸鱼、排骨汤、尖椒牛柳、酸溜土豆丝、番茄炒蛋。尤其那一盘土豆丝，刀工爽利，粗细匀称，让一向自傲厨艺不错但是刀工欠缺的米多多甘拜下风。尝起来味道简直赞到没朋友，米多多第一次扒拉了两碗饭，跟林默言将那些饭菜消灭得干干净净的。一晃好几年过去了，米多多跟林默言之间的感情随着时间推移越来越偏向于亲情，似乎原来的那些情调都消失不见了。

到底是时间改变了原来的初衷，还是我们自己的心态在不知不觉中发生了改变，米多多自己也搞不清楚。她现在跟林默言之间到底是只缺少一个孩子，还是因为缺一个孩子而缺少了那些激情？她不动声色地叹息了一声，打开鞋柜，从排列得整整齐齐的鞋堆里找出自己那双粉红色的拖鞋，弯身换上，放好鞋子以后径直走入客厅。那一晚砸得乱七八糟的“战场”林默言已经收拾干净。从这一点说来，林默言其实算是顾家的新好男人一枚了。在认真工作的同时，家里一些家务活都会帮助米多多一起干，那一晚的暴力行为，或许真的是积压许久的意外事件吧，米多多潜意识里开始为林默言开脱。深吸一口气后，她快步穿过客厅走向明亮的厨房。林默言正背对着米多多，高大俊朗的背影站在煤气灶边，身上围的是米多多挑的“卡哇伊”围裙。虽然这围裙买回来的时候就被林默言嫌弃，但是每一次下厨他都会主动围上，哪怕知道每一次都会逗米多多笑得前俯后仰，依旧故意会穿着卖萌。他手里正麻利地切着葱蒜，煤气灶上锅子里的红烧鲫鱼正冒着热乎气，散发着诱人的香味。

米多多犹豫了下，看着林默言忙碌的背影还是忍不住出声：“我回来了。需要我帮忙吗？”

林默言听到声音忙转过脸，他对着米多多扯着嘴角灿烂地笑了笑，用温润的声音说：“嗯，回来就好，你去烧点水吧，厨房交给我就行。”

那一句“回来就好”饱含满满的深情，千言万语似乎就化在这句话里了，一切是非恩怨似乎都随着这句话而烟消云散。

米多多的神色有一瞬间的错愕跟尴尬，她今天回来是打算跟林默言和好的，也是打算接受父母和劝和，给他台阶下的，但是她总觉得两个人之间应该再说点什么，或者彼此再把心结唠唠。但是此时听到林默言这一句话，她瞬间就有一种什么都不用说了的感觉，两个人夫妻一场，有些话心照不宣就好。

林默言转过身子的时候，米多多依旧看着他的背影在发呆，他的俊脸上挂着讨好的笑意，语气温润道："看你脸色不是很好，这几天应该是累到了，先去沙发上坐会儿，休息休息。"

米多多轻轻地"嗯"了一声，转身走到沙发那打开电视遥控器，坐在沙发里继续发呆。她总觉得气氛有一种说不出来的怪异，就算要跟林默言和好，但是她没办法做到一下子回到当初的状态。毕竟那一晚她离死亡那么近，真的差一点儿就被眼前这个看似温和却狂野得要命的家伙要了小命。可是林默言似乎准备就这么揭过这件事。他依旧温润如初，甚至比原来更加疼惜米多多。这让米多多觉得如果再揪住那一晚的事不放的话，似乎有一些小心眼了。

林默言看着米多多的表情和动作，不禁摇摇头，暗自叹了口气。看来这一次米多多真的气得不行，要哄好她，一会儿在米爸爸、米妈妈面前，要做足贤夫的功课才行。心里打定主意，林默言回过身子继续烧鱼。

没一会儿，米爸爸、米妈妈来了，林默言抢着去开门，并招呼米多多道："多多，你去把饭菜端出来，我来接爸妈。"摆明了把做饭的功劳让给米多多，体贴地扮演好乖夫婿的角色。

米多多见他坚持，便也不多罗唆，利索地去厨房将林默言做好的饭菜一一端到饭桌上摆好。林默言开门回来奔进厨房帮助米多多将碗筷都摆整齐。米妈妈跟米爸爸先看到整洁的屋子，又看到小两口默契地互动，心头松了口气，米妈妈脸上的笑容更是灿烂起来："哎哟，我看看你们烧了什么菜，好香哪！"

"菜色不错呀！我一会儿能不能喝点小酒？"米爸爸也跟着打趣道。

"爸，你要喝什么酒？我这边柜子里有，您自己来选。"林默言笑着接话，"白的还是黄的？"

"我看看。"米爸爸笑着走过去，"今儿开心，咱们爷俩喝点白的怎么样？"

"可以啊！"林默言笑着拿出一瓶白金酱酒，"这是朋友送的茅台白金酱酒，口感香烈，要不咱们试试？"

"小杯喝，更讲究。"米爸爸眯着眼睛看着葛大爷的宣传语，随即点点头，"可以，咱们就喝它好了。"

"老头子，要喝你自己喝，默言可不许喝。"米妈妈看着米爸爸抱着白酒笑眯眯地回到桌前，义正词严道，"我还想让默言跟多多明天去医院检查下身体呢，喝酒可不行。"

"噢对，那默言你别喝了，我自己喝。"米爸爸忙点头，"付医生可是你妈妈好不容易才托关系预约到的，你们今天晚上早点睡，明天早点去医院。"

“嗯？”米多多愣了下，看着林默言也愣愣地看着米妈妈，她不由得出声：“爸、妈，你们说什么呀？”

“我帮你们约了‘送子’医院不孕不育科的主任医生付天华。”米妈妈看着米多多，“她是你小姨家的三舅的远房表姐，听说她看得蛮灵的，号也特别难约，每天只看上午一个门诊，周末还要双休，我是插队给你们预约到的。”

“妈，我们身体没事。”米多多虽然也建议她跟林默言去正规医院做一次全面的体检，但是这样由米妈妈出面约医生，让她感觉有点不太舒服。

“让你们去做下检查，我又不是说你们身体有问题。”米妈妈没好气地白了一眼米多多，“现在看不孕不育科的人多了去了，你别觉得去‘送子’医院就会让你丢脸难堪了。你三舅家的丫头怀孕也是去付天华医生那里调养的，今年生了一对双胞胎呢。”

“多多，这次你就听你妈的，她可是厚着脸皮，好不容易才帮你们去插队约到号的。”米爸爸也加入劝说行列，“再说了，你们就先去做个全面的检查。要没问题，咱们再慢慢要孩子。要真有什么，咱们也好对症下药早知道早治疗不是？”

“呸呸，老头子你个乌鸦嘴。”米妈妈忙打断米爸爸，晦气地“呸”了几声后看着米多多道，“虽然你爸爸说话不中听，但是道理是对的，你们两个听话啊，明天给我去做检查。”

米多多看了一眼林默言，“你怎么说？”在林妈妈肖美凤的各种乱七八糟的汤药摧残下，米多多对去正规医院做检查其实也没那么抗拒，就是林默言总放不下脸面，不愿意一同去检查，米多多就心里膈应了。因为她一个人去检查，一个人去看这样的不孕不育科，给人感觉就是她不能生，这一点让她心里不平衡。凭什么呀？就算真是她的问题，那林默言作为老公陪同检查下，让她心里至少也舒服一些不是？

“我听妈的。”林默言讨好地帮米妈妈夹了一块肉，“明天我请假跟多多一起去‘送子’医院做检查。”

“多多，你呢？”米妈妈满意地看了眼林默言，转过脸看着米多多问。

“他都肯去了，我当然也请假去呀。”米多多撇了撇嘴，应了下来。

“那就好。”米妈妈放心地拍了拍胸脯，犹豫半晌，神色扭捏地关照道，“那什么，医生说，检查前不能同房，你们自己注意点啊。”说完老脸不争气地红了起来，毕竟这话题有点难堪。

“咳咳——”米多多被呛得不轻。林默言赶忙拍拍她的后背，又体贴地给她倒了杯水顺气，嘴里回着米妈妈，“妈，你放心吧，我们有分寸。”

一顿晚饭终于在米家二老跟林默言相互讨好中其乐融融地结束。送走了米妈妈、米爸爸，米多多才算松了口气。看着林默言忙碌着收拾屋子的身影，她原本心里那些防备也渐渐松懈了下来。夫妻一场，同心同行，两个人能够相互扶持走了这么几年，彼此的了解、默契都是不言而喻的，就算吵架，也真的没有隔夜仇可寻，毕竟还要为了“造娃”而继续努力播种。

“多多，对不起。”林默言收拾妥当便快步来到米多多的面前，神色诚恳地道歉，“我最近脾气不好，请你原谅我好吗？”说完小心翼翼地捧起米多多的俏脸，让神游的米多多不得不正视他。两个人距离很近，彼此呼吸的温热气息相互交融，“我想亲亲你，好吗？”

米多多能说不好吗？她只能无奈地闭眼。林默言嘴角扯着温润的笑意，俯身低头轻轻地吻在了米多多柔软的唇上。他的吻很轻很轻，就跟蜻蜓点水似的。“多多，让我们把那些不愉快都忘记，从现在开始好好地在一起，好吗？”随着这温情的呢喃，林默言渐渐地加深了这个吻。

这一场暴风雨，总算在这一片温馨和谐中渐渐散去，只是两个人还得继续为了“造娃”而努力。

第二天，米多多跟林默言便来到米妈妈提前预约号的“送子”医院找到不孕不育科的主任医生付天华。这是一个大概四十五岁，长相温和的中年妇女。她先简单地问了下米多多跟林默言的年纪、职业，又问了问结婚多久以及备孕准备多久。在听到结婚四年的时候，她眉头不动声色地拧了下，插话道：“都备孕四年了，那你们怎么这么晚才想到来看医生？”

“不是备孕四年，”米多多忙解释，“开头两年是我们不太想要宝宝，所以避孕了，后来才想要的。”

"也就是说，你们起码备孕两年了？"付天华医生看着米多多问（从头至尾林默言都窘得恨不得挖个地洞钻进去），在得到米多多点头说差不多的时候，她说道，"在正常情况下，备孕一年没有采取避孕措施而没有怀孕的，都可以诊断为不孕。"

"啊？"米多多愣住，"医生，我挺正常的呀，怎么会不孕？"

"比如中医上会有体弱宫寒之说，西医会有卵巢无法正常排卵、输卵管堵塞等问题，反正不孕的原因有很多种，不能用单一的原因来解释。再说，不孕有可能问题在你身上，也有可能在你老公身上。"付天华医生耐心地解释完，随即说道，"你们两个今天都做一套全面的检查，让我先了解下你们的问题。"

"好。"米多多点点头，看了一眼林默言。林默言神色为难地点点头。她又向付天华医生问道："医生，如果我们检查出来有问题，那怎么办？"

"有问题就看呗！"付医生温和地对米多多笑笑，"检查的过程比较烦琐，但是一旦真的确定了不孕的原因，现代医学很发达，有八成以上是可以治愈的。放心吧，你们还很年轻，有的是时间，只要耐心点就好。"

接下来米多多跟林默言分别被导医带去做检查。这个过程真的是烦琐而又痛苦的，尤其是米多多做输卵管造影的时候，她简直有一种痛不欲生的感觉。在一个小时等待结果的过程中，林默言将米多多抱到病床上挂水消毒，同时休息。看着米多多脸色苍白，浑身难受得冒冷汗，他心疼无比，紧紧地握着她的手道："老婆，就算检查出来有问题，如果治疗的过程还让你这样难受的话，我们就不要孩子了。”

米多多惨淡地笑笑，“傻子，说的什么傻话。”吃了这么多苦，还不是为了能有个孩子。

再次回到付天华医生办公室的时候，林默言手上多了一份米多多的检查报告单和造影片子。付医生接过去看了几眼，“你盆腔有炎症，输卵管因此被粘连移位，通而不畅，看来是一个不孕的原因。”

“医生，我不太懂。”米多多听得一知半解。最后，付医生指着片子耐心地跟她说：“正常的输卵管应该是伞状形的，你这个两边都朝外展了，精子没办法运输，阻断了跟卵子的结合，也没办法正常去子宫安家，所以不孕了。”说完她看着米多多说，“当然这只是其中一个原因，至于你排卵是否正常，那要等你月经后三天开始监测，我才能做出结论。”

“那我这种问题该怎么办？”米多多潜意识将问题代入到自己身上，忙紧张地问。

“如果你排卵没有问题的话，做一个腹腔镜手术矫正你的输卵管，就没什么大问题。”付天华医生轻描淡写道，“如果你排卵也有问题的话，那咱们先做腹腔镜手术矫正位置，再制定别的方案治疗。”说完见米多多愁眉不展，忙安慰了句，“其实你也不用太担心，你这种问题不算太大。”

“噢，好。”米多多似懂非懂地问，“付医生，做那个腹腔镜手术一般是什么时候？要注意点什么吗？”一听到要做手术，米多多心里异常紧张，她从来没有想过，自己竟然会因为炎症而导致输卵管出现问题，更没有想到这个问题竟然导致了她不孕。

“月经过后三天，术后要准备休息一周到半个月吧。”付天华医生说完又补充道，“后期为了备孕而需要调理身体的事，回头导医会详细交代你的。”交代完之后问林默言，“你的检查报告呢？”一般不孕不育夫妻两个一同来看的，她都会仔细分析情况，对症治疗。

“我那个报告有点问题，医生你再开个，我明天再来检查。”林默言扭捏道，“检查时导医说要禁欲三天，可我……”说完低下头，吞咽了话头，扫了一眼正沉浸在自己不孕打击中的米多多，为难地看着付天华医生。

“好吧，你明天有时间重新做个检查。”付天华医生也不好勉强，龙飞凤舞地开了一个检查单给林默言，安慰他道，“你老婆的问题也不大，你们不要紧张，心态要放好，耐心听取医生建议，对症治疗，治愈希望很大，很快就可以有自己的宝宝了。”

“嗯，好好，谢谢医生！”林默言感激地牵着米多多的手离开了付天华医生的办公室，“老婆，你没事吧？”

“我真的有问题，好难接受。”米多多神色颓然道，“我觉得自己很健康，我怎么会不能生呢？输卵管怎么会有问题呢？还有，我为什么不知道我有炎症？我一向都很爱干净、整洁的呀！”

“老婆，医生都说了，你那不是什么大问题。”林默言安抚道，“就跟人家小感冒一样，你做个腹腔镜的手术，休息一个星期，咱们就能有宝宝了。你别把事想太大，给自己压力，这样心态不好，更影响受孕。”

“要是做了手术，我还是不能生怎么办？”米多多紧张地看着林默言。以前她很厌恶林默言或者林妈妈肖美凤将不孕的矛头指向她，可是现在确认了她真的有问题，米多多瞬间就变得底气不足，甚至有点说不清楚的自卑。

“要是做了手术你还是不能生，那咱们就不要小孩儿了。”林默言温柔地伸手抱住米多多，“我可以不要孩子，但是不能没有你！”他那幽暗深邃的眸光里闪耀着隐晦的苦涩，心里暗暗地说：“老婆，对不起！”

“老公，对不起！”米多多紧紧地抱着林默言，她已经很久没有被这样深深地感动过了，不管林默言说这句话的真实成分有多少，至少这一刻让米多多泪流满面，“为了你，我一定会努力怀上宝宝。”积极去做一切治疗，哪怕每一次都让她痛不欲生，都要勇往直前。

“老婆，我爱你！”林默言也紧紧地抱着米多多，两个人的身心灵魂异常地契合，“不管以后有没有宝宝，你都是我最珍贵的宝贝。”

米多多终于破涕为笑，擦了擦被泪水模糊的眼睛。视线清明，她含情脉脉地看着眼前这个俊朗又帅气的男人，之前对他的怨念瞬间消失得无影无踪，“我先给我妈打个电话说下情况，免得她担心了。”既然决定不顾一切去治疗，那么当然越快越好。手术后一周的恢复时间虽然不长，但是也不短，林默言肯定没办法照顾自己太久，还得要妈妈来照顾自己。

“嗯。”林默言点点头，“你做手术的一周我恐怕没办法全程照顾你，我觉得还是告诉咱们爸妈，一来可以让他们安排时间过来照顾你，再来免得到时候老人家搞不清楚状况瞎担心。”

米多多在电话里简单地把情况跟米妈妈交代了一遍，末了安抚道：“妈，付医生说其实问题也不大，所以您别担心了。我接受这个小手术也是为了早点能调理好，早点要孩子。手术时间安排好了，您要有时间就过来照顾下我，要是没时间那也没什么，反正是小手术，可以找医院的护工。”

“你这傻孩子说什么傻话？”米妈妈没好气地打断，“天塌下来的事，也没你的事大，我一定过去陪你。你到时候提前告诉我动手术的时间，我跟你爸也能提前做好准备。”

“嗯，好。”米多多乖巧地应声，接着听到米妈妈交代，“你要动手术这个事，也提前跟你婆婆说下。”

“这就不用了吧？”米多多的俏脸有点垮了下来。就林默言他妈妈肖美凤那人的脾气，本来就一直怪米多多不能生，要被她知道了米多多确实有问题而不能生，要做手术的话，别说指望她照顾自己了，不指桑骂槐就谢天谢地了。

“什么叫不用了？”米妈妈语气不悦道。

“妈，默言她妈妈挺忙的，肯定没时间照顾我，我告诉她这不让她跟着操心吗？”米多多说着悄悄瞅了一眼林默言，见他的眉头微微拧了起来，心想他大概也不赞同自己瞒着他妈妈，于是语气委婉了点道，“再说付医生说，真的只是一个小手术，跟小感冒去挂水一样，很多人都做过这样的手术的，没风险。”

“不管是大手术还是小手术，你进医院这事，就不能瞒着默言他妈妈。”米妈妈的语气沉重起来，“多多，婆婆不比妈妈，你有时候得多长个心眼，你要瞒着你婆婆去做手术，你是为了避免她瞎操心，但是只怕她会想更多，到时候觉得你不懂事。”

“好了好了，妈，我知道了。”米妈妈接下来又是一通长篇大论，大致都是要米多多对婆婆恭敬、孝顺、和谐、关爱等。米多多终于不耐烦地打断，“我一会儿让默言跟他妈妈说下。好了，我先挂了啊。”挂完电话，米多多求助地看向林默言，“我妈说，让我把动手术的事跟你妈妈说下。老公，你觉得呢？”

“我觉得也应该跟我妈说下。”林默言看着米多多正色道，“你进医院这事瞒不住，做这样的手术更瞒不住，到时候不提前跟我妈说，我怕她胡思乱想。就算有你爸妈帮忙照顾你，但是我觉得我妈也得去照顾你，毕竟你做手术想怀娃是咱们家的大事。”

“可是你妈的脾气，你又不是不知道。”米多多无奈地撇撇嘴，“就算我愿意告诉她这件事，只怕她肯定不乐意接受，而且一定觉得我不能生，回头要跟我磨叽。”

“我妈这边我负责去说，你别操心了。”林默言温和地笑笑，对自己母亲肖美凤的脾气他还是清楚的，确实如米多多所言，要告诉她了，必定会大惊小怪，“好了，老婆你今天辛苦了，咱们回家吧，我给你做好吃的补补。”

“嗯，好。”米多多乖巧地点点头，两个人温馨地往家走去，幸福的瞬间能够甜腻死人。

米多多为了不耽误手术病休那一周的工作，加班加点提前完成了手头的设计稿。她谢绝了一切活动，包括林默言的“求欢”。做完输卵管造影后一周医生也不建议同房，林默言虽然心里有怨念，但是为了米多多的身体健康以及以后的幸福，他还是忍了，把米多多当皇后一样伺候着。“吃素”一周后，两个人打闹嬉笑中终于克制不住而“开荤”。

“多多，我真的好想要个宝宝，不管男的还是女的，我都喜欢。”林默言结束了挥汗如雨的耕耘，抱着米多多呢喃道。

“嗯，只要我们努力，很快就有的。”米多多安慰了句催促他，“好了，你赶紧去洗澡吧，浑身臭汗。”

“嗯。老婆，我爱你。”林默言背过身子的时候，俊脸神色落寞了几分，幽深地黑眸有些说不清楚的晦暗。

米多多的嘴角则挂着甜蜜的笑容，现在她跟林默言就缺个孩子了，一定要努力生个漂亮的宝宝，让这个幸福的家庭更加的完美。

“砰砰砰——”粗暴的敲门声打断了米多多温馨的幻想，她皱眉看了一眼墙上的钟，都晚上十点半了，谁这样急促地敲门？

她嘴里急忙应声：“谁呀？来了来了。”米多多手忙脚乱地穿好衣服，匆匆地奔去门口，先是在猫眼里小心翼翼地看了两眼。这不看不知道，一看吓一跳，婆婆肖美凤像发疯了似的狂敲着门。

“妈，你怎么了？”米多多不敢有片刻耽搁，快速打开门。肖美凤收不住敲门的手，猛地一下，连人带拳砸到了米多多身上，一把将她推进门。

“妈，你到底怎么了？”米多多肩头被敲得生疼，“咝”了一下，但是看着肖美凤那焦急的神态也不敢表露出不快，摆着关切的脸问道。

“米多多，你这个贱人！”肖美凤破口大骂的同时毫不犹豫地朝米多多俏脸上甩了一巴掌，“娶了你这个不会生的媳妇，算我们老林家倒霉，可是你为什么要害我们家楠楠？”

“妈，你到底在说什么？”米多多伸手捂住被打得火辣辣的脸，无辜地看着肖美凤，“你这样不分青红皂白地打人，什么意思吗？”虽然米妈妈一再关照米多多对肖美凤要敬重、隐忍、关爱，但是不代表米多多真的没脾气，可以任由她随意打骂呀！所以在肖美凤伸手准备朝米多多再打过来的时候，米多多伸手一把拽住了她的手，“我敬重你是林默言的母亲，所以刚才那一巴掌就算了，但是你要再动手的话，我不客气了。”

“默言啊，你妈妈我没法活了。”肖美凤挣脱了几下，因为之前的暴怒用光了力气一时没办法挣脱开来，不由得扯着嗓子开始大哭着干吼了起来，“你看你媳妇，不但害了楠楠，现在还要打我啊！”

“妈，你怎么来了？”林默言听到客厅里的动静，胡乱穿了件衣服便冲了出来，看着米多多扭着肖美凤的手腕，俊脸闪过一丝不快，忙上前将扭在一起的两个人给劝开，“你们有什么话不能好好说吗？怎么闹到动手了？”说着神色不快地扫了一眼米多多，示意她赶紧放手。

米多多松开了肖美凤,却不料又被肖美凤往脸上扫了一巴掌:“我要打死这个扫把星。”她挣脱了林默言的拉架，径直朝米多多又扑上去扭打起来。

米多多再也忍不住，条件反射地将肖美凤猛地推开去，嘴里气恼道：“我敬重你是婆婆，喊你一声妈，但是你这样不问青红皂白地大半夜冲到家里来打人是什么意思？你给我滚！”

林默言见米多多动怒地推开肖美凤，忙冲上前一把拉住她，不悦地喝止道：“多多，你说的什么话？”

“我说的什么话，你妈莫名其妙冲到家里来打我两巴掌，你要我说什么话？”米多多气恼地挥开林默言，大步走到肖美凤面前，“就算我不能生，就算我是扫把星，就算林默言现在要跟我离婚，但是你——肖美凤，是没有资格来动手打我的。”

肖美凤捂着脑袋哼哼唧唧：“默言，我撞到头了，我晕。”

米多多愣了下，难道她刚才出手太重将肖美凤推开的时候撞到墙面了？林默言快步将肖美凤下坠的身子搀起，眼睛看到雪白的墙壁上有殷红的血色，忙伸手在肖美凤的后脑勺上摸了摸，温腻的血液流了他一手，他气急败坏地朝米多多大吼："米多多，你看你做的好事！"

"我、我不是故意的。"米多多看到肖美凤真被撞得头破血流了，刚才那一腔怒火瞬间熄了下去，弱声地道歉，"对不起！"

"儿子，你这个扫把星媳妇不但害楠楠，现在连你妈的老命都要谋杀了，我不活了！"肖美凤扯着嗓子干吼了起来。刚才因为她急切推门进来而没有关门，此时米多多家门口聚集了不少听到动静出来看热闹的邻居，纷纷指指点点，猜测到底发生了什么事。

"好了妈，有我在呢。"林默言忙安抚肖美凤，"我马上送你去医院。"说着不快地扫了一眼米多多，警告道，"如果我妈有什么事，我不会放过你的。"

"我跟你一起去。"米多多顾不得邻居们的目光，也顾不得自己脸上的五指手印，跟在林默言身后想送肖美凤去医院。

"滚！我不要看到你！"肖美凤气势十足地大吼道，"你恨不得打死我，我敢让你送去医院吗？"转过脸对着林默言哭诉起来，"我不要看见她，她恨不得我死呢。"

"妈，我真不是故意的。"见肖美凤这样情绪激动，米多多心里别提有多酸涩了，拉着林默言小声地解释，"默言，我真的不是故意的。"

"你闭嘴！"林默言不耐烦地打断米多多，粗暴地越过她，径直抱着肖美凤往医院匆匆赶去。

米多多委屈地看到他们远去的背影，只觉得自己鼻尖酸涩异常，眼睛克制不住地开始模糊起来，伸手一擦，全是泪水，泪眼蒙眬地看着门口还聚在一起指指点点的邻居，不由得深吸了一口气，将那些委屈全部吞咽下，然后狼狈地对众人开始解释："我们家人之间有点误会，现在没什么事了，请大家散了吧。"然后不等大家的反应，逃似的跑进家，关上门后，整个人犹如被抽干了似的，缓缓地依靠着门倒了下来，抱着自己的脑袋开始放声大哭。

米多多真的想不明白，肖美凤为什么会这样粗暴地找上门来打她。难道是林默言跟她说了怀不上孩子是因为自己输卵管不好的事？可是这件事又不是确定米多多从此不能生了。人家医生都说做完手术，调理好，怀孕概率八成以上。再退一步说，就算米多多从此不能生育，那肖美凤怂恿林默言离婚也罢，看不起米多多也罢，何必大半夜地跑到家里来闹这么一出呢？到底为什么呢？米多多真的想得头疼到爆炸也想不出来为什么。她蹲坐得整个身子都麻木了，抬眼看看墙壁上的时钟，凌晨十二点，犹豫了下，还是抓起手机给林默言打电话。不管怎么样，她都得要问问肖美凤的状况，毕竟是她失手推的，还有就是能够了解清楚，肖美凤突然这样莫名其妙打上门到底是为什么。

林默言连续挂断了她三个电话，最后甚至关机了。听到移动小姐机械的声音"对不起，您所拨打的电话已关机"时，米多多的心里拔凉拔凉的，就好像是大冬天喝下了冰冷冰冷的水一样。

打不通电话，米多多只能带着满腹的问号，还有一肚子的委屈一个人孤寂地睡觉去。这一晚辗转难眠，天微微亮的时候，寂静的屋子有钥匙转动的声音，她忙爬起来，胡乱地套了件衣服便迎了上去，“默言，你回来了？妈怎么样了？”

林默言沉着俊脸不发一言地看着米多多，气氛瞬间压抑起来，米多多悄悄地深吸了一口气后，看着林默言讨好地赔着笑道："你累不累？饿不饿？要不要给你去做点吃的？”

“啪！”毫无预警的林默言伸手甩了米多多一个巴掌，“这巴掌是替我妈打的。”接着第二巴掌又接踵而至，“这是为楠楠打的。”

米多多侧头避开了他高扬起准备打第三巴掌的手，怒瞪着林默言：“你妈吃错药了乱咬人，你也吃错药了是不？”这对母子还真的是有病，有事难道就不能好好说吗？莫名其妙就这样打人，当米多多真的是没脾气的木偶吗？

“吃错药的是你。”林默言看着米多多本就被肖美凤打肿的俏脸，被他狠狠地连甩两巴掌后脸面都红肿了起来，顿了下，第三巴掌终究没有下手，只是神色淡漠道，“如果楠楠有什么事，我跟你也完了。”

“林默言，你给我说说清楚，什么叫楠楠有事我们也完了？”米多多拧着秀眉，抓住了林默言的话柄忙追着问，“你什么意思？”

“米多多，看你做的好事，这一家子的奇葩。”林默言说着将手机朝米多多甩了过来，“你自己看吧。”

米多多不明所以地看着那头版头条的标题，脑袋瞬间一热，浑身气血都涌上心头，气急败坏道：“什么乱七八糟的东西，林默言，你少往我身上泼脏水，跟我半毛钱关系都没有。”被点开的视频正劲爆地播放着那一天在香格里拉的“事迹”，甚至还有着醒目的标题：“嫂子包养小白脸，小姑子力求做小三”。

“跟你没关系？米多多我还想问你呢，那天送你去医院的男人是谁？”林默言嘴角挂着毫不遮掩的嘲讽，“原来是幕后奸夫，你包养的小白脸。我还真是瞎眼了，没瞧出来。”

“林默言，你别血口喷人。”米多多被气得浑身颤抖，“我才没有包养小白脸。”

“你包养了会承认吗？”林默言的嘴角挂着冷笑，“不是小白脸你们一起去香格里拉吃饭做什么？你真当我三岁小孩儿吗？”

“我跟他只是普通的朋友。”米多多也不知道该怎么解释她那天为什么会请萧子昱吃饭。但是请都请了，误会已经产生，她还真百口莫辩，只能无辜地看着林默言道，“不管你信不信，事实就是事实。”

“米多多，我现在不想听你解释，也不想跟你说话，你给我滚。”林默言神色决然道，“马上滚出去。”

“什么？”米多多生怕自己听错似的又确认道，“林默言，你在说什么？”该死的浑蛋，竟然敢赶她走，要她滚？

“我让你滚。”林默言一字一句咬牙切齿道，“不然我不保证会不会继续打你！”

“你打呀，有种你接着打！”米多多动怒，张牙舞爪地对着他吼道，“林默言，不把我打死，你今天就别出这个门了。”气急败坏地说完后，整个人都朝林默言撞去。她今天心里可真是憋屈，先是大半夜被婆婆肖美凤打进家门，无辜地挨了两巴掌；好不容易熬到凌晨老公回家，她都努力示好了，结果莫名其妙又挨了两巴掌；现在她被人无辜泼脏水，林默言不管不顾不安慰她也就算了，竟然还让她滚？就是神都得要发脾气了，更别说米多多只是个正常的人，受够火气自然免不得要爆发。

“米多多，你别以为我不想打死你。”林默言粗暴地一把将米多多狠狠地推开，“我现在懒得跟你多说什么，你给我滚。”

米多多防备不及地被林默言一把推倒，后腰撞上了鞋柜。“哗啦”一声，鞋柜都承受不住力道散开了，乱七八糟倒了一地鞋子。她吃疼地闷声哼了哼，挣扎着想要起身，却发现自己的腰扭到了，完全使不上力气，破口大骂道：“林默言，你浑蛋！”

林默言眸光阴冷地看了一眼在地上挣扎的米多多，面无表情地转过身子，跑进房间快速地拿了一套换洗衣物，然后越过大吼大叫、情绪失控的米多多，快步奔出了大门赶去医院。

“林默言——”米多多看着他那决然离去的背影，委屈地大哭了起来。她越想越委屈，最后哭得自己都没力气了，只能扶着墙面小心翼翼地颤抖着爬起来，从屋里找到手机，先给南茜打了个电话，却被告知她出去旅游，暂时失联。米多多习惯性地给爸妈打电话，在听到米妈妈温润的声音时，她瞬间回神，要被爸爸妈妈知道这些事，只怕她跟林默言，或者说跟林家的关系，只会越来越差。米多多暂时还不想撕破脸，所以沙哑着嗓子胡乱应了句：“妈，我刚才做噩梦了，梦里吓哭了。”

“你这孩子，都多大的人了，还会做梦吓哭？”米妈妈打趣了句，随即关切道，“多多，听你的声音好像不太对劲，你怎么了？”

“没什么，就是做噩梦踢被子了，现在嗓子有一点点不太舒服。”说到这，为了配合她说话的真实度，米多多还故意咳嗽了几声，“我一会儿多喝点水就没事了。”

“你说你这孩子，怎么这么不让人省心？”米妈妈抱怨了句，“一会儿自己煮个冰糖雪梨。你以前一咳嗽就要百日咳的，可别不当回事，你回头还要去医院手术呢，这身子得养好。”

“嗯，我知道了，妈。”米多多敷衍道，“好了，我要赶紧收拾下，起来做饭了，要不然上班要迟到了。”

“那行，你上班开车小心点。”米妈妈不放心地关照了句，才挂断了电话。

米多多看着手机怔了会儿，她想给朋友打个电话诉下苦，却发现除了南茜，她找不到任何可以“吐槽”的闺蜜。这一刻她发现自己的生活有点可悲。自从结婚后，她就围绕着林默言打转，除了父母跟南茜，她已经好久没跟大学闺蜜什么的聚会了。

深深地叹息了一声，先打电话给主管请了病假，毫不意外地挨了一顿臭骂，米多多才赔着不是挂断了电话。她腰疼得就好像开裂了似的，一站起来身子直冒冷汗。米多多咬牙坚持到洗手间刷牙洗脸，胡乱换了一套衣服，挪着步子艰难地出门去医院。

这一刻，米多多无比坚强，她甚至有一种从此宁愿独身，也不愿意再跟林默言有任何牵扯的决绝态度。男人在动手打了第一次以后，求得原谅了，必然会有第二次。米多多当初在看《不要跟陌生人说话》的时候，感觉里面人物太夸张，安家和那么斯文的医生，怎么会那么粗暴呢？当事情轮到她身上时，她终于懂了，原来电视剧那些狗血题材，真实的生活里确实是能够遇到的。

萧子显正耐着性子等前面路口的红绿灯，却看到犹如螃蟹似的挪着身子在路边等出租车的米多多。看到米多多因为动作慢而被别人抢先打到出租车后神色痛苦的模样，萧子显犹豫了下，还是将车缓缓地靠到了路边停下，“叭叭”响了响喇叭。

米多多意外地看着一辆车的车窗摇下，露出萧子显那张年轻俊逸的脸，呆了半晌后她才打招呼道：“你好啊！”

萧子显拧着俊眉看着米多多：“看你的样子好像不太好啊。”

“嗯，是啊。”米多多大方地承认道，“昨晚不小心扭了腰，这不在等车去医院嘛！”

“需要我这样英俊的司机不？”萧子显扯着嘴角灿烂一笑，“不用额外给小费的，只要你记得把欠我的饭补上。”

“那多不好意思啊。”米多多尴尬地笑笑，“我再等等好了。”

“现在是上班高峰期，哪有那么好等呀？”萧子显笑着打开副驾驶的门，“好了，你也别跟我客气了，赶紧上车吧。再堵着路，估计要被人骂了。”

“那真的太感谢你了。”米多多忍着疼痛，艰难地坐上萧子显的车，扣安全带的时候，发现自己有些使不上力，几次都没扣好。

“好了，你别动，我来。”萧子显说着伸手拽过安全带，绕过米多多，动作娴熟地帮她系上，嘴里又随意地问，“你的脸怎么了？”

“昨天家里有蚊子，不小心拍了几下。”米多多只能胡乱地搪塞，“蚊子没拍死，倒把自己的脸给拍花了。”

“这个季节有蚊子吗？”萧子显一脸的疑惑，“好像还没到时候吧？”

“你家没蚊子，不代表我家没蚊子。”米多多有点不耐烦道，“你到底要不要好好开车？不想送我去医院，那你就在靠边停车吧。”

“瞧瞧你这火气，啧啧！真大！”萧子显见米多多动怒，只能退一步安抚道，“难怪家里有蚊子了，都被你给烧出来的。”

米多多转过脸看向窗外，压根不准备再回答萧子显的话。

“我说米多多，你想去哪个医院？”萧子显见米多多不打算搭理他，他一个人调侃也无趣，只能正色地问。

“附一医院吧。”米多多简洁地答道。

“你如果是扭伤的话，我推荐你去中医院，那边有个专家还不错。”萧子显正经起来，“上次我腰椎间盘差点突出，在他那看了三次门诊就给治好了。”

“有没有那么神奇啊？”米多多疑惑地看着萧子显，“你忽悠人的吧？”

“姐姐，你百度呀，那个医生口碑很好的。”

米多多不相信萧子显的话，拿着手机习惯性地百度了下，中医院确实有个姓刘的医生口碑极好，尤其是看这种硬伤。她忙把手机朝萧子显递了过去问，“是不是这个刘医生？”

“嗯，是的。”萧子显扭过脸瞄了一眼，正色地点头，“我跟他现在私交不错，所以你不用担心挂不上号。”

“那就去看他吧。”米多多慎重道。

“你这话是病句。”萧子显“扑哧”一声笑道，“什么叫去看他？你要不要提点礼物上门呢？”

“我去看他有什么不对？”米多多没好气地白了一眼萧子显，意识到自己这话好像确实有语病，忙解释道，“我病了，去找他看，这样总对了吧？”

“我反正是说不过你。”萧子显随意地耸了下肩，转过脸正色地开车，“好男不跟女争。”

第五章 不合时宜的惊喜

由于萧子显跟刘医生私交不错，米多多这次确实免除了挂号排队等待的正常流程，直接打了个电话进去找他。刘医生一边支使萧子显出去排队补号，一边敬业地给米多多治伤。或许见多了这种硬伤病号，刘医生并不多嘴问什么，推推揉揉后，给米多多上了药，然后对她说："如果你想好得快一点儿，我建议你打绷带。"

米多多忙不迭地点头，"刘医生，你说什么就是什么吧。"等她跟萧子显出医院的时候，她整个腰被捆绑得结结实实的，幸亏穿的是宽松的针织衫，要是米多多穿了紧身的裙装，只怕是连衣服都要包不上了。

“那个，萧、萧子显。”米多多犹豫了下，才结结巴巴地喊出萧子显全名，“今天真的太感谢你了。”

“你当然得要感谢我，为你跑上跑下排队挂号不说，你今天的医疗费还是我垫的呢。”萧子显一脸理所当然地说，“所以说，米多多你现在欠我的可不是一点点的人情了。”

“嗯，我知道。”米多多诚恳地点点头，“要不然我请你吃饭好了。”

“你请我吃饭？”萧子显挑眉看向米多多，不确定地问道，“今天？现在？”

“是啊。”米多多点点头，“不过得麻烦你先送我回家取下钱包。”今天早上出门太急，米多多忘记带钱包了。要不是遇到萧子显，并且他好心送自己来医院，只怕米多多连打车的车费都没钱付，最后还得灰溜溜地回家取钱。

“我看今天还是算了。”萧子显撇撇嘴，“你现在绑得跟个木乃伊似的，对着你我没好胃口吃饭。”

米多多嘴角抽搐了下：“不带你这样埋汰我的。”

“不埋汰你，说正经的，你还是好好在家休息几天吧。”萧子显认真地说，“等你休息好了，你欠我的这些饭，我会一顿一顿地吃回来的，只要你到时候别不认账就行。”

“你放心吧，我不会不认账的。”米多多对着萧子显灿烂一笑，“萧子显，你真是个好人。”

“是啊，好人。”萧子显点点头，“为了对得起你这‘好人’两个字，送你回家我责无旁贷了。”

“如果太麻烦你的话，我其实可以打车回去的。”

“你打车回去有钱付车费吗？”萧子显挑眉看着米多多，“算了，你也别假客气了，咱们一回生，二回熟，现在熟得不能再熟了，就甭假惺惺了，走吧。”

米多多像个小企鹅似的摇摇摆摆地跟着萧子显上车，心里再一次给他颁发“好人卡”奖，理所当然地享受他送回家的服务。

当米多多在自家门口将包掏得底朝天都没有找到钥匙的时候，终于垮了一张脸，讪然道：“萧子显，我好像没带钥匙。”心里暗骂自己真是没脑子！

“我看出来了。”萧子显认同地点点头，“要不然打个电话给你老公，让他来开下门？”

“嗯。”米多多点点头。虽然她心里真不想打林默言的电话，但是眼下她不打这个电话又不行，你说没有钱包，没有钥匙，连南茜都不在家，米多多无处可去啊！当然爹妈家除外，可是现在这个狼狈的样子，米多多敢回米家吗？林默言的电话响了两声便被挂断了，米多多拧着秀眉瞪着那挂断的屏幕，心里恼恨得牙痒痒，不死心地又打了一次，可是这一次响了一下就被挂断了，米多多憋足火气继续打过去，“对不起，您所拨打的用户已关机。”林默言竟然果断关机了。

米多多恨不得砸了手机，但是却只能深深地吸了口气，生生地将怒火压了下去，“萧子显，今天恐怕还要麻烦你了。”

“你别说要我去给你开个房间。”萧子显戒备地看着米多多，“我倒不是心疼钱，也不是不愿意帮你，而是不太方便用我的身份证登记，你有身份证我就帮你开。”

米多多看了萧子显半天，见他一脸正色，一点儿也不像开玩笑的样子，忙问：“为啥不方便用你身份证登记？”如果米多多带着钱包，有身份证，自然不会厚着脸皮开口让萧子显帮忙了。

“米多多，这是我的隐私。”萧子显终于收起一贯的嬉皮笑脸，“对不起，恕我不能告诉你。”

“那怎么办呢？”米多多问完就觉得唐突了，毕竟她跟萧子显其实也没那么熟，只能不动声色地转移话题道，“我没带钱包，也没带身份证，老公还联系不上，我无家可归了。”

“你要是有胆，并且不介意的话，可以去我那儿住。”萧子显说完这话生怕米多多误会似的，忙补充说，“我今晚可以跟顾子辰去挤挤的，你放心，我不回去。”

“你不回去，让我去住，你放心吗？”米多多用黝黑的眸子看着萧子显，问他。

“放心，我干吗不放心？”萧子显又恢复一贯的大大咧咧，“就当家里藏个田螺姑娘呗！”说着笑嘻嘻地打量了眼米多多，“我觉得你应该挺贤惠的，洗衣做饭，打扫家务都 OK 吧？”

“OK 是 OK 啊，可是我这个田螺姑娘被绑成木乃伊了，你觉得你好意思让我去搞卫生吗？”米多多笑得和善可亲，“就我这病号，没人照顾，已经很可怜了。”

“好吧，我跟你开玩笑的。”萧子显扯着嘴角笑笑，“我家里有钟点工打扫的，你先去凑合住一晚。明天要回来的话，打我电话，我送你回来。”

“好。”米多多点点头，“萧子显，我真的不知道该怎么谢你，但是我米多多会永远记得你的好，以后你有需要我帮忙的任何地方，我一定竭尽所能回报你。”

“算了吧。”萧子显扶了一把行动不便的米多多，“我施恩就没想图报。再说了，帮你这点事，举手之劳而已。你以后要真想感谢我，多请我吃几顿饭就好了。”

“一定请你吃大餐，吃腻为止。”米多多郑重地承诺。

米多多跟着萧子显到了他家，幸福大道世纪花园 1 幢 103，上次米多多是在门卫等着萧子显拿出来她的驾驶证的，这次跟着他直接进了家门。萧子显家是连体别墅，还带个半开放的小院子，种着一些花花草草，三层小楼带地下室的豪宅，是米多多喜欢的房型。简单的黑白色调装修，暖色系的灯光，让人感觉舒心。客厅很大，靠着回廊边竟然还有个小型吧台，酒柜里整齐地排列了一些看着就很高大上的酒。如果米多多没有猜错的话，按照萧子显的个性，一楼是客厅、小酒吧，二楼是主卧、衣帽间、书房，三楼是客卧，而她今晚应该在三楼做客。

“怎么样，我请的钟点工阿姨很像田螺姑娘吧？”萧子显打趣说，“屋里打扫得可还算干净？”

“不但很干净，而且很舒心。”米多多认真地评价，“不过我今晚该住哪里？”

“你就住三楼吧。”萧子显边说边引着米多多上楼，“走楼梯慢点，我一会儿给顾子辰打电话说一下去他那儿住。”

“好。”米多多乖巧地点点头，果然跟她预想的差不多。

“你有事的话，打我电话。”萧子显帮米多多开好卧室门，又简单交代了句，“洗手间里的洗漱用具都有备份，全新的，只是没有女士专用护肤品，你就凑合着用吧。”

“嗯，好。”米多多简单扫了一眼，果真挺齐全的，心里暗自猜测萧子显家里经常会有客人入住。

萧子显交代完就给顾子辰打电话：“我今晚去你那儿住。”电话那头顾子辰不知道说了什么，萧子显俊眉便拧了起来，“那怎么办？我晚上没地方住了。”顾子辰又说了句什么，萧子显讪然道，“你们还真能折腾！算了，不指望你了，我自己想办法吧。”

“发生什么事了？”米多多大概也猜测到萧子显入住顾子辰家出现问题了。毕竟顾子辰是拖家带口有媳妇的人，外人去住肯定不方便，更别说是个男人。但是碍于她跟萧子显不是很熟，又孤男寡女的，米多多不好意思厚着脸皮主动提出来“要不然你住家里好了，反正你家房子这么大，两个人可以分别住二楼、三楼，分楼层住。”

“今晚我要无家可归了。”萧子显可怜巴巴地看着米多多，“顾子辰都被高洁从家里赶出来两天了。”

“啊？”米多多愣住，“为什么呀？”

“还不是你那小姑子闹的。”萧子显撇撇嘴，“林佳楠不想跟顾子辰分手，天天跑去公司纠缠他。顾子辰被缠得没办法，约她做最后的了断，结果被高洁撞了个正着。”

“然后他们夫妻闹起来了？”米多多试探地问，“顾子辰被高洁赶出来了？”

“嗯，不但如此，高洁还把那天在香格里拉的视频上传到了网上，你小姑子这两天总算消停了。”萧子显叹了口气，“我说米多多，你应该不介意我今天住家里吧？”

“不介意。”米多多摇摇头，“你才是主人，我才是那个打扰你的人。”

“那好，就这样愉快地决定了。”萧子显伸手跟米多多击了下掌，保证道，“你放心吧，我是个君子。”

“就算你是小人，你对木乃伊也没胃口下手的。”米多多倒是不怕死地打趣了句。

“我对木乃伊当然没胃口下手，但是我现在饿了倒是真的。”萧子显摸了摸肚子，“米多多，你伤的是腰，你的手不影响做事吧？”

“比如？”米多多笑问。

“比如，我冰箱里有食材，你能不能做午餐？”萧子显一点儿也不客气道，“我对伙食要求比较高，你来我家做客，首先厨艺得过得去。”

“萧子显，我发现你三句话中有两句是离不开吃的，你是吃货吗？”米多多说着忍不住“扑哧”一声笑了出来，“之前追着要我请客吃饭，现在倒好，一点儿都不客气地提出要我做饭了。”

“哎哟，我都说了嘛，我跟你那么熟了。”萧子显自来熟地拉着米多多下楼，“好了，我带你去我厨房，食材都是阿姨买好了的。”

萧子显家的厨房很大，平时也有钟点工阿姨做饭，所以新鲜的食材配上齐全的酱料还有米多多烧出来的家常菜，把萧子显给喂得饱饱的，吃了三碗米饭后才意犹未尽道：“米多多，你这厨艺没得说。晚上我路过超市时去买菜，回来你继续给我做饭吧。”

“我能说不吗？”米多多嘴角抽搐了下，这“吃人嘴软”在萧子显身上一点儿也不实用，他是越吃越理直气壮。

“不能，就这样愉快地决定了。”萧子显说完，优雅地擦擦嘴，“我都翘班陪了你一上午检查看病，回家还把客房给你住，让你给我做几顿饭抵工钱而已，你怎么好意思拒绝呢？”

“那你晚上想吃什么，自己买吧。”萧子显对米多多的善意，让米多多确实也过意不去，而且他这个“胸无大志”的男人只不过好吃了那么一点点，既然提出这小要求了，米多多又绝对可以满足，那她尽量去减少欠他的人情，虽然还欠很多，但能还多少是多少吧。

“好啊！”萧子显满足地笑了笑，然后收拾了下便赶去公司上班。

米多多将餐桌收拾好，又将厨房收拾干净，这才拖着直挺挺的腰疲惫地坐到沙发上休息，她拿出手机再次给林默言打电话，这次不是挂断，也不是关机，而是没信号，“对不起，您所拨打的电话暂时无法接通，请稍后再拨。”米多多的心里顿时就好像被沾水的棉花堵塞似的，完全就透不过气来。“林默言，夫妻一场，你竟然能够绝情到连电话都不接的地步！”米多多回想着昨晚到现在的经历，忍不住委屈地掉眼泪，就算她想破脑袋，也想不出来她到底在哪里得罪了林家这对奇葩母子。

当萧子显下班买了一堆自己爱吃的食材回家时，米多多因为承受不住疲倦倒在沙发里睡着了。他轻轻地走到沙发边，第一次认真地打量起这个已婚女子。她长得不算漂亮，但是笑起来很有亲和力，给人一种暖暖的感觉。紧闭的双眸，睫毛弯弯地向上翘着，下眼睑处有着明显的黑眼圈，不知道梦里梦到糟心的事，还是最近情绪不佳，她的嘴唇抿得紧紧的，眉头也皱成了一团。萧子显着魔似的伸出手，想要去抚平那一团褶皱，却不料这个动作惊醒了米多多，他忙扯了个鬼脸故意吓她道：“吼！”

“啊！”米多多乍一睁开眼看到近在咫尺的俊脸，不由得被吓得惊叫一声，“萧子显，你怎么回来了？”

“姐姐，下班了，我当然回来了。”萧子显伸手朝着墙面指了指，“拜托你看看时间。”不动声色地掩饰自己刚才那不合适的举动，心里暗自庆幸自己反应快，要不然尴尬得不知道该说什么才好了。

“呀，都快六点了。”米多多打了个哈欠，倒是没有多心萧子显的举动，只当他刚才的恶作剧把自己给吓醒，事实上自己也确实被吓倒了。米多多稳了稳心神，不打算跟萧子显这个爱胡闹的大男孩儿计较，于是忙张口问：“我们晚上吃什么呀？”

“喏，我买菜了，你做饭去吧。”萧子显一听到吃，忙扯着嘴角灿烂地露出一口白牙来，“米多多，希望你不要让我失望啊。”

“这可不好说，我先试试看吧。”米多多接过萧子显递过来的购物袋，随手翻了翻，“你买的东西挺多的呀，不会都要我做吧？”

“当然都要你做。”萧子显一脸的理所当然。

“太多，今晚吃不掉的。”米多多中肯地说，“我们两个人吃个三菜一汤就足够了。”很典型的家庭主妇范，勤俭持家，不愿意剩菜剩饭。

“四菜一汤吧，我保证可以全部吃完。”萧子显笑嘻嘻地比画了下肚子，“米多多，你看我这人高马壮的，三菜一汤吃不饱，给多加一个菜呗，反正我买都买好了。”

“好吧，你是主人，我听你的。”米多多也不跟萧子显多罗嗦，麻利地提着购物袋去厨房，边走边问：“你有什么特别要点的不？还是我随便做？”

“什么拿手，你做什么，我不挑食。”萧子显买的都是自己爱吃的食材，所以他就看米多多的厨艺发挥，并不做别的要求。

“好的，那你等着吧。”米多多麻利地开始在厨房忙碌起来。

萧子显心情愉悦地打开了电视，看着狗血的连续剧，眼眸不时悄悄地瞟向渐渐开始飘出香味的厨房。有那么一瞬间，他突然觉得这样平淡、温馨的日子充满了温暖的幸福。如果米多多是他的女朋友，或者他找一个会下厨、两个人又相处愉悦的女朋友的话，是不是会比他一个人单身的生活要精彩、有滋味的多呢？萧子显认真地思考起来，他是不是要结束单身贵族的生活，心甘情愿地找一个人，用一段婚姻圈住自己，让自己从此过上定点投喂的生活。

“好了，萧子显，你进来帮我端下。”当米多多招呼着萧子显帮忙将做好的四菜一汤端出厨房时，萧子显顿时有一种心满意足并且立马就想找个人结婚的冲动。他贪婪地使劲闻着饭菜的香味，毫不吝啬地夸赞着米多多，“赞！米多多，你实在太赞了，给你三十二个赞。”

“少贫嘴了，我都快饿死了。”米多多说着看了一眼墙壁上的时钟，已经接近七点了。虽然她动作已经很麻利了，也挑尽可能简单的做，可做饭做菜确实很耗时间。

萧子显看着桌子上摆放有序的饭菜，尖椒牛柳、番茄炒蛋、凉拌黄瓜、清蒸鱼、排骨汤、两碗米饭，不由得激动道：“这些菜色香味俱全，简直比一般饭店做的还要香，我先尝尝味道。”

说着不顾米多多这个客人在场，快速地伸出筷子，挨个尝了下，道，“好吃！太好吃了！”

“你不嫌弃就好。”米多多被萧子显那一副急不可耐的样子给逗笑了，“慢点吃，我不跟你抢。”

“不行，这么好吃的菜，不配着喝点小酒怎么行呢？”萧子显说着，忙起身走向酒柜，从里面抱了一瓶红酒问米多多，“你喜欢红酒还是香槟？”

“你家没白酒吗？”

“啊？”萧子显愣了下，“有是有，可是你确定你要喝白的？”

“来点也无所谓。”米多多豪爽道。她其实不爱喝酒，平时也不喝酒，只是酒量遗传了米爸爸的，一般红酒跟香槟喝一瓶都醉不了。她今天心情不好，她怕自己晚上在萧子显家这个陌生的地方睡不好，又要胡思乱想，干脆就要了烈一点儿的白酒，准备喝了踏实地睡个觉。

“那我开白的啦？”萧子显不确定地再问，见米多多不像开玩笑似的点点头，心里嘀咕了句，“真是一个怪女人，越看越觉得奇怪。”

“萧子显，你是个好人，我谢谢你！”米多多端起酒杯，一干到底把萧子显给吓得半天没敢动。

热辣的酒顺着嗓子直烧心头，米多多龇牙咧嘴地“啧”了几声缓缓气，见萧子显端着杯子都快石化了，不由得催促道：“萧子显，你怎么不喝呀？”

“你的酒量很惊人？”萧子显喝完了满杯酒，辣得够呛，试探地问道。

“没有，我酒量不好的。”米多多只觉得那杯酒下去，不但自己的胃里烧得暖暖的，身子也暖暖的，甚至连自己的脑子都热烘烘的，“不过我酒品还好，你别怕，我喝多了不会闹的。”

“喂，小酒怡情，大酒伤身。”萧子显见米多多又麻利地端着酒杯喝了一整杯下去，忙出声道，“你少喝点。”看她的样子好像要故意喝多似的，这让萧子显又一次惊呆了。

“我知道。”米多多说着又灌了一整杯下去，“这酒还挺好喝的。”

“那你吃点菜再喝呀。”萧子显放下酒杯往米多多碗里夹了块肉，“再好喝的酒，你也不能当白开水喝啊，这是白酒，53° 的。”萧子显只喝了一杯，都感觉自己的脑子开始热乎乎的发晕了。

“不想吃菜，就想喝酒。”米多多说着又给自己倒了一杯白酒，“只有喝多了，我今晚才能睡得踏实。”

“你是不是心情不好？”萧子显犹豫了下问。

“你觉得我心情好吗？”米多多嘴角扯着苦涩的笑反问。

“那你如果不介意的话，可以说给我听听。”萧子显说着帮米多多夹了几块黄瓜，“虽然我不会安慰人，但是至少我能当你的垃圾桶，听你吐槽。”

“嗝。”米多多打了个酒嗝，眼神渐渐开始迷离起来，“我都不想说了，说多了都是泪。”深吸了一口气，拽着萧子显道，“你不用听我吐槽，陪我喝酒吧。”

“可我酒量不好啊。”

“我酒量也不好。”米多多拽着萧子显让他陪着自己喝完，又迅速地给他倒满，“我们又不是拼酒，只是喝酒嘛！来来来，赶紧的，别矫情。”

“我酒品也不好啊。”萧子显憋屈道。

“酒品是什么东西？不要了！”

一瓶白酒喝没了的时候，米多多跟萧子显都已经喝上瘾了，两个人又相互搀扶着去了酒柜，抱了一瓶红酒出来，“萧子显，来，你再开一个。”

“嗯，开瓶器在哪儿呢？”萧子显接过米多多递过来的红酒，醉眼蒙眬地四处找开瓶器，“我找不到开瓶器了，我头好晕，眼睛好花。”

“嗯，我帮你一起找……”米多多跌跌撞撞地跟着萧子显一路找上了楼，进了房间……

夜还很漫长，故事还在继续……

米多多睁开眼睛的时候，阳光已经透过纱幔直射到了床上，她揉着头痛欲裂的脑袋，茫然地打量了这个看着陌生的房间，扭过脸的时候，被同样醒来打着哈欠在床另外一头的萧子显给吓醒，“你、你……你怎么在我床上？”

萧子显茫然地环顾了下房间，这才将视线无辜地移向米多多：“这个好像是我房间，这床也是我的。”

“那我怎么会在你床上？”米多多戒备地一把拽过被子将自己结结实实裹了起来，腰部的疼痛让她忍不住呼了一声痛，心里却一阵说不出来的慌乱。昨晚的片段开始在脑海里迷迷糊糊地闪现，她跟萧子显喝酒了，并且喝得不少，然后……然后米多多就不记得发生什么事了。

“你没事吧？”

“没事。”米多多向后缩了下身子，来不及懊恼昨晚的酒后失态，急忙问，“我们昨晚没发生什么吧？”

“应该没有吧。”萧子显不确定地回答。孤男寡女喝多了，断片了，隔天又在一张床上醒来，要说真的什么事都没有，说出去都不会有人相信的。但是要说有吧，萧子显转过俊脸认真地打量了下米多多只是凌乱却并没有脱的衣服，而自己的穿戴除了凌乱一些外，也都上下齐全。他确实也不记得自己做了什么。

“什么叫应该没有？”米多多不满道，“到底是有没有吗？”

“有没有，你不是应该清楚吗？”萧子显挑眉看着米多多，提醒道，“你也是当事人之一好吧？”

被萧子显如此一提醒，米多多忙低下头查看了下自己的衣服，虽然凌乱，但是至少都还在，不由得松了口气道：“我们应该什么都没有发生。”

“可能只是睡了一晚。”萧子显认同地点点头，附和着说了句。

“闭嘴！”米多多没好气地赏了个大白眼给他，“萧子显，昨晚的事咱们既然都不记得了，那么就此翻过，以后谁都不许提。”米多多毕竟是已婚女子，就算是跟萧子显同睡一张床什么都没有发生，但是总归是对名声不好，米多多可不想背上一个“背夫出墙”的名声。

“万一，昨晚咱们做了什么呢？”萧子显挑眉看向米多多，“你就这样风轻云淡地要就此揭过？”

“没有万一，我们衣服都穿得好好的呢！”米多多坚定道。

“那可不一定，就算做了什么，事后穿上衣服也不是不可能的。”萧子显不怕死地继续忽悠着米多多，他对米多多对他没想法这件事多多少少有点不舒服。他好歹是一个英俊潇洒、年轻有为、有车有房的钻石王老五啊，就算跟他发生点什么事，米多多这一已婚女子不是该偷着乐吗？可她倒好，一副撇得干干净净的样子，这让萧子显的男性自尊受挫了。

“萧子显，你什么意思啊？”米多多一听这话，俏脸瞬间都变绿了，“我警告你，昨晚的事，别说我们真的什么事都没有发生，就算是发生了什么事，你也最好给我失忆。从今天开始，我们桥归桥，路归路，再也不用联系了。”说完，米多多用最快的速度穿戴整齐，不顾腰部受伤的不便，快速离开了萧子显家。

“喂，喂……”萧子显连喊了几声，回应他的是米多多大力的甩门声。萧子显无奈地撇了撇嘴，自言自语道：“我不就是开个玩笑逗逗你吗，你还当真了呢？”

米多多气呼呼地跑出了萧子显家，正犹豫她要何去何从，南茜给她来电话了，她忙欣喜地接起。得知南茜已经回来，米多多二话不说直接拦了一辆出租车去了南茜家。看到南茜的时候，米多多激动得就差热泪盈眶了。

“多多，怎么回事？”南茜看着米多多，“你怎么搞得这么狼狈？”

“别提了，说多了都是泪。”米多多稳了稳心神，将那晚上林默言的母亲莫名其妙地打上门，到后来林默言回来又家暴的事原原本本地告诉了南茜，最后委屈道，“茜茜，你说，我是不是无辜？躺着中枪？”

“你说的视频我先看下。”南茜在打开的电脑上搜索到了米多多说的那个视频，原原本本看了一遍后，忍不住骂了句，然后扭过脸同情地看着米多多问，“那个林佳楠平时就一直这样欺负你的？”这个小姑子说话真是尖酸刻薄，亏得米多多脾气好，能够忍受。

米多多点点头，试着帮林佳楠解释：“其实她也没什么坏心，就是嘴巴毒了点。”

“活该被爆。”南茜幸灾乐祸了句，随即又惋惜，“可惜把你给连累了。”感慨完后又八卦地问，“那你跟那个小白脸是什么关系？”

“他不是小白脸，他叫萧子显，我之前撞坏他朋友车了，就是那个顾子辰的车，萧子显帮忙处理的，然后就认识了。”米多多轻描淡写地说完，眼瞅着南茜张嘴还想发问，忙打断道，“好了，茜茜，不许再提这个萧子显的事。”说到萧子显，米多多心里就来气，这个浑蛋，亏得米多多一直当他是好人、君子，其实就是个小鼻子、小眼睛、小心眼的坏家伙，故意说暧昧的话让米多多心里好像吞了苍蝇似的，难受极了。也是，像米多多这样正经的良家少妇，真的不太能够接受萧子显那些调侃跟暧昧的玩笑。她跟林默言再怎么样不好，哪怕真的走不下去，真的要离婚了，那么至少也要等签字以后，两个人真的分开了，米多多才考虑要不要找下一家。而在这之前，出轨，给林默言戴绿帽子的事，米多多从不考虑，果断杜绝。

“那你跟林默言打算怎么办？”南茜叹息了一声问。

“我也不知道。”米多多摇摇头，“这一次我好像被扫地出门了。”打不通林默言的电话，也不是米多多赌气离家出走，而是她被嫌弃了。

“米多多！”南茜认真地喊了她一声，给她一个坚定的眼神道，“不管怎么样，这个窝，一直给你留着。”

“茜茜，你别太让我感动，我现在很容易哭。”米多多说着眼泪就流了下来，她深吸了一口气，缓缓情绪道，“我先在这里住几天，让自己冷静冷静。”说着挤给南茜一个安心的笑容，“如果做最坏的打算，林默言要离婚的话，我会毫不犹豫地签字。”

“如果，林默言不想离婚呢？”

“如果他不想离婚的话，我会弄清楚这件事的始末，然后考虑清楚，我要不要跟他离婚。”米多多正色地看着南茜道，“家暴这种事，发生了一次，又发生了第二次，说真的，我心里有阴影。茜茜，我跟他很难恢复到最初的那种状态了。”

“多多，我是觉得，你最近跟林默言之间问题挺多的。”南茜认同地点点头，“其实你们两个分开冷静下也好，但是你要注意把握度。NO ZUO NO DIE。”

米多多看着南茜，轻轻地扯了下嘴角，将那些苦涩吞咽进肚子里，淡淡地说道：“茜茜，不是我想作，也不是我太矫情，而是我跟林默言之间真的出现问题了。”

南茜认真地看着米多多，“夫妻之间相处，两个独立的个体要生活到一起，不是从一开始就是有各种问题出现的吗？大到人生三观，小到自己睡觉、上厕所的习惯，不都是一点点磨合到一起的吗？出现问题，不就是为了解决问题吗？多多，你现在怎么不想解决，而想直接放弃了？难道你的婚姻真的出现了七年之痒了吗？”

米多多看着南茜意味深长地说道：“茜茜，有时候解决问题并不是最好的选择的时候，或许，不去解决，结果会更好一些。”

“我说你跟林默言之间最大的问题就是孩子。”南茜伸手在米多多额头上点了下，“人家结婚要孩子的小夫妻，哪有你们那么多事？两个人带孩子都忙得要命了。”

米多多淡然一笑：“孩子确实是一个很大的问题。”她遗憾地耸了下自己的肩膀道，“我身体不给力，那也是没办法的事。”

“对了，你不是预约这个月去做手术的吗？还做吗？”

“暂时还不知道，再说吧。”米多多犹疑道，“茜茜，你说我跟林默言万一真有孩子了，可是还是有问题过不下去，那不是更可怕吗？我们要为了抢孩子而开战啊！”

南茜看着米多多许久，最终不动声色地叹息一声：“多多，我真的觉得你最近想得有点多，而且充满负能量。你就不能像个小太阳似的充满正能量吗？”

“我也想啊，可是最近情绪不好嘛。”米多多撇撇嘴，“算了，手术没做，孩子八字没一撇的事，我想那么多做什么？我先去睡会儿，下午还要去公司挨领导训呢。”

“嗯，你好好休息，最近想住这儿就住好了。我今晚要搬回去，可能要在那边住一段时间。”南茜关照道，“多多，不管怎么样，你要记住，女人的幸福是靠自己拼出来的，生命不息，战斗不止，永远不要轻易放弃。你现在还没真的走到绝路呢，总去想那些不好的结果，只会让自己越来越悲观。”

“嗯，茜茜，你也一样，加油！”米多多初听到南茜要回去住一段时间有点诧异，但是随即释然。每一对夫妻都有自己独特的相处模式，南茜跟她的巨星老公虽然是一对奇葩，但是总归也是夫妻。

米多多睡到下午自然醒了以后，发现南茜已经不在屋子里了，她匆忙赶去公司挨了主管一顿训后，又协商因为自己腰扭了，不方便上下班，将设计稿子工作暂时带回家处理。领导看着米多多那被捆绑得跟“木乃伊”似的腰，勉为其难地同意了，米多多这才回了南茜家。其间萧子显给她打了几个电话，米多多都毫不犹豫地拒接了，她是真心不想跟这个小男人扯上什么暧昧的关系，以后陌路是最好的选择。

南茜的小窝虽然小，但是一应俱全，米多多在天猫超市囤了一堆口粮后，便开始了宅居的生活。每天忙着设计这一季度的主打产品，工作将她的时间占得满满的。所以就算林默言一个电话也没有，一条信息也没有，米多多除了心里有些失落以外，倒是没有太多别的想法。就像南茜所说的，她现在浑身充满了负能量，就算思考，想的都是最为悲观的事，那还不如不去想。不如等待林默言出现，两个人再决定到底是要继续，还是分开。

萧子显打米多多电话打不通，他改为发信息，道歉了几次后，得不到米多多回应，他便失去了纠缠的兴致。所以，这半个月的时间，米多多过得异常的平静。

“多多，我们约时间谈谈吧。”收到林默言的短信，已经是两个人冷战的第十八天，也是米多多快要熬不住想主动上门找林默言谈判的时候。冷战真的是一件极其奇怪的事，明明两个人那么亲密，却要装作视而不见；明明有很多种方式可以联系，却偏偏要克制自己、抗拒自己，似乎谁先打破沉默，谁就输了这场战争。可是，夫妻之间不是应该同心同行的吗？为什么争吵过后，就变成相爱相杀了呢？

“好，你定地方。”米多多本想说“那我回去谈好了”，可是想到自己被狼狈地扫地出门，以她的自尊，实在说不出这样的话，还不如跟林默言约在外面谈。

“你今晚能回家吗？”林默言试探地问。

米多多犹豫了下，问：“在家谈？”那个她曾经觉得温暖的家，此时却觉得那么遥远，那么陌生，才十几天没有回去，她就有一种她回不去的沧桑感了。

“嗯，我在家等你回来。”

米多多看着林默言这话，眼睛不知不觉湿润起来。自己第一次跟林默言吵架的时候，他求着让自己回家的苦情画面仍历历在目。上一次吵架的时候，他至少愿意哄着米多多给彼此台阶下。这次，他甚至连敷衍都不想敷衍了。果真吵架这种事，吵一次伤一次，越吵彼此的心会变得越遥远、越薄凉，就好比一块大的玻璃，摔一次碎一次，到最后碎得可能连渣儿都拣不起了。

虽然米多多不开心，但是她跟林默言这次冷战拖延的时间够久了，到了必须要去面对跟处理的时候了，所以她很爽快地回复了一个“好”字，然后掐着林默言下班的时间点，回了他们的家。

果真跟米多多所料想的一样，屋子里没有林默言刻意下厨的讨好，也没有他想要哄米多多开心的精心布置，整个屋子干净而又显得清冷。林默言给米多多开门后就转身回了屋子，直接端坐到了沙发里，摆出一副谈事的严肃模样来。米多多收起心里一瞬间的失落，跟着进门，换鞋后挑了离林默言较远的沙发落座。

米多多跟林默言相对坐着沉默了有五分钟，没人率先开口，气氛变得沉闷而又尴尬。

“林默言，我就问你一句，你想怎么样？”

“米多多，这话得我问你。”林默言抬眸，怒瞪着米多多，“你到底想怎么样？”

“林默言，我想怎么样？我从来都不想怎么样。”米多多憋屈地看着他，“那晚，你妈莫名其妙地跑来打我，我忍了。我等了你一晚上，想问问你到底发生什么事，你回来又莫名其妙地打我。之后我被你赶出门，打电话你不接，发信息你不回，我才要问你，你到底什么意思？就算是离婚，也请你爽快一点儿，咱们协议好了就签字，然后去民政局办手续。”

“米多多，你是不是一直很想离婚？”林默言眸光幽深地看了米多多半晌，“所以，总在想办法给自己找后路？”

“林默言，你这话什么意思？”米多多坦荡地看着他，“什么叫我一直很想离婚？什么叫我在找后路？你不要血口喷人。”

“香格里拉的小白脸不就是你的退路吗？”林默言嘴角挂着嘲讽的笑，“这半个月时间，我一直以为你会主动回家。可是如果我不给你打电话，你心肠狠得真的一点儿消息都不愿意给我。你要不是找到后路了，你会这样淡定吗？”

“林默言，这是我听过最好笑的笑话。”米多多冷笑了声，“虽然，它一点儿都不好笑。”她深吸了一口气，缓缓情绪道，“香格里拉的萧子显，只是我认识的普通朋友。在你对我家实施暴之前，我心心念念想给你怀个孩子，过一辈子的日子，从来没有动过离婚的念头。”哪怕是现在，被家暴了两次，米多多还是愿意回来跟林默言谈话，潜意识里她还是期待跟林默言把问题解决了，好好过日子的。毕竟夫妻一场，能够走过四年，也是极不容易的事，熬过这个坎，指不定就恩恩爱爱到白头了。

“米多多，只是普通朋友，你会约去香格里拉开房？”林默言恼怒地质问，“甚至还被楠楠被撞到？”

“林默言，谁告诉你我跟萧子显去香格里拉开房了？”米多多一听这话瞬间被气得肺都炸了，“是不是你妹妹林佳楠对你说的？”见林默言没有接话，米多多知道自己猜对了，不由得气急败坏道，“你的好妹妹林佳楠，自己做小三，缠着人家不愿意放手，被人家老婆打上门警告了，还不死心。她这个人人品就有问题。自己过不好，还要胡说八道扯我下水，我诅咒她一辈子得不到幸福！”

“米多多，你怎么这么歹毒？”林默言意外地看着米多多。

“我能不歹毒吗？你妹妹这样泼我脏水。”米多多真是被气得上火了，“我跟萧子显明明什么事都没有，就正好遇到一起吃个饭而已，她竟然能扯到我们开房被撞见，那她怎么不干脆说，她帮你抓奸在床了呢？”

“你跟那个萧子显真的没开房？”林默言严肃地确认着问。

“林默言，如果我们之间连这点信任都没有的话，那真的没有什么好说的了，我们明天就去民政局办离婚。”米多多说不清楚自己对林默言失望，还是她真的不屑为这件事跟林默言多费口舌，神情和语气瞬间变得不耐烦起来。

“多多，我相信你。”林默言沉默了会儿，“那晚我动手打你，确实被气得失去理智，太冲动了，对不起！”

“林默言，你现在每次失去理智就动手，你觉得这样对我公平吗？”米多多正色地看着他，“你连问都没有问过我，连解释的机会都不给我，你就给我判定有罪，认为我出轨给你戴绿帽子。过了这么长时间，你问明白了，轻描淡写地对我说一句对不起，你让我怎么去原谅你？”

“多多，你听我解释。”林默言见米多多心灰意冷，想着这件事他确实太过武断，于是放低姿态道，“那一晚发生的事实在太多，我根本就没有理智思考。后来我想过要问你，可是你又离家出走了。我气不过你每次都矫情地要我哄，我就想冷一冷你，所以才会把事情拖这么久的。”

“林默言，你觉得你打我了，赶我走了，我还有脸自己回来吗？”米多多看着林默言，见他的俊脸上挂满了懊恼，于是缓和了口气道，“林默言，我从来都不是没脾气的人。”

“多多，我知道这件事是我的错，我真的没有脸求你原谅我。”林默言挪动了下身子，向米多多靠近了一些，“但是我真的是有苦衷的，你听我解释好不好？”

“你说吧。”米多多吸吸鼻子，将那些苦涩跟委屈咽进肚子里。

“那一晚的视频曝光后，我爸被气得血压上升，被送进医院抢救。楠楠吓坏了，她知道自己闯祸了，不敢面对，就自杀了。

家里两个人都被120送进急诊，我妈妈当时急疯了，才会打上门来的。”林默言将那一晚家里发生的大事简单地给米多多说了，“多多，当时家里真的乱套了。”

米多多听了也跟着拧起了秀眉，忙关切地问：“那后来呢？”比起这两条人命，米多多挨两巴掌、被骂几句，真的是一件微不足道的事。虽然公公林更生和小姑子林佳楠跟米多多都不算亲近，但好歹是一家人。

“后来我爸血压稳定了，楠楠也抢救了过来。”林默言咬着唇犹豫下，道，“不过楠楠醒来就告诉我，那天视频之前，她是撞见你跟萧子显开房出来的……”说到这里，林默言语气顿了下，“我当时就被气疯了，回来就……”

回来就不问青红皂白地暴打了米多多。米多多此时倒是把前后发生的事串联起来了。林佳楠怕家里人责骂她做小三这事，故意拖米多多一起下水，编造她出轨的事，好让全家的注意力转移，把不满的火力撒到米多多身上，毕竟在女儿做小三跟媳妇出轨给儿子戴绿帽这两者间，一般人都会偏向自己人而一致去对外——媳妇在家里，显然是外人。

“多多，对不起！”林默言紧紧地握着米多多的手，“我当时真的气疯了。你现在打我好不好？原谅我好不好？”说着拉过米多多的手，就要往自己的脸上抽去。

米多多抽回手，正色道：“林默言，我跟你之间不是你打我一巴掌，我还你一巴掌就能扯清楚的事。”米多多叹息一声道，

“现在也不是我说一句原谅你，我们之间就没心结能够继续若无其事过下去的事。”

“那你想怎么样？”

“林默言，我自己也不知道我想怎么样？”米多多叹了口气，“在今天知道事情真相之前，我告诉自己，弄明白了整个事情后，再给自己一点儿时间去考虑我们今后的路该怎么走？”

林默言张了张嘴，刚要插话，米多多快一步打断道：“最近这段时间我们被孩子的事搞得心神疲惫，大家都很有压力，火气也很大。你动手也不是第一次。第一次我说服自己原谅你，第二次我还没有说服自己去原谅你，因为我很害怕你哪一天又情绪失控，会打我第三次。”

“不会的，多多，我保证一定不会打你了。”林默言信誓旦旦道，“多多，我保证绝对不会有第三次。”

“林默言，我知道你现在所说的话，都是真心的，包括你发誓，我都相信。”米多多一把拉下林默言郑重宣示的手，轻轻地摇摇头道，“可是，就算我相信你，我还是害怕你，给我一点儿时间，让我把伤口抚平了，再说好吗？”

“要给你多长时间？”林默言看着米多多，“还有在这期间，你回家还是不回家？”

“多长时间我暂时不清楚，但是我会回家。”米多多看着林默言，“只是我们两个人先分房睡，彼此冷静一段时间。”米多多并没有把话说死，也不想真的跟林默言就这样分开，她还想试着努力下，或许每一段即将结束的感情，到最后都会有这些舍不得的相互牵扯。如果真心舍不得，痛不欲生，那么放下心结、抚平伤口，两个人继续走下去。如果最终彼此都被搞得伤痕累累，那么就只能轻轻地放手，彼此变成陌路人。

“多多，不管怎么样，这次的事真的是我的错。我真心认错，道歉，悔改。”林默言含情脉脉地看着米多多，主动伸手握着她的手，温润地说，“你需要时间，我给你时间，我等你原谅我。”

“林默言，谢谢你的谅解。”米多多真心道谢，“我们之间的问题既然说开了，那也没什么隔夜仇了，我先回南西家收拾下东西，你帮我把书房收拾出来吧。”米多多虽然没有一下子彻底原谅林默言，但是至少她给了林默言台阶下，两个人之间虽不至于立马冰释前嫌，但是至少有缓和的迹象。当然，要真的彻底解开心结需要时间，毕竟曾经那些伤害也是真实存在过的。

“需要我去帮忙吗？”林默言讨好地看着米多多问。

“不用了。”米多多忙摇头婉拒，“我也没什么东西，就电脑等小件，一点点东西。”

“好，那我等你回来。”林默言点点头，默认了米多多的建议，两个人先适当分开冷静想想。当然事实上也由不得他，毕竟这件事弄清楚了事实真相，他确实错得有些离谱，要米多多一下子彻底忘记这茬儿跟他又亲亲密密地在一起，那是绝对不可能的事，毕竟是个人就会有脾气，遇到事情的时候，都会有自己的原则跟底线。

但是既然是夫妻，要相偕走到白首，那么就算有一些隔阂，就算有一些争吵跟不愉快，就算彼此伤过、痛过，但是最终还是会回到那个叫作家的地方，让时间来打消彼此心中的郁结，让一切随风淡去。归根究底，日子还是要相互扶持地过下去，两个人还是要同心同德地走下去。

“嗯。”米多多点点头，然后起身离开家，直奔南西家去收拾东西。确实也没什么可收拾的，当初她被林默言赶出家门的时候，什么都没带，所以能收拾的也就是工作用的电脑跟几件新买的替换的内衣裤而已。

离开南西家的时候，米妈妈打了电话来：“多多，你手术时间安排好了吗？我跟你爸什么时候去照顾你？”

“啊？”米多多愣了下，随口解释道，“妈，我还没约医生。”时间过得太快了，转眼距离她上次去医院检查一个月了。

“你这孩子，你自己的事怎么就不上点儿心？”米妈妈一听米多多这话，瞬间就恼了，“你以为医生是那么好约的？你以为做手术是开玩笑的事呀？”说着不等米多多回话，忙又训斥道，“你这年纪也不小了，再不抓紧要个孩子，你以后可怎么办哦？”

“妈，我知道，我记得呢。”米多多一听米妈妈的抱怨，忙求饶，“我不是不上心，只是我在等我这个月的‘亲戚’嘛。”输卵管矫正腹腔镜的手术，一般是月经干净三到五天才能做，米多多连“亲戚”都没来，她也不好太贸然去跟医生改时间，万一

“亲戚”来了迟迟不走，那不是要放医生鸽子嘛。

“什么？你月经还没来？”米妈妈愣了下，随即疑惑道，“多多，都21号了呀。”

“对啊，我知道。”米多多的月经一般都挺准时的，不早不晚20号会准时报到，“就上次做了那个造影以后，我‘亲戚’有点混乱。”做完一周后还悄悄地“探望”了米多多两天。

“你会不会有了？”米妈妈问得不太确定，“你要不要查下？”

“不会吧？”米多多撇撇嘴，“妈，我这小身板不行，输卵管都不好，怎么可能呀？”

“这个也不好说。”米妈妈想到自己打电话是要米多多约医生手术的，不由得叹息一声道，“那你月经来以后，记得跟我说下，提早去医院约付天华主任做手术。”

“嗯，我知道了。”米多多挂了米妈妈的电话，心里却好像被下了魔咒似的，走到楼下便利药店的时候，犹豫了下，还是进去买了一个验孕棒，然后回她跟林默言家。林默言已经帮她把书房收拾好了，俊脸上挂着讨好的笑意：“多多，我都帮你收拾好了。”

米多多点点头，客气地说了一声：“谢谢！”

“多多，我们至于这么客气吗？”林默言幽暗深邃的眸子闪过一丝阴郁，随即又挂上明媚的笑意，“我们是夫妻，我们是一体的，无论我做什么，或者你做什么，我们都不需要说谢谢。”

“哦。”米多多点点头，“算我说错话吧。”她抬眸看了一眼林默言，心里焦急地想去测试下是否怀孕，于是打发他道，“林默言，最近我一直在加班，挺累的，我想休息了，你也早点回去休息吧。”

林默言没有说话，眸光深深地看了一眼米多多，沉默了半晌，见米多多很坚决，不是矫情，也知道他跟米多多不可能一天就如胶似漆，只能随着时间一点一点慢慢来，于是点点头，温润地说：“嗯，好的，你早点休息，如果有什么事，随时喊我。”

“嗯，好。”米多多的俏脸挂着标准的笑意，“晚安！”见林默言拉上门走了，她忙去洗手间，按照验孕棒的步骤，开始尿检。

米多多此刻的心情很焦虑，忐忑不安，又带着点莫名的期许。等待的时间大概三分钟，但是她仿佛经历了一个世纪一般。她紧紧地握着验孕棒，甚至都不敢去看结果，不知道是怕自己失望，还是被惊吓到。最终，当她小心翼翼地睁开眼，看到验孕棒上那两道红杠杠时，大脑瞬间愣住，完全不敢相信，怎么会这样？

是啊，怎么会这样呢？她都做好了自己输卵管废了，甚至都在等待“亲戚”探亲后去医院做手术的准备，她都接受自己小身板不给力的事实了，可是怎么会突然就怀孕了呢？不，一定是这个验孕棒出现问题了。米多多压根不相信自己怀孕了，也很难接受自己怀孕这个事实，忙把那验孕棒扔进马桶旁的垃圾桶里，胡乱地收拾了下自己，匆匆地奔出家门，她要去小区门口的 24 小时便利药店再买个新的测试下。

林默言听到米多多开门的声音，忙打开房门关切地问：“多多，这么晚了，你要去哪里？”他现在有点缺乏安全感，很怕米多多出去以后，一去不回。

“去便利店买点东西。”米多多头也不回地说着。

林默言耐心地坐在沙发上等着米多多买完东西回来，开门后想跟她说点什么话，米多多却焦急地先一步打断：“林默言，我现在有点事要忙，你不要挡住我的路。”然后绕过林默言直奔房间去。

林默言眉头不动声色地拧成了一个“川”字，深吸了几口气后，才将心头那一股无名的火悄然地压下，心里头告诫自己道：“林默言啊林默言，你怎么就这么心急了？要知道心急吃不了热豆腐，现在要淡定，必须淡定。”

米多多看着那三根不同牌子的验孕棒还有测孕笔，无一例外地显示着两条杠杠，顿时被惊吓到了。她自言自语道：“不可能呀，怎么会这样呢？”她抓住自己的脑袋像发疯似的狂摇头，“怎么办？怎么办？”她压根就没有做好怀孕的准备，不，事实上她虽然已经做了好几年要怀孕的准备，但是因为一直没怀上，而且去医院检查也确实查出是她自身不孕的问题，她好不容易接受她跟林默言之所以没有孩子，是因为她生不了的原因。现在这个结果，实在太突然了，她一点儿心理准备都没有。

这就好比一个人买了大半辈子的彩票，都没有中奖，可在临死的时候发现他中大奖了。这种意外的惊喜，让人兴奋，让人欢喜，但是也同样让人害怕和担忧，因为会不自觉地去怀疑这件事的真实性。

深呼吸，深呼吸，米多多不停地深呼吸稳住自己的心神，然后拿起验孕棒毫不犹豫地推开门走出去，看到还在沙发上发呆的林默言，尽可能轻描淡写地陈述道：“林默言，我好像怀孕了。”对林默言宣布这个消息的同时，也在自己的心里肯定这件事的真实性。

“什么？”林默言愣了下，生怕自己听错，重复地问了一遍，“多多，你说什么？”

“林默言，我说，我好像怀孕了。”米多多说话的同时朝着林默言扬了扬手里那两条杠杠的验孕棒，“两条杠杠。”

“会不会搞错了？”林默言这一瞬间的表情相当丰富，以至于米多多一时半会儿都找不到合适的词汇去形容，难以置信、震惊、惊喜、茫然、疑惑，全部纠结到了一起，好半晌才找回自己的舌头，来了这么一句反问。

“我也不知道。”米多多摇摇头，“虽然测试了好几次都是中奖了，可我一点儿也不相信。”完全就跟奇迹似的，当然这也真的算是奇迹了。她跟林默言辛辛苦苦备孕了好几年都不见有成果，现在两个人刚要冷静想想是否要分开、各自生活的时候，就莫名其妙来了个娃，而且还是在米多多输卵管通不畅的前提下怀上的，简直神奇到让人难以相信。

“你明天去医院看看再说吧。”林默言再一次沉默许久，幽暗深邃的眸光闪过几丝不安的情绪，“如果真的有了的话，真是个好消息呢。”俊脸上挤出温和灿烂的笑意，“也不枉费我们辛苦努力这么久，是不是？”见米多多疑惑地看着他，忙又多嘴解释道，“我是怕空欢喜。”

“嗯。”米多多点点头，“那我先去休息了。”说完她落荒而逃似的躲回房间去。其实米多多也不知道她该怎么去面对林默言，伸手温柔地摸了摸肚子，“希望不是空欢喜一场。”只要有了这个孩子，那她跟林默言之间那些许许多多的矛盾跟问题就都能够理所当然地化解了。毕竟为了孩子，父母还是要有一个完整的家庭来相亲相爱的。

林默言看着米多多进房间的背影陷入了沉思。孩子，这个突然到来的孩子，真心让他不敢相信。

第六章 同床异梦的恋人

第二天，米多多到公司请了半天病假便迫不及待地直奔医院。当她拿着 HCG 的单子给那个温和的产科医生看时，医生笑吟吟地说了句："恭喜你，怀孕了。"

米多多这才如释重负地松了口气，心里溢满了狂喜，忙不迭地给医生道谢："谢谢！谢谢！"直到走出医院的大门，米多多依旧大喜若狂，好想仰天长笑——她终于有孩子了！

普通备孕要孩子的家庭，等到了孩子的降临，都会心花怒放，更别说米多多这等于被判了刑的囚犯，突然宣布她不但无罪释放，而且还因为误判能够得到补偿，得到大家的认可和尊重，她真心找不到词语来形容自己的心情。就好比是在沙漠里已经绝望等死的人，突然发现了一片绿洲，有了生的希望。对，是绝处逢生。

米多多按捺住狂喜给林默言主动打电话："默言，我真的怀孕了。"

"那挺好呀。"林默言的语气相比米多多来说，淡定许多，"你以后要好好休息，注意饮食，可不能再胡来、再熬夜了。"

"嗯，我知道。"米多多点点头，敏感地觉察林默言并不热情，或者说没有她这样极端的激动，于是便放弃了唠嗑的想法，胡乱地跟他搭了几句话，便挂断了电话。然后她给米妈妈、米爸爸打电话报喜，直把米妈妈激动得嘴里直嚷嚷"阿弥陀佛"。

跟米妈妈、米爸爸挂了报喜电话后，米多多又兴奋地给南茜打电话报喜："茜茜，我怀孕了。"

南茜正睡得迷迷糊糊，"嗯？多多，你说什么？你怀孕了？"然后瞬间因为这句话像打了鸡血似的哇哇大叫起来，"米多多，你怀孕了？"

米多多听着南茜那失控的惊叫声，心里溢满欢喜，嘴角不自觉地扯着灿烂的笑意道："是啊，南茜，我怀孕了，真的怀孕了。"看吧，闺蜜跟自己有时候就是这么铁，就是这么亲。

"你不是这几天要去做腹腔镜手术吗？怎么已经怀孕了？"南茜从最初的惊喜中回神，关切地问着米多多。

"嗯，本来是要去做的，可是现在怀了，就不去了。"米多多也不知道怎么去解释这件神奇的事情，"其实我到现在都不敢相信我怀孕了呢。”

“别不相信了，既然查出怀孕了，以后你可要注意点，万事都悠着点，可千万不能再像之前那样咋咋呼呼了。”南茜忙安抚米多多，“还有啊，跟林默言也不要太较真儿了，有些事情过去了就过去了，别揪住不放，以后好好过日子，知道不？”

“知道了，知道了，你再罗嗦下去我都觉得我是在给我妈打电话了。”米多多打趣道，随即又跟南茜聊了几句她的现况，这才挂断了电话。

米多多按捺住幸福的狂喜，努力地投入到忙碌的工作中。好不容易心痒难耐地挨到了下班，她赶回家，一推开门就与一张冷脸的林佳楠撞了个正着，米多多忙挂了个真心的笑容，讨好地开口：“佳楠，你来玩儿呀？”

林佳楠眼神冷冽地扫了一眼米多多，语气酸涩道：“嫂子，恭喜你啊，终于怀孕了。”米多多还没接话客套下，林佳楠又毫不客气道，“会生了不起呀？至于得意成这样吗？”附送了米多多一个大白眼，又刻薄地说了句，“能不能养大还另说呢。”

林佳楠的声音很小，但是又凑巧一字不落被米多多听进耳朵里，她瞬间浑身都不舒服。但是作为嫂子，她还是很勉为其难地挂着和善的笑意，讨好小姑子，装作没有听见：“佳楠，你晚上想吃什么，嫂子给你做？”

“免了，现在哪敢麻烦你下厨，你现在是大功臣，怀着我们林家的小皇帝呢。”林佳楠说着嗤笑了一声，“现在我跟你说话，我都怕惊了你。”说着赏了米多多一个不怀好意的白眼，扬长而去。

米多多深吸了一口气，不打算跟林佳楠去计较，弯腰换好鞋子，走去厨房，看到婆婆肖美凤正忙着做菜。张嘴想打个招呼，但是话到嘴边，想到那一晚肖美凤像个疯子似的甩了自己两巴掌，米多多心里就堵得慌，她实在没有办法说服自己若无其事地继续装亲热地喊妈，就算听了林默言的解释，能够释怀，但是那并不代表能够原谅。

肖美凤转身看到米多多，面色虽说不上和善，但是也没再甩脸色，语气清冷地开口：“把你检查报告拿给我看看。”

米多多愣了下，随即反应过来肖美凤要看她去医院验孕的报告单。她二话没说从包里掏出单子，恭敬地递了过去。

肖美凤在身上擦擦手，接过单子一本正经地仔细看了起来，其实就一组很简单的数据，她却生生看了小半天，然后还给米多多，不冷不热地说了句：“既然好不容易怀孕了，那你以后要好好养着。”

“嗯。”米多多点点头。这个孩子来的异常辛苦，就算没有家长大人提醒，米多多自己也宝贵得很。眼瞅着在厨房帮不上忙，而她对肖美凤还有怨念，米多多应了肖美凤一声后，便快速地回房间，免得跟大动过干戈的人尴尬得大眼瞪小眼。

米多多一直在房间待到林默言下班回来，才在林佳楠的嘲讽中走出房间，硬着头皮吃了几口饭，然后对他们打招呼：“你们慢慢吃，公司还有点事，我要进去加班。”丢下这句话，便又躲回了房间。因为米多多实在没有办法对肖美凤亲热起来，更没有办法忍受林佳楠一次一次的冷嘲热讽，甚至也没有办法像从前那样甜腻着林默言。这一次的受伤，她真的需要比以往更多的时间来调节自己的状态，让自己一下子没心没肺地跟林家人去相处，她真的做不到。

林默言等肖美凤跟林佳楠走了，这才沉着一张俊脸进了房间，抬眼看着米多多在电脑前淘宝，脸更黑了几分，语气不悦道："米多多，你才刚怀孕，就这么摆谱，给我妈、我妹妹脸色看，你不觉得自己过分吗？"

米多多转过脸，认真地看着林默言："首先，我没有摆谱。其次，我也没有给你妈，给你妹妹甩脸子。请你不要污蔑我。"

"没摆谱？"林默言勾着嘴角嘲讽道，"那你现在架子大，见到我妈都没嘴，不会叫人了是吧？"

米多多没有接话，因为她知道自己如果辩解，也是白费力气。事实是她确实没叫肖美凤，但她无论如何也没办法给林默言解释她就是叫不出口，就是堵在喉咙了，她就是没办法忘记肖美凤打她两巴掌又张牙舞爪骂她的画面。其实米多多也不想记仇，尤其一家人，把这些怨念记得深刻，只会分成两条心，可是米多多就是做不到。套用《甄嬛传》里蔡少芬的台词就是："皇上，臣妾做不到啊！做不到！"

"米多多，怀孩子是每个女人都会的事，你之前是不会生，现在好不容易争气怀了个，我妈高兴，不跟你计较以前的事了，你还这样摆架子，你到底想不想好好过日子？”林默言的语气里透着浓重的失望。

“林默言，你什么意思？你想吵架是不是？”米多多一听这话瞬间就来气了，“什么叫我不想好好过日子？我做什么了我？”

“你做什么了，你自己心里清楚。”林默言丢下这句话便气呼呼地甩门出去，留米多多一个人瞪着房门发呆。她真想破口大骂……

“米多多，你不要觉得你怀孩子了有多了不起。”林默言隔着门板还是把话清晰地传给米多多，“是个女人都会的事，你没资格矫情。好好想想吧你。”

“我……”米多多被林默言这话给气得够呛，恼怒地“啪”的一下合上电脑，打开门追着林默言喊道，“林默言，我觉得我们有必要好好谈一次。”

“我们有什么好谈的？”林默言直奔书房，关门前语气不悦道，“你就作好了。我懒得管你。”

“我作什么了我？”米多多恼羞成怒上前猛敲书房的门，“林默言，你今天给我把话说清楚了。”

回应给米多多的是林默言的沉默。敲了半晌，米多多敲得手都疼了，林默言却没有半点儿想开口的意思，米多多只能喊道：“林默言，如果你不想好好过日子，那我们就不过。如果你想继续好好过日子，那么我们好好谈一次，把原来那些对彼此不满的事，都坦诚地说出来，不要藏着、憋着。”

回应给米多多的依旧是林默言的沉默。米多多等了半天，最终失望地叹了口气，回了房间，看来两个人之间的问题并没有因为这个奇迹出现而改善，只能说暂时因为孩子而缓和，根本问题还是在米多多跟林默言之间。

林默言这一晚睡在之前给米多多整理出来的书房，米多多一个人在床上辗转难眠。在她原本的计划里，她是想借怀孕这件喜事，将她跟林默言之前那些不愉快揭过去。当然在揭过去之前，做一次深入的谈话。两个人毕竟马上要转变身份，升级做爸妈了，原来一些事和一些不愉快确实应该释怀。但是米多多清楚自己的个性，如果不说清楚，那些原本的不愉快就跟种子似的在她的心里慢慢地埋下，经过时间的洗礼，迟早有一天，那些不愉快会发芽并茁壮成长，造成她自己都料想不到的后果。

可是林默言的态度却跟她不一样，他觉得两个人孩子都有了，已经和好了，原本那些琐碎的破事就一股脑儿地过去了，提都不用再提了。可是米多多现在还矫情地摆谱，让他不得不怀疑米多多恃宠而骄，凭借孩子这张王牌，想在家里称女王，让林家所有人都要围着她转，低声下气地哄着她，这让“孝子贤哥”林默言很难接受。尤其这个孩子来得太突然，突然到他甚至不敢去接受。

夫妻这一条路，同心才能同行，两个人不知不觉就走岔了，现在到底能不能回到原点，重新开始画圈，还是走着走着，越走越远呢？

米多多跟林默言的这一场冷战，虽没有战火，却硝烟弥漫，家里被一片沉默无息的愁云笼罩，米多多也不知道自己心里到底在坚持什么原则跟底线。冷战，其实比吵架更伤感情，彼此隐忍着对方的不满，潜意识里又希望对方退步，可是当对方不肯退步的时候，心中的不满就会溢出来，抓狂，爆发。米多多有时候甚至都在想，她都给林默言这样辛苦地怀孕生孩子了，就算她真的恃宠而骄那又如何呢？就算她真的无理取闹，林默言也该让着她点不是吗？

可是随着日子一天天地过去，米多多跟林默言之间的冷战时间越来越长。转眼一周已经过去，米多多再也不愿意轻易认输，主动示好了，而林默言则是一如既往地表现出淡漠的态度。这样的生活节奏，让米多多感到心力交瘁。一种无边无际、无法言喻的绝望之情开始在心头蔓延，或许是她的情绪不好、抑郁，让她甚至都觉得自己的肚子一直隐隐作痛。在某天清晨醒来的时候，米多多看到自己内裤上那鲜红的血迹时，她惊慌失措，忙放下一切不满和坏脾气，直奔林默言的书房，猛敲他的门："林默言，林默言。"

林默言打开门看着慌乱的米多多，神色淡然地问："什么事？"

"我好像见红了。"米多多是习惯性地依赖林默言，才第一时间来找他，可是看着他这一副不温不热的样子，她瞬间心里就来火气，口气生硬道，"你要不要陪我去医院？"

林默言看了眼米多多，轻轻摇摇头：“你自己去吧，我今天没空。”

“林默言，你有什么事，竟然比陪我去医院还重要？”米多多不满地质问。对于米多多而言，孩子的事就是最重要的事，林默言作为孩子的父亲，他应该看出来米多多的惊慌失措跟害怕，他更应该心急如焚地马上送米多多去医院，这才是作为丈夫跟孩子父亲的正常反应。

“米多多，你有这个精力跟我吵、跟我吼，那你可以自己去医院，难道非得要拖我一起吗？”林默言并没有说他到底有什么事，只是神色有些不耐烦起来，“我说了没空就没空。”

“好，我自己去。”米多多愤然地转身离去，心里那一团怒火却犹如被泼上了油似的，越烧越旺。

在医院碰到萧子显真是一个意外。当时米多多抽完血，正坐在椅子上发呆等检验结果，看到萧子显带着一名大腹便便的孕妇也挨着座椅坐下休息。她愣了下。萧子显倒是满脸兴奋地走过来打招呼：“嗨，米多多，你好啊！”

“嗯，挺好的。”米多多胡乱敷衍了句，虽然很想说“在医院碰见，算不上好”。

“可我看你的脸色不是很好。”萧子显认真地说，“你是不是生病了？”

“没有，我只是最近休息不好。”米多多勉强挤了一抹笑。

“子显，这是谁呀？”那被冷落的孕妇挺着大肚子晃悠过来，看着米多多问。

“姐，这是我一个朋友，叫米多多。”萧子显小心地搀扶着那孕妇坐下，又转脸给米多多介绍，“米多多，这是我姐。”

米多多嘴角抽动了一下，心里更无语，你姐关我什么事？给我介绍干吗？可脸上还是挂了一个标准的笑容，随口打了个招呼：“嗨，你好！”

“米小姐，你好！我叫萧筱。”萧子显的姐姐很和善地打了个招呼，随即道，“我弟弟这人性格是不错，但是比较粗枝大叶，你以后可要多担待着点。”

米多多愣了下，这都什么跟什么呀？萧子显姐姐的话有点像对弟媳妇交代的。可米多多跟萧子显真不是那种关系，但是她又不能贸然开口解释，只能硬着头皮道：“嗯。我的报告可以拿了，我先走了，再见。”说着忙站起来离开这是非之地。但她不知道是因为抽血还是怀孕引起的头晕，脑袋一阵眩晕，眼前一黑，身子控制不住地倒了下去……

萧子显眼疾手快地一把抱住米多多，关切地喊道：“喂，米多多，你没事吧？”

“愣着干吗，叫医生。”萧子显的姐姐比较淡定，赏了个白眼给他，示意他抱起米多多，“赶紧先抱过去。”

医生给米多多检查完的时候，米多多清醒了过来，看着萧子显的姐姐萧筱一脸热切的笑意，心里不由的打了个鼓，别扭地转过脸去看医生，问：“医生，我没事吧？”

医生手里拿着米多多的验血报告看了两眼，慈祥地道：“你这是怀孕引起的头晕，没什么大碍，但是你孕酮有点低，孩子是要的吧？”见米多多肯定地点点头，医生又道：“那我建议你做保胎处理。”低头忙在诊断书上龙飞凤舞地写了几行字，递给米多多，“你先打两天针补补黄体酮，回头再给你配点药。如果你还有肚子不舒服或者见红，那我建议你住院治疗。”

“谢谢医生！”米多多接过诊断书，其他字都不认识，但是那“先兆流产”四个字清晰地映入眼帘，让她的心忍不住一阵害怕。她暗自祈祷：宝宝，你一定要坚强些，千万不要有事呀！

“萧子显，你去配药。”萧子显的姐姐萧筱笑着从米多多手里接过诊断书一脸理所当然地吩咐道，然后更加和善地看着米多多祝贺：“恭喜你啊，怀孕了！”

“嗯，谢谢！”米多多虽然想出声阻止萧子显给她去配药，但是想着自己的身体，还有“先兆流产”那四个字的诊断，便打消了逞强的念头。

“多多，既然你跟子显孩子都有了，那婚事什么时候操办呀？”萧筱笑着问。

“咳咳……”，米多多瞬间被自己的口水呛着了，知道不能任由萧筱再误解下去了，便友好地笑笑解释：“萧筱姐姐，我想你误会了。”眼神坦荡地看着她，“我是怀孕了，但是不是萧子显的。”

萧筱一听这话，脸瞬间黑了，打断道：“米多多，你说什么？孩子不是萧子显的？那是谁的？”

“当然是我老公的。”米多多看着萧筱，“萧筱姐，我跟萧子显只是很普通的朋友关系，我想你误会了。我已经结婚很久了。”

“什么？”萧筱不可置信地看着米多多，“你没开玩笑吧？”

“这有什么好开玩笑的？”米多多神色坦然，“事实嘛！”

“那看来是我误会了。”萧筱抱歉地看着米多多，“不过还是要恭喜你。你孕酮低的话，可一定要注意，不要累着了，尽可能躺着好好养着。”

“嗯。”米多多点点头。

“不过你也别太害怕，医生说先兆流产，只是诊断，现在吃药、打针都可以把孕酮补上去的。”萧筱以过来人的身份小心翼翼地安抚着米多多，“我怀孕头三个月的时候，也都吃药打针的。”

“嗯。”米多多耐心地听着萧筱分享她刚怀孕时候的经验。两个人越聊越投机，萧子显给米多多配完药回来时两人还意犹未尽，相互加了微信好友，留了电话号码，在萧子显催促萧筱该去拿检查报告时才微笑着告别，相约下次再会。

米多多躺着休息了一会儿，脑袋不再眩晕后，这才拿着萧子显给她配好的药去了输液室打针，然后折回医院门诊询问医生她该怎么吃药。最后医生建议她卧床休息几天，米多多都认真记了下来，然后回到公司忐忑地找主管请假。主管黑着一张脸，坚决不肯再批假，甚至委婉地建议米多多辞职算了。

说句良心话，米多多也觉得自己没脸再开口请假。这个月她压根就没好好上过班，再加上怀孕和先兆流产的迹象以及主管的态度，让她心里异常不舒服。她头皮一硬，还真的就咬牙答应辞职了。

走出公司后米多多就后悔了，她现在辞职太傻了，她的产假没了。可是一想到自己是孕妇，要保持心情愉悦，她就猛地摇摇头，自我安慰道："算了算了，宝宝要好好养着，工作辞了还能找。"至于产假嘛，没了就没了，毕竟需要卧床静养，孩子的事最大。

不过当米多多回到家，看到被林佳楠扔得满屋子乱七八糟的东西时，心情瞬间便变得不太美好了。她沉着俏脸正色地看着窝在沙发上吞云吐雾的林佳楠道："林佳楠，我家是不允许抽烟的，你不会不知道吧？"在米多多跟林默言结婚前，她就不喜欢烟味，所以跟林默言约定在家是禁烟的。现在米多多刚怀孕，作为一个好不容易怀孕的孕妇来说，绝对应禁止二手烟的毒害。

"我知道啊！"林佳楠猛吸了几口烟，胡乱吐了几个圈，才懒散地掐灭，"这不是你不在家嘛，我抽几根解解馋呗！"

"佳楠，一个好女孩儿是不该学抽烟，喝酒的。"米多多皱着眉头看着地上扔得乱七八糟的啤酒罐跟烟头含蓄地说，然后转身去开了窗子散烟味。

"是啊，一个好女孩儿还不应该做小三，是不是？"林佳楠嘴角勾着嘲讽的笑，"米多多，你没资格说我，感情的事情如果我能控制的话，我也不会走到现在这个地步了。”林佳楠喜欢顾子辰，疯狂地喜欢他的一切，只想跟他在一起，哪怕做全世界都唾弃的小三，她也一样愿意去自甘堕落。

“林佳楠，感情的事确实是身不由己，控制不住爱要来了的脚步。”米多多看着林佳楠正色地说，“但是选择是自己的，你可以疯狂地去爱上任何一个人，但是为什么一定要去得到这样的感情，非要强求着在一起呢？”米多多见林佳楠没有接话，又补充道，“而且你还在破坏别人感情基础上，拆散别人夫妻前提下，去成全你的爱情，你不觉得自私吗？”

“自私？”林佳楠嘲讽地看着米多多，“我才不觉得我自私，我又没要顾子辰离婚，我只是想爱着他，陪着他，跟他在一起。”

“跟他见不得光地在一起？”米多多无语地摇摇头，“林佳楠，你脑子进水了是吧？”

“你才脑子进水了。”林佳楠气恼道，“米多多，够了，再说我翻脸了。”

“就算你翻脸，我也要说。你要去爱谁，都是你自己的事，但是我就见不得你心甘情愿做小三。你觉得你爱得伟大，你什么都不求，只想跟他在一起。那你想过没有，你对顾子辰老婆的伤害是什么？她需要你这么一个无怨无悔、见不得光的小三存在吗？还有，顾子辰如果真的爱你，会把你当玩具一样踹了吗？”

“米多多你闭嘴！”林佳楠恼羞成怒，将茶几上的东西全扫到了地上，又气愤难耐地将沙发上的垫子胡乱地满屋子丢，“我做什么事，用不着你管，你给我滚！”

米多多看着被砸得乱七八糟的屋子，深吸了一口气道：“林佳楠，容我提醒你一句，这是我家，要滚也是你滚！”说完伸手朝着门的方向一指，“门在那儿，你走吧。”她真的无法忍受小姑子在自己家里如此撒泼。

“哎哟，长脾气了，竟然敢叫我滚了？”林佳楠怒极反笑，“米多多，你怀孕了不得了呀，六亲不认是吧？”

“就算我没怀孕，我家也容不得你撒野。”米多多稳了稳心神看着林佳楠，“你看看你自己现在都成什么样子了？人不人鬼不鬼的，不就为了一个男人吗？你至于吗？”林佳楠其他的刁钻刻薄坏脾气，米多多都可以容忍，但是在顾子辰这件事上，她真心是鄙夷、瞧不起林佳楠的。或许这是很多已婚女子的通病：她们痛恨小三，尤其是这样恬不知耻的小三，摆出一副自以为伟大，甚至为爱不惜一切的样子。可是她们在做小三的时候怎么不想想对方的妻子或者女朋友需要你这么一个自甘堕落的“狐狸精”存在吗？就算他们感情破裂，濒临分手，那也是他们之间的事，也不需要小三这根导火线去引发，“你觉得你爱得伟大，做小三光荣是吧？我呸，不要脸！”

“米多多，你才不要脸！”林佳楠第一次被米多多如此不留情面地破口大骂，心中不由怒火狂升，“我做小三，我不要脸。那你一个已婚妇女出去跟别的小白脸勾勾搭搭，你就要脸了？”

“我才没有跟小白脸勾勾搭搭，你自己不要脸，别往我身上泼脏水。”米多多一听这话顿时更怒了，就是林佳楠上次在林默言面前挑拨，撒谎污蔑说看到她跟萧子显去香格里拉开房，而让夫妻两个吵架冷战的，“林佳楠，我再重申一次，也同时警告你，下次你再污蔑我的话，我一定不会放过你！我跟萧子显清清白白，你上次就故意跟你哥说我跟萧子显去香格里拉开房，害我们吵架。事情过去了，我都没跟你计较，请你以后不要胡说八道，尤其这种污蔑人的话。”

“哼，你说清白就清白了？”林佳楠嗤笑了一声，“米多多，我不是三岁小孩子，我也不是我哥，你以为你说什么，我就会相信你什么吗？”

“信不信在你。”米多多也知道自己跟林佳楠这小姑子算是彻底吵掰了，话不投机半句多，她深吸一口气道，“但是如果被我知道你胡说八道的话，我一定不会放过你。”

“我好怕呀！”林佳楠有恃无恐地拍着胸部做出了害怕的动作，神情却完全不把米多多的警告当回事。她看向米多多身后，大声喊了句：“哥，看到了吧？你老婆背着你就是这么欺负我的，也是这样欺负咱妈的。”撇撇嘴，装作无辜的样子道，“她也就在你面前会装作贤惠，其实呀……”后面的话不言而喻。

林默言沉默地看了一眼米多多，欲言又止。

“林默言，你看我做什么？”米多多被林佳楠气得够呛，见林默言出来了也不说话，心里知道他偏袒林佳楠这个妹子，不由得更气愤，口气自然生硬起来。

“米多多，我不就看你一眼吗？你激动什么？大吼什么？”林默言对米多多暴躁的态度表示相当不满，“你现在的脾气真是越来越差了。”

“我再好的脾气，遇到你们林家人的摧残，我也好不起来了。”米多多气恼道，“林默言，你给我把林佳楠请出去。”

“嫂子，我不出去。”林默言还没开口，林佳楠快一步插话进来，“我呀要在你家小住上一段时间，等我心情好了再回去。”事实上林佳楠被父亲林更胜给赶了出来，她才心情抑郁地在林默言这里借酒消愁。

“你说什么？”米多多看了一眼林佳楠，见她不像是开玩笑，忙又把视线转向林默言，“这是真的吗？”

“是的。”林默言点点头，“米多多，佳楠要在我们家住几天，希望你这个嫂子做好待客之道。”

“我不同意。”米多多毫不犹豫地说，“她又是喝酒，又是抽烟，还对我乱发脾气，会影响我安胎。”如果说米多多跟林佳楠之间没有那么多摩擦，她这个嫂子一定会欢喜地招待小姑子。可是刚跟林佳楠起了争执，米多多见她就不爽，更别说要把这尊佛留在家里小住几天并好吃好喝地伺候了，米多多真没那个心情。

“嫂子，你不用这样针对我吧？我不就是拆穿了你跟萧子显的暧昧关系么，你就这么见不得我了？”林佳楠唯恐天下不乱地插嘴道，“再说了，就算你是嫂子，我在我哥这儿住几天那又怎么了？你这样拒绝我，难道想看我无家可归、露宿街头你才满意吗？”

“我管你无家可归还是露宿街头，反正我家不欢迎你。”米多多一听林佳楠还在咬着她跟萧子显的事不放，心里怒火越烧越旺，情绪失控。

“米多多，你什么态度吗？”林默言听到米多多如此果断干脆地拒绝，心里恼火起来，“佳楠是我亲妹妹，她就算常住在我们家都行，你有什么资格拒绝？”

“佳楠住你们家我不管，但是这里，这个家是我们两个的，我们俩说了算。”米多多脾气也倔强起来，偏执地看着林默言，大有一副有她没我、有我没她的架势，“你有权利留你妹妹住，我也有权利发表自己的意见。我不同意，到底要怎么做，你自己看着办！”说完米多多气呼呼地转身进了房间。

“哥，你看吧，你是不是也要赶我走？”林佳楠忙挂上可怜兮兮的表情对林默言道，“这次我做错事，爸爸很生气，你看他都打我了，还赶我出来。我如果不住你家的话，我真的没有地方去。难道你想让我再回去找子辰吗？”

林默言一听林佳楠还打算找顾子辰，不由得俊眉一拧道：“你嫂子说得对，不管怎么样，破坏人家家庭是不对的。你给我先安分地住在这里。你以后给我死了去找顾子辰的心，不然被我知道的话，我也打你。”

“可嫂子赶我走——”林佳楠说着就委屈地号啕大哭，“哥，我真没冤枉嫂子，我真看到她跟萧子显在一起不是一次两次了，根本不像普通朋友嘛！”

“好了，你别说了。”林默言神色阴郁地打断林佳楠，幽暗深邃的眸子里闪过一丝不快，“这件事我心里有数。”

“哥，你知道的，我是为你好。”林佳楠擦了擦鼻子，“虽然我很任性，也不听话，脾气还不好，但是我是你亲妹妹，我们一个爹妈生的，我的心真的向着你的，你可千万不能为了嫂子不要我这个妹妹呀！”

“我怎么可能会不要你？”林默言无奈地叹息了一声，伸手摸了摸林佳楠的脑袋，“你呀，知道自己脾气不好、任性、不听话，那你以后就改改。”

林佳楠忙不迭地点头：“哥，我保证，我一定会改的。”眨巴眨巴溜溜的黑眸，小心翼翼地问，“哥，嫂子赶我走，我不走，她会不会打我？我好怕！”

“不怕不怕，有你哥我在呢。”林默言拍了拍林佳楠的肩膀，压低了声音道，“你嫂子现在是孕妇，脾气比较大，你以后没事别去惹她，安心住着吧。”

“知道了！”林佳楠比画了一个胜利的手势，快速亲了林默言一口，乖巧道，“哥，我就知道，你对我最好了。那我去房间休息啦！”

“去吧去吧。”林默言打发林佳楠进了他之前住的书房，不动声色地叹了口气，最终还是硬着头皮走到卧室找米多多。“多多。”他温润地喊了一声米多多。

米多多气呼呼地背过身子，不搭理林默言。虽然她嘴里说得凶狠，非要赶林佳楠走，但是米多多心里也清楚，林佳楠既然打定主意要住下,她赶是没用的,谁叫自己老公林默言是个“妹控”，她也只能借机发发脾气、吼吼不满罢了。

“多多。”林默言站到米多多跟前，伸手将她背过的身子掰正，面对着他，语气讨好道，“老婆大人，你就别生气了。佳楠什么性子，你又不是不知道。她就嘴巴刻薄了点，心眼不坏的。”

米多多没有接话，看着林默言，听他继续说：“她现在被我爸赶出来了，作为哥的我，作为嫂子的你，总不能不管她，真让她走吧？”林默言小心翼翼地看了眼米多多，温柔地摸了摸她的脑袋，“我知道她说话不好听，也故意气你，但是我就这么个不懂事的妹妹，拜托你多担当点，让她就小住几天，好吗？”

“不许抽烟，不许喝酒，不许把垃圾扔得到处都是。”米多多果断道，“最重要的是不许打扰我休息。”林默言既然低声下气开口了，米多多也不能不给他这个台阶下，但是强调了下她的原则。

“嗯，我会看好她的。”林默言信誓旦旦道，“现在当然是我怀孕了的老婆最大了。”拍着米多多马屁，“哦，对了，你今天去医院看得怎么样了？”

“你早上为什么不肯陪我去医院？”听到林默言问起，米多多脑袋里就想到早上她惊慌失措地想林默言陪她去医院看看，却被无情拒绝的画面。早上那个趾高气扬的林默言跟眼前这个为了妹妹而低声下气的林默言，完全就是两个人。

“我早上有点事。”林默言心虚地撇开视线，讨好地补充了句，“多多，我答应你，下次你需要我陪你的话，我一定陪你。”

“孩子是我们两个人的，你陪我也是理所应当的。”米多多深深地看了一眼林默言，“不是说我需要你陪我你才陪我，你应该主动陪我。”

“嗯，我知道了，我错了。”林默言识相地求饶，“请老婆大人原谅我一次。”

米多多深深地叹了口气，“林默言，我辞职了。”既然决定在家安心养胎，那么米多多只能学习做个“米虫”的生活，这首先得要跟老公汇报下，以后需要靠他养了。

“什么？你辞职了？”林默言有些错愕，“你怎么突然想辞职了？”

“主管不给批假，我就只能辞职了。”米多多说着从包里拿出她的诊断报告递给林默言，“我有点先兆流产的趋势，需要卧床安胎。”

“这么严重？”林默言接过报告认真地看了两眼才递还给米多多，安抚道，“你既然已经辞职了，那就辞职吧，反正家里有我，我会好好养着你的。”

这一刻米多多不得不承认，她确实是个矫情的女人，听到林默言说这句话的时候，心里原本那些怨念跟不快瞬间就烟消云散了。或许任何一个再强势的女人，在自己需要依赖的时候，恰好能听到这么一句话“别担心，一切有我”，都会感动得稀里哗啦吧。

“好了老婆，你晚上想吃什么？我给你做。”林默言见米多多神色缓和，不由得继续表现出贤夫的样子来，温柔地抱抱她，“就算你要点满汉全席，我也一定给你做。”

“随便吧。”米多多温柔地朝林默言笑笑，两夫妻总算是冰雪消融，回到了温馨节奏上了，“我现在还不挑食。”

“那好，等我晚上回来。”林默言伸手爱怜地摸摸米多多的脑袋，“你就安心躺会儿，先休息休息。”

米多多点点头，目送林默言出去，她便上床休息了。她可不想出去，因为在客厅撞见林佳楠会影响自己的心情。

米多多睡到林默言喊她吃晚饭时才懒洋洋地爬起来，在餐桌上毫不意外地遭到林佳楠的冷嘲热讽。不过在林默言的安抚跟镇压下，林佳楠也不敢太过放肆，只不过进房间前给林默言丢了句：“哥，你最好查查嫂子离家出走后是不是都住在南茜家，不要被戴了绿帽子，给别人养娃都不知道。”

“你！”米多多气得砸碗，“林佳楠，你有什么不快你冲我来，你别嘴里不干净。”米多多还真就想不明白了，她到底哪里得罪这个小姑子了。从原来的尖酸刻薄直接转变到正面吵架，到现在更是处处不忘记挑拨离间，说话也越来越没有分寸。

“我嘴里干净不干净不劳你操心，你还是把自己跟萧子显之间的事给我哥说明白了吧。”林佳楠的俏脸上挂满了嘲讽，“米多多，你别以为你做过什么事，真的就没人知道了。”冷哼着笑了两声，“正巧我从顾子辰那听到了那么一丁点儿的事，你也比我好不了多少。”说完猛地甩上了门。

留下林默言神色阴郁、难辨。米多多一眼就扫到了林默言的异样，没好气地道：“林默言，你什么眼神吗？”手指着书房气恼道，“你是不是又要相信你妹的胡说八道，怀疑我跟萧子显有什么？”

“你跟萧子显是怎么认识的？”林默言没有回答，问了一个他其实想问很久的问题。因为他跟米多多结婚这么久，他从来都不知道米多多跟萧子显什么时候认识的，还能关系好到一起约着去香格里拉吃晚饭，而且还是在夫妻两个吵架冷战的空档期，这让作为男人的他不得不起疑心。而且林佳楠几次三番信誓旦旦地说了这件事，就好像在他心里投了个炸弹似的，随时都能够炸开。

“就我撞车那天认识的。”米多多避重就轻道，“我撞了顾子辰的车，顾子辰不在，萧子显来处理的。”

“就那天认识的？你们就能关系好到约着一起吃饭？”林默言听到米多多的回答更担心了，“米多多，你从来都不是那么一个人呀！”跟陌生人能一下子亲近起来，这跟米多多原来的为人处事相差甚远，让林默言忧心。

“我是什么人呀？”米多多一听林默言这么酸又别有深意的话，心里顿时恼怒起来。林默言看来真的不相信她跟萧子显没什么，夫妻之间连这点信任感都没有，她能不气吗？她口气不善地说："林默言，你到底什么意思呀？"

"米多多，你觉得我什么意思？"林默言看到米多多情绪失控，恼羞成怒，心里的疑惑更大了，"我不就随口问问你，你至于这样激动吗？"随即不等米多多张口，又快速地补了句，"你要真问心无愧，你激动什么？"

"我……"米多多被气得直哆嗦，"林默言，我什么时候问心有愧了？"虽然米多多跟萧子显确实关系有点不一般，但是在米多多心里她依旧觉得自己很坦荡，因为她对萧子显压根没有别的想法，萧子显估计也一样，两个人充其量就是比较投缘的朋友。

"既然问心无愧，你激动什么？"林默言淡漠地扫了一眼米多多，"还有佳楠虽然任性，但是有些事我相信她不会乱说的。"

"林默言，你到底什么意思？"米多多的俏脸挂不住黑了下来，"你今天又想吵架是不是？"

"米多多，你以为吵架就能解决问题吗？"

"林默言，我懒得跟你吵，你爱怎么想随便你！"米多多气呼呼地扔了碗筷，猛地推开椅子回了房间。

"米多多，你现在什么态度，脾气越来越差了！"林默言也气急败坏地随手摔了个碗，"你到底想不想好好过日子？"

"不想过了！"米多多猛地摔上门，"你爱跟谁过跟谁过去！"发完脾气，才发现自己被气得眼泪克制不住地往下掉。米多多也不知道自己到底是因为怀孕了火气变得旺盛了，还是对林默言或者林家诸多不满爆发以后，她现在完全没有办法控制自己的情绪，她压抑不住怒火的狂升，随时随地就好像一个易燃的炮仗似的，一点就着，而且还百发百中。米多多深吸了几口气，轻轻地拍了拍自己的胸脯，安抚着自己道："淡定，淡定，米多多，你可千万不能这样乱发脾气，对宝宝不好……"可是安抚了一通之后，米多多发现一点儿效果都没有，她还是怒火冲天。或许林默言的不信任让她心里真的很难接受，或许又因为林默言是因为林佳楠的挑拨，从而怀疑米多多，让米多多觉得在林家人面前，她永远是最后一位，并且还是被排挤的那位。她心里不由得失落起来，心酸起来。

夫妻本应该是最亲密的两个人。父母陪着我们走了很久，迟早有一天他们会离开我们；兄弟姐妹再怎么亲密无间，彼此都会有属于自己的另外一半以及自己的人生；就算骨肉相连的孩子，也总有一天会要长大，会有自己的独立生活；而夫妻才是真正要携手相伴到老的人，最应该相互珍惜，相互扶持的人。可是现在的米多多跟林默言，对彼此并没有那么重视，或者说，压根没有这样的意识，两个人之间虽然尽力磨合，但是却并没有真的合到一起去。

"哥，你把她脾气给惯大了哦！"林佳楠幸灾乐祸地打开房门，张嘴朝米多多紧闭的房门努了努，"要再这样下去，你就没救了。"

"去去，一边玩儿去。"林默言弯腰收拾起碎碗，没好气地对林佳楠哼哼，“怎么到哪儿都有你的事？”

“哥，我这不是心疼你嘛！”林佳楠才不惧怕林默言，她从房间里快速地走出来，讨好地帮着他一起收拾桌子上的残局，“你看米多多的脾气，真的是越来越不好了，对咱妈甩脸色，对我不客气，对你也是大呼小叫的，好像搞得家里她最大似的。”

“她怀孕了，脾气大点也是应该的。”林默言虽然跟米多多吵嘴，但是仍没有忘记米多多是个孕妇，吵过他就后悔了，他应该让着点媳妇的，再怎么说她还怀着孩子呢，所以潜意识帮着米多多说话。

“孕妇脾气大是应该，但是也不能这样无理取闹嘛。”林佳楠小心翼翼道，“哥，你现在这样让着她，惯着她，以后家里你可真的没地位了。”说着惋惜地摇摇头，“哥，我真是不忍心看着你变成‘妻管严’哪！”

“好了，你给我少说几句，消停消停。”林默言打断林佳楠，随即又试探地问，“你口口声声说米多多跟萧子显关系不一般，你怎么看出不一般了？”

“不是我看出不一般，是顾子辰说的呀，米多多还住过萧子显家里呢。”林佳楠说着忙捂着自己的嘴，“哥，我什么都没说。”她忙逃回书房，心里暗叫糟糕，她好像做得有点过分了。

“林佳楠，你给我把话说清楚。”林默言一听这话，脸瞬间变绿了，忙追着林佳楠问。

林佳楠知道自己这次真说多了，打死不开门，隔着门板道：

“哥，我胡说八道的，你别当真。”

“林佳楠，你开门给我说清楚。”林默言的声音都冷了几个调，语气生冷道，“再不开门，我踹门了。”

“哥，你追着问我干吗？我又不是当事人。”林佳楠知道林默言真的动怒了，心里带着一些惧意，忙打开门，小心翼翼道，“你要真想知道，问问米多多不就得了。”

林默言忙转身粗暴地去敲米多多的房门，“米多多，你给我开门！”

米多多此时哭得泪眼婆娑的，被林默言这样粗暴地敲门声给吓了一跳。她稳了稳心神，深吸了一口气跑去开门，眼神冷冽地看着林默言，“你又发什么疯？”大呼小叫的，会吓着宝宝好不？

“你是不是在萧子显家里住过？”林默言严肃着俊脸直接问。

“住过。”米多多坦荡地看着林默言幽暗深邃的眸子回答，“但是我跟他清清白白，什么事都没有。”

“米多多，你觉得我会相信吗？”林默言嘴角勾起嘲讽的笑，“你还真当我是三岁小孩。”说着粗暴地一拳打在了门上。

米多多深深地看了一眼林默言，对他的举动有些惊惧，潜意识里害怕林默言再次会粗暴地把拳头砸在自己身上，她小心翼翼地深吸了一口气，才开口道：“林默言，我真的不知道该怎么解释这件事，但是我可以肯定地告诉你，我跟萧子显真的是清清白白的，你要是不相信，我也没有别的办法来证明。”缓和了下口气道，“我米多多用人格跟你保证，绝对没有做半分对不起你的事，否则天打雷劈，不得好死！”

“米多多，就算你发毒誓又怎么样？”林默言深深地叹息了一声，“你之前口口声声跟我说，跟萧子显不熟，我信了。可是结果呢？如果真的不熟，你为什么敢住他家里去，你让我怎么想你？”语气顿了下，接着道，“要是说熟，那你之前说的话，不都是再骗我吗？”

“林默言，那你想让我说什么？”米多多顿时词穷，她真的不知道该说什么了。

“你什么都不用说了，我也不知道该拿你怎么办。”林默言深邃的眸光黯淡了，道，“我只想弄明白，你怀的孩子，确定是我的吗？”

“林默言，你什么意思？”米多多被气得鼻子发酸，“你可以不相信我的解释，不相信我说的话，但你怎么能怀疑孩子不是你的呢？”说着眼泪便克制不住委屈地往下掉。

“米多多，你不要给我摆出一副委屈的模样来。”林默言神色淡然地看着她，口气淡漠地说，“孩子是不是我的，我们去做亲子鉴定再说，反正满三个月就可以抽羊水样标了。”叹息一声，“如果确定是我的，我们以后为了孩子还是要好好地过。”

“如果不是呢？”米多多猛地擦了下眼泪看着林默言，激动道，“如果不是你的，你就不想跟我过了是不是？”

“米多多，如果你怀的孩子不是我的，你觉得我们还有必要过下去吗？”林默言义正词严地看着她道。

“林默言，我们夫妻一场，走到这步，我真的不知道到底是你的原因，还是我的原因，还是大家都有问题。”米多多深吸了一口气，稳稳心神道，“孩子是你的，千真万确。但是如果你不相信，非要去做亲子鉴定，那我也没有办法，我们等满三个月吧，这期间我们分开冷静下。”

“我也觉得我们有必要冷静。”林默言点点头，“米多多，我希望你不要让我失望。”林默言说完转身便出去了。

米多多呆呆地目送着他远去的背影，自嘲地笑了笑：“林默言，你现在已经让我很失望了。从你怀疑孩子不是你亲生的这一刻起，我跟孩子都无法轻易原谅你。”

第七章 已然远去的时光

第二天，肖美凤的大呼小叫把米多多从睡梦中惊醒，她心情抑郁地开了房门，听着肖美凤在那破口大骂："米多多，你到底什么意思，竟然让我家默言睡沙发，你们俩到底还要不要过日子了？"

"妈，您怎么来了？"林默言蜷缩在沙发里，见到肖美凤时愣了下，忙狼狈地起来，劝慰道，"别大呼小叫的，会吵到邻居的。"

"吵到就吵到，你们都这样了，还怕别人看笑话不成？"米多多看着肖美凤，紧抿着唇不发一语，听她絮絮叨叨地骂，"你们两夫妻分开睡，那你们结婚干吗？”

“妈，这是我们的事，您能不能别操心了？”林默言一把拽住张牙舞爪奔向米多多的肖美凤，“您看看您，像什么样子呀？”

“我为你好，你倒嫌弃我？”肖美凤胡乱地挣脱林默言，嘴里不耐烦地吼道，“撒手！”

“不撒手。”林默言紧紧地拽着肖美凤，“妈，您要再这样闹，我可要请您出去，顺便把钥匙收回来了。”

“好啊，你小子翅膀硬了，敢这样跟我说话！”肖美凤气呼呼地大吼完，瞬间用手一抹眼睛，那眼泪就跟自来水似的哗哗往下流，“我怎么那么命苦啊！你现在就要赶我出去，那你以后是不是要不认我这个妈了？”

“妈，您别这样。”林默言遇到肖美凤撒泼，瞬间没辙，语气弱了几分，手忙脚乱地帮她擦着眼泪，“有什么话就好好说嘛！您别哭，别哭呀！”

“你都这样对我了，我能不哭吗？我命苦啊！”肖美凤号啕得更大声了，“媳妇不乖，儿子不孝顺，女儿不听话，我活着真是没劲了……”

米多多看着林默言低声下气地哄着肖美凤，而肖美凤则是一把鼻涕一把眼泪地哭诉着她是多么不容易，娘俩好像在米多多面前唱着“黑白”双簧似的。她有一种局外人的感觉，这个家庭给她的陌生感越来越强烈，她渐渐地找不到自己原来所熟悉的归属感，伸手不自觉地摸上自己平坦的小腹，还好，她肚子里还有宝宝，这个跟自己血脉相连的骨肉。

“米多多，你说，你到底想怎么样？”肖美凤伸手突然指着米多多大吼，“要不要叫你父母来好好说一说，你到底想不想好好过日子了？”

“婆婆，你今天来的目的是想质问我们为什么分房睡，还是别的意思？”米多多了解肖美凤，值得她如此小题大做的事，只怕林佳楠在某些事上，比如米多多跟萧子显是不是真的暧昧或者有情况，添油加醋地跟她说了，让她借着这个由头出气罢了。

“婆婆？你连妈都不叫了是吧？”肖美凤伸手指着米多多不满道，“你现在越来越没礼貌了，你这样怎么教小孩？”

“怎么教小孩，我有数，轮不到你操心。”米多多嘴硬道。

“米多多，你现在找下家了，不想好好过了是不是？”肖美凤终于憋不住说明来意，“你都怀着孩子还不安分，你还是不是人？”

“我懒得跟你解释。”米多多不耐烦地看了一眼肖美凤，她确实在心里很反感这个万事喜欢当“刺头”的婆婆，她跟林默言之间本来就出现了信任危机，家长再如此不分青红皂白地掺和，好像非得要米多多坐实她出轨的罪名才罢休。可是天地良心，她确实没有任何心思去红杏出墙。

“懒得解释？”肖美凤一听这话瞬间又被气炸，“你现在脾气大了是不是？不想好好过日子了是不是？”

“到底想不想好好过日子，这话你还是留着问你儿子吧。”

米多多温和地朝肖美凤笑笑，“至于我脾气大不大也随便你怎么想，反正我现在没心情跟你说话。”说完米多多便看也懒得看肖美凤，越过她跟林默言快速离开了屋子，关门前毫不意外地听到肖美凤失控地大吼：“默言，你看看你媳妇现在的态度，她一点儿都没把我放在眼里。”

米多多收起嘴角的笑意，低声道：“尊重是相互的。”她现在在肖美凤眼里处处碍眼，时不时就要被挑刺，她还觉得自己委屈跟心酸呢。这一家的奇葩，已经让米多多生出厌倦和疲惫感。

米多多接到萧筱电话的时候，正漫无目的地在大街上瞎晃悠。她脑子里在盘算，林默言怀疑肚子里的孩子不是他的，甚至在等满三个月后去做亲子鉴定，那么现在两个人住同一屋檐下挺别扭的。可是要真的搬出来住，她一时也下不了决心，到底是要跟爸妈说实话回娘家去住安胎好呢，还是先去南茜家窝一段时间再说。

“米多多，我在逛母婴店，你有没有兴趣一起来？”

“好啊！在哪里逛呢，我去找你。”米多多愉快地应承了下来。或许是同为母亲的喜悦之情，再或许是萧筱的平易近人，让米多多跟她倒是挺投缘的。

萧筱说了个地址，米多多打车过去，然后两个准妈妈好奇地在母婴店边聊边逛了起来，“酸儿辣女，我怀的应该是女宝，我要买这些公主装。”

“是挺可爱的，可是刚生的宝宝似乎用不到吧？”米多多看着萧筱手里抓了好几件玩具委婉道，“你会不会买早了呀？”

“对哦，那我得为初生婴儿准备点什么呀？”萧筱挠挠后脑勺，认同地点点头，然后对着米多多不好意思地笑笑，“我其实都不知道应该准备点什么。多多，你知道吗？”

米多多尴尬地摇摇头，“这个我也不太懂。”随即建议道，“要不然我们问问店员好了。”

萧筱招手将导购喊来，然后跟米多多开始了一路买、买、买的愉悦时光。

米多多看着萧筱那满满一推车的袋子，为难道：“萧筱，你买这么多，怎么拿回去呀？你老公不是不来接吗？”她刚听到萧筱跟老公打电话，她老公貌似出差在外。米多多倒是想帮忙的，但是低下头看了看自己两手提的袋子，只能爱莫能助了。她第一次发现自己有做购物狂的潜力，给自己身上买东西她都要合计合计才下手的，可是给宝宝买，听着店员介绍，这个觉得好，那个觉得也不错，于是就买、买、买了，而且米多多发现给宝宝买东西一点儿都不心疼，反而特别享受，特别愉悦。

“我让我弟来接我。”萧筱笑道，“让他先送我回去，然后送你。”

“不用麻烦了，我自己打车回去就好。”米多多忙拒绝。

“麻烦什么呀？顺路。”萧筱大大咧咧道，“再说了，米多多，你看看时间，现在是下班高峰，你以为车好打呀？”

“姐，我来了。”米多多还想开口拒绝，萧子显清澈的声音已经传了过来，“哇，你什么情况啊，准备把母婴店搬回家吗？

买这么多！”

“废话少说，赶紧给我搬。”萧筱催促，“多多，你也帮忙把小床里的东西给我提一下，好让他搬。”

“好吧。”米多多不好再拒绝。

“米多多，你也在？”萧子显意外道，看着米多多将小床里的几个袋子拎在手上，忙道，“你少拿点，我来好了。”

“嗯。”米多多含糊不清地应了一声，然后抱着袋子退回到萧筱身边，“你确定萧子显能拿得了吗？”

“能，多跑两次就完事了。”萧筱笑嘻嘻地道，“萧子显，赶紧搬，我们等你。”

“姐，你天生就是为了奴役我而存在的是不是？”萧子显嘴里抱怨着，动作却很利索地扛起了小床，“你们先等会儿，我一会儿再来一次。”

萧子显先将萧筱送回家，然后看着米多多脚边的几个袋子笑道：“我说，你才怀孕几周，现在就囤宝宝的东西，会不会有点早？”

“也没买多少，就瞎看看。”两个人的车厢空间瞬间变得有些狭隘起来，米多多浑身不自在地撇开视线看向窗外。

“我说米多多，我长得有这么恐怖吗？你最近干吗老躲我？”萧子显伸手将米多多的俏脸掰向他，嬉皮笑脸道，“我好像没拿你怎么样吧？你怕什么呢？”

米多多下意识地侧头，避开萧子显，语气淡漠道：“萧子显，我跟你没那么熟，你别动手动脚的。”

“喂喂，你可别冤枉我。”萧子显忙打断她，“我就是跟你开开玩笑，哪有对你动手动脚的？”

米多多没有接话，只是将脸转向窗外。

“你家地址。”萧子显见米多多不愿意搭理他的淡漠样，收起想逗逗她的心思，一本正经起来。

米多多犹豫了下，报了南茜家的地址。她现在跟林默言为了萧子显吵得不可开交，要被林佳楠或者林默言撞见了萧子显送她回家，估计她是跳进黄河也洗不清了。

萧子显俊眉微拧了下，道:“我记得你家好像不是这个地址。”他记得上次送米多多回家的时候，不是这个地方。

“噢，这是我闺蜜家。”

“怎么，你是又没带钥匙，还是被老公赶出来了？”萧子显打趣道。

“关你屁事！”米多多被萧子显无意戳中痛处，不由得恼羞成怒翻脸道，“我说萧子显，你一个大男人，这么八卦，你有意思没意思？”

“喂，米多多，你这火气可有点大了啊！”萧子显见米多多动怒，不由得嬉皮笑脸道，“我也就随口说说，跟你开个玩笑罢了，你何必当真呢？”心中暗自猜测，米多多到底又为啥不回家了。

“懒得理你。”米多多气呼呼地翻了个白眼，随手开了萧子显车内的音乐，她可是一点儿都不想跟萧子显说话了。轻柔的音乐声将两个人拌嘴的沉闷气氛给调剂得恰到好处，一首《天使的翅膀》结束后米多多平稳了下心情。其实她意识到对萧子显动怒有些过分了，但是要她主动承认，还真有点开不了口。悄悄地看了萧子显几眼，他的俊脸轮廓分明，此时性感的唇抿得紧紧的，英挺的眉宇微拧着，眼睛注视着前方路况。米多多刚收回视线，他却开口说话了："米多多，前面应该出车祸，堵车了，你是要继续在这边等，还是绕路先去吃点东西？"

"啊？"米多多顺着萧子显的视线看向前方，密密麻麻的车被堵得纹丝不动，拧着秀眉道，"看来要堵很久呢。"

"对啊，所以孕妇，你要不要先去吃点什么？"萧子显问得随意，"可别饿着你肚子里那个呀。"

"也好。"米多多点点头，看了看手表确实到了晚饭的时间点，"可是，我们该怎么出去呢？"前面密密麻麻纹丝不动，后面也跟着不少车，将退路也堵了。

"喏，那边交警在疏通了。"萧子显说着缓缓将车移动过去，"孕妇，你想好，你想吃什么？"

"我随便吧。"米多多也不知道想吃什么，但是晚饭是必须要吃的，哪怕为了肚子里那个。

"随便？孕妇能随便吗？"萧子显不认同道。

"那孕妇该吃什么？"米多多看着萧子显问。

"孕妇该吃什么？"萧子显被米多多问愣了，无辜道，"我怎么知道孕妇该吃什么？我又不是孕妇，我也没媳妇怀孕。"

米多多嘴角抽了下，“好吧，问你也是白问。”

“姐姐，你自己是孕妇，你都不知道这些，你竟然问我，好意思吗？”萧子显不满地哼哼，“再说了，就算我什么都懂，对别人家的孕妇照顾太好，那也是不对的。”

米多多见萧子显说得那么一本正经，一时倒也不知道该怎么接他的话了，撇撇嘴，识相地保持了沉默。

“喂，米多多，我跟你说话呢。”米多多的沉默瞬间让车厢内的气氛再次变得沉闷起来。萧子显不喜欢这样抑郁的氛围，主动开口：“好吧，我们是好朋友嘛，就算你是别人家的媳妇、孕妇，我还是会好好照顾你的。我先带你去吃一家超棒的农家鸡汤，晚饭后再带你去书店逛逛，怎么样？”

“逛书店？”米多多茫然地看着萧子显，“我没有听错吧？”自从大学毕业后，米多多压根就没去过这地，乍一听，还真有点怪异。

“当然没听错。”萧子显鄙夷地看了眼米多多道，“你说你一个孕妇、准妈妈，结果该吃什么、该穿什么、该用什么，什么都不知道，你好意思吗？”见米多多撇撇嘴，他又接着说教，“好吧，虽然我理解你是第一次做妈妈，不懂也是正常的。”话说到这，又转道，“但是呢，既然已经是准妈妈了，当然什么都得要学啊。”

“然后呢？”米多多挑眉笑吟吟地看着萧子显，“我要去买一堆书学习吗？”

萧子显忙不迭地点头："你还不算无药可救。有这样的觉悟给你点个赞吧。"

米多多第一次发现萧子显还挺可爱的，这个看着像大男孩儿的男人，其实粗中有细，并不像他平时表现的那样吊儿郎当。在吃饭的"农家乐"饭店，萧子显再三对着服务员交代："我们这有孕妇，不要味精，少油、少辣、少盐。"

米多多忍不住打趣："萧子显，你好像懂得挺多的。"尤其孕产这块，"你学得什么专业？母婴系吗？"

"我说姐姐，你就别埋汰我了。"萧子显忙摆手，无奈地笑道，"我学的是金融。"

"那你这些孕育科普知识挺好的。"米多多赞道。

"必须好啊，有个老姐逼着啃完一堆育婴百科书，能不好吗？"萧子显撇撇嘴，"我都怀疑等我姐生了孩子以后，我是不是要荣升为奶爸了？"

"我觉得挺有可能的。"按照萧筱对萧子显的"奴役"程度来说，可能性还是很大的。

"米多多，你可千万不要乌鸦嘴。"萧子显说完忙摇头祈祷，"老天保佑，我才不给她带孩子呢。"

"是吗？"米多多忍不住"扑哧"一声笑了出来，"我不敢想象你奶孩子的画面。"脑补出来的景象实在太美，太逗了，"但是我觉得你带小孩儿一定很有爱。"

"你该不会想着我先帮我姐奶完孩子有经验了，回头帮你一起奶吧？”

“如果你愿意，也不是不可以。”米多多笑道，“就怕请不起。”

“说你胖，你还真喘上了是不？”萧子显伸手就往米多多的脑袋上敲了下，又顺手亲昵地刮了下她的鼻尖，“瞧你这副笑得贼奸的坏样。注意胎教啊！”

米多多僵了下，看着萧子显那阳光灿烂的俊脸，微微有些失神。她跟林默言刚谈恋爱的时候，两个人也会亲昵地动手动脚、嬉戏玩耍，可是到底是从什么时候开始，两个人变得那么生分了，甚至一起出门连手都不会牵了，更别说这些亲昵的小动作了。是时间让他们两个人由陌生变得熟悉，然后又因为太熟悉了而渐渐不在意了，然后渐渐走远，再一次变得陌生吗？想到林默言，米多多的心里就忍不住心塞起来，在萧子显的手在自己眼前晃悠呼唤神游的她时，她才回过神来，忙下意识地侧过脸跟萧子显拉开了一点儿距离，“我吃好了，咱们走吧。”

“行啊。”萧子显招手结账，然后对米多多说道，“咱们今儿也别去逛书店了，去我家把我老姐逼我看的书搬给你吧。你也好好看看，科普下育婴知识，毕竟也算是当妈的人了。”

“好啊！”米多多没有拒绝。她确实也需要恶补一些育婴知识。于是在萧子显家拿了《育婴百科》《孕产育儿宝典》《如何做个好妈妈》等母婴书籍回南茜家。

米多多简单梳洗后，就捧着书认真地看了起来。她仔细地从

第一章的准妈妈身心反应看到准妈妈孕晚期的分娩，又依照这书本的建议下了几个孕期 APP 软件到手机里。手机的铃声将米多多投入的状态打断，她有些不耐烦地看着林默言的名字，深吸了一口气才语气清冷地接起电话，“喂。”

“米多多，你今天又跟萧子显在一起了吧？”林默言不满地质问，“说吧，你想给我什么样的解释？”

米多多愣了半晌，“我跟萧子显不过碰巧遇到一起吃个饭，需要给你什么解释？”林默言的语气明摆着一副好像“抓奸”在场的模样，这让米多多心里异常不舒服。虽然她是一个已婚女子，跟别的男人见面吃饭这种事容易说不清楚，但是她确实没有跟萧子显有什么过分的举动，而且今天的事，也都是讲得清楚的事，她不认为自己有错。

“米多多，你竟然还有脸反问我？”林默言的语气又冷了几分，“你是不是非得要我抓奸在床了，你才肯承认？”

“我承认什么？”米多多被林默言的话气得够呛，“林默言，我不管你是自己看到的还是别人告诉你的，我清清楚楚地再告诉你一遍，我跟萧子显真的没关系，只是普通的不能再普通的朋友而已。”

“米多多，你觉得我信吗？”林默言嘲讽道，“你给我摸着你自己的良心说，普通的不能再普通的朋友，有必要三番两次见面，一起吃饭吗？”

“林默言，我摸着良心告诉你，我跟萧子显只是朋友。”米多多伸手捂着胸口正色道，“我知道你不相信，无论我怎么解释，你都不会相信，就像你怀疑孩子不是你亲生的一样，我们两个走到这一步，也真没什么好说的了，你想怎么样，随便你吧。”说完，米多多失望地挂断了电话，林默言再打的时候，她就干脆按了静音，她实在不想跟林默言为这些事争吵。

这一晚，米多多睡得异常难受，在床上辗转反侧，满脑子都是乱七八糟的事。她其实想过跟林默言两个人好好地过日子，也憧憬着一家三口其乐融融的幸福生活。但是想到林默言那句要去做亲子鉴定，她心里就堵得发慌。夫妻同心才能同行，她跟林默言两颗心渐渐在背道而驰，不信任让他们两人的距离越来越遥远。曾经那些相爱的画面，也都被时间摧残得只剩下对彼此不满的指责，米多多知道，她快要扛不住了，这条路她已经不知道该怎么走下去了。

米多多好不容易在清晨迷迷糊糊睡过去，却被肚子一阵抽痛给惊醒，她感觉到自己身下一股热流涌出，看到内裤上那股红色的血时，顿时惊慌失措起来，胡乱地收拾了下，抓着包包直奔医院。下楼的时候看到手机上昨晚林默言的未接电话有五个，顾不得两个人在争吵，她忙习惯性地给林默言打电话去。

电话响了两声就被挂断了，之后米多多再打，就是关机了。她咬着唇默默地收回手机。走出小区门的时候，她才发现竟然下着毛毛细雨，虽然不是很大，但是对等了十分钟都没看到出租车的米多多来说，还是淋得不轻。她忙退到门口传达室躲雨，抬手看了看时间，才五点半，正犹豫要怎么办，下身再一次涌出的热流让她顿时毫不犹豫地打了萧子显电话。“我身体有点不舒服，打不到车，你能不能送我去医院？”

“啊？身体不舒服？”萧子显睡得迷迷糊糊地应承，“那你等会儿，我马上就来。”挂了电话，萧子显忙伸手拍了拍自己的俊脸，清醒了下，胡乱梳洗了一下就出门了。

米多多看着窗外那毛毛细雨渐渐变大，虽然心急如焚，但她只能安静地坐着，甚至都不敢乱动，生怕由于自己的疏忽而丢了宝宝。怀孕早期的三个月见红都不是什么好事，更别说带着肚子疼痛。米多多脑袋里都是昨晚科普的知识，这其中就有一种叫作宫外孕的。米多多特别害怕，她好不容易怀上的宝宝，如果她不幸是宫外孕的话，根本就保不住这孩子，除了祈祷，米多多也不知道她能怎么办了。

正当米多多惊慌失措、胡思乱想的时候，萧子显那辆熟悉的香槟色 BMW 缓缓地朝小区门口驶了过来。她的手机响了起来，米多多哽咽着接起：“萧子显，我在传达室呢。”说完见他摇下车窗，朝她招手。

米多多看着萧子显青涩的俊脸，心里头竟然涌现出一股暖流，她缓缓地起身，小心翼翼地朝他走过去，快速钻入他已经打开的副驾落座，真心地道谢：“萧子显，真的不好意思，我也不知道该怎么谢你了。”其实米多多想过打 120 电话不去麻烦萧子显，但是又觉得自己这样做有点小题大做，所以最终还是找了萧子显。

“谢就先别说了，你哪里不舒服？”萧子显关切地问道。

“我见红了。”米多多说到这个语气就焦急起来，“我肚子还很痛。”转过脸看着萧子显担忧地问，“你说，我会不会是宫外孕？”

“你胡说什么呀？”萧子显第一次看到米多多这样惊慌失措、六神无主的样子，不由得收起了调侃，正色地安抚她，“你先不要担心，去医院看看再说吧。你这样胡思乱想对身体不好，对宝宝也不好。”

“萧子显，我好怕，我真的好怕。”米多多拽着萧子显，就好像是落水的人抓住了一根可以依赖的浮木似的，她是真的害怕失去，“万一是宫外孕怎么办？”

“你想多了，哪有那么多万一。”萧子显肯定道，“米多多，你没事，你的宝宝也肯定没事。”

“我也希望这样。”米多多深深地叹息一声，自言自语道，“宝宝，你可千万要挺住。”妈妈是如此期盼你的到来，你现在真的是妈妈全部的希望跟寄托了。

“你先躺着休息会儿，到了我喊你。”

“嗯。”米多多乖巧地点点头，伸手将座椅放了个更舒适的角度，缓缓地闭上眼睛。她确实有点累，但是肚子不时地轻微抽疼，让她心里就好像崩了根弦似的，生怕随时会断了。

没一会儿就到了医院，萧子显扶着米多多在急诊处找了个椅子坐下，然后忙前忙后地帮着挂号、找医生，按部就班地进行了一系列的就诊检查。

当萧子显将 B 超单拿给米多多看时，她已经紧张得不敢接，生怕自己真的是宫外孕。萧子显无奈地摇头，伸手抓过米多多的手，将单子往她手上一放，认真地指着图像道：“我说米多多，你瞎操什么心哪？这不是宫内妊娠吗？”

米多多这才睁开眼睛，看着 B 超单上的诊断还有那类似小黄豆芽的小小的胚芽，不确定地问萧子显：“这个是我的宝宝？”

萧子显点点头：“6 周 6D，孕酮低点，医生要你打针、吃药保胎，并且确认你是宫内孕。”

米多多这才深深地吸了口气，激动地一把抱住了萧子显，喜极而泣：“宝宝没事就好了。担心死我了！”

“没事，没事。”萧子显耐着性子安抚她，温和地拍着她的肩膀道，“不过你自己也得注意点，孕酮低，激素不高，加上你情绪又不稳定，前三个月很容易流产的。”说完萧子显就后悔了。米多多属于那种极其敏感的人，尤其在孩子这件事上表现得异常脆弱，萧子显这样说了，恐怕米多多又得胡思乱想、睡不踏实、休息不好了，忙又安抚一句，“不过也没医生说的那么可怕，你安心好好休养，宝宝比我们想象的要坚强呢。”

米多多这才松开萧子显，见他俊脸上挂着尴尬，不由得低头道歉：“对不起，我太激动了。”

“没事没事，我理解。”萧子显恢复一贯大大咧咧的爽朗，笑吟吟地看着米多多道，“孕妇情绪不稳定，易激动，都是属于正常的。”说完又点点头，一本正经道，“我老姐当时刚知道有宝宝的时候，各种表现比你可是夸张多了。”

米多多没有说话，只是朝萧子显温和地笑笑。

“现在很多人怀孕都孕酮低，我老姐那时候也是打针吃药的。”萧子显又安抚道，“你不要害怕，也不要胡思乱想。孕妇保持好心情，宝宝才能够茁壮成长。”

“嗯，我知道。”米多多点点头，“我会尽量让自己不那么担心，让自己的心情不抑郁，让自己能够保持愉悦的心情。”

“好了，你不要担心了。”萧子显再次拍拍米多多的肩膀，“你呢先去打针，我去帮你配药。”

米多多点点头：“萧子显，真的谢谢你！”这个大男孩儿像一个充满正能量的小太阳似的散发着炽热的光芒，缓缓地照耀、温暖米多多那颗因林默言而渐渐生冷的心。

“好了，我送你回去好好休息，你记得定闹钟，八小时后按时吃药呀。”萧子显提着拿好的药在输液科找到米多多嘱咐道。

“我知道。”米多多温和地笑笑，从萧子显手里接过药袋，“你如果要赶时间去公司的话，不用送我了，我一会儿自己打车回去就好。”

“你还跟我客套呢？”萧子显不满地瞪了一眼米多多，“我都请假半天了，你才跟我说不要我送了，那我的假不白请了吗？”

“啊？”米多多傻眼了，“那怎么办？害你请假了。”米多多心里瞬间过意不去。就像她对林默言所说的，她一直把萧子显当作普通的朋友，仅此而已。可是这个朋友在她最需要的时候出现，陪着她，安抚她，甚至还放下工作送她，让无助的米多多有那么一丝的依赖感。这让米多多也不得不承认，她跟萧子显之间的情谊或许已经超出了她所设定的普通朋友的范围。

这是一个很危险的信号，这些本该由林默言这个老公来做的事，如今却由萧子显做了。虽然不是米多多故意想这样的，但是事实已经成这样了。

“是啊，害我请假了。”萧子显无奈地撇撇嘴，“所以千万不能再浪费了。”

“啊？”

“啊什么啊？”萧子显大笑着伸手亲昵地点了下米多多的额头，“如果你觉得过意不去的话，我不介意你请我吃大餐的。”

“萧子显，我突然发现，你好像是个吃货。”米多多看着他正色道，“从咱们认识的第一天起，你就一直强调要我请你吃饭。”

“是啊，可是事实上，我说了那么久，却真没蹭到你的饭。”萧子显挫败道，“米多多，你啥时候能请我安心地吃一顿大餐呢？”

“随时啊！”米多多可不吝啬这顿饭，而且她欠萧子显的人情，哪是这么几顿饭可以结清的？“说吧，你想吃什么？我今天就请你。”她笑吟吟地又补充道，“不但今天请你，还能连续请你，直到你吃腻为止。”

“你今天不用上班？”

“我辞职了。”米多多轻叹了一口气道，“不过你别担心，饭我还是请得起的。”

“算了，你都辞职了，我可不好意思再找你蹭饭了，免得你回头说我跟你孩子抢口粮。”萧子显笑着摆摆手，“你就留着积蓄回头给孩子买奶粉吧。”

“买奶粉也不差请你吃饭这点钱。”米多多豪爽道，“萧子显，你这是跟我客套呢！”

“我哪有跟你客套？我是自来熟的，还别说跟你都熟得不能再熟，快焦了呢！”萧子显咧开嘴，露出一排白牙，笑着解释道，“我今天上午调休，送你回去后，我要去接我老姐，陪她做产检。”

“今天萧筱做产检？”米多多问。

“是啊，她现在一周一次，快生了嘛！”萧子显笑笑，“姐夫还没回来，只好劳驾我这个弟弟陪着了。”

“真好。”米多多感慨了句，“回头她生了，你一定要第一时间告诉我。”

“一定一定。”萧子显笑道，“你也很快的。”

“你把我送回自己家吧，我要去取车。”既然跟萧子显不客套了，米多多上了萧子显的车便直接开口。毕竟米多多也不知道她跟林默言这次吵架又得要多久，还会不会发生今天早上这种突发情况却又打不到车的事，自己有车的话，总是方便一些。

“米多多，我其实挺好奇一个问题，不知道能不能问？”萧子显一边开车，一边用余光打量了眼米多多才犹豫道。

米多多侧过脸，盯着萧子显的侧脸看了半晌，问道：“什么问题？”随即补充了一条，“如果会为难我，那你就别问了。”心里说，“就算是你问了，我也不会回答。”

“不是吧？”萧子显瞅了眼米多多，“你这不是委婉地拒绝回答我的问题吗？”

“你知道就好。”

“可我还是挺好奇，想问哪。”萧子显厚着脸皮道。

“那你问吧。”米多多撇撇嘴。

“你跟你老公到底怎么回事？”

“没怎么回事。”米多多避重就轻，转移话题，“萧子显，这跟你可是一点儿关系都没有。”

“我知道是跟我没关系。”萧子显转脸瞅了瞅米多多，正色道，“我这不是好奇么？你说你产检也是一个人，今天差点出事了还是一个人，你老公到底忙什么呢？这也太没责任心了。”

“萧子显，这是我家的事。”米多多语气严肃起来，“虽然我很感激你今天所做的一切，但是请你不要过问我的家事。”萧子显这个外人提到林默言都看不过眼，觉得他作为老公相当不负责，作为当事人的米多多心里又怎么能好过呢？一句话，说多了都是泪。

“我也不想过问的，就是觉得你跟你老公既然孩子都有了，不管发生事，都得好好过日子不是吗？”萧子显也不知道自己为什么会这样八卦，但是从他认识米多多到现在，她给人的感觉虽然是张牙舞爪的模样，但她其实是个挺脆弱的姑娘。今天她这么无助的模样被萧子显看到了，让他不得不怀疑，米多多跟她老公之间出现了问题。因为正常夫妻，妻子怀孕时发生今天这样的事，老公一定会全程陪伴在老婆身边安抚她的。

“萧子显，这个话题我们不说了，行不？”米多多不耐烦地打断。

“米多多，我是真的想关心下你，没别的意思。”

“谢谢。”米多多瞬间生疏道，“可惜我不需要。”然后将脸转向窗外，不再跟萧子显说话。

两个人一路沉默到家，萧子显刚停下车，米多多便迫不及待地下了车，萧子显关切地大喊：“我说米多多，你慢点。”

“再见。”米多多朝萧子显挥挥手。

“那我先走了。”萧子显挥挥手，“你自己注意安全，万事小心。”

“米多多。”萧子显的车才刚转弯，林默言阴郁的声音便在米多多身后响起。她忙转过身子看着隐在一旁的林默言，见他神色不快地看着自己。米多多心里的委屈瞬间爆发，“林默言。”同样回了一个名字，三个简单的字，在两个人之间瞬间划开一道鸿沟。

“你想解释吗？”林默言看着米多多，一脸正义凛然，“你昨晚夜不归宿，是在跟萧子显鬼混是吗？今天你还有脸回来？”

“林默言，你吃错药了？”米多多不可思议地看着他，“你想疑神疑鬼是你的事，我现在懒得跟你解释。”

“米多多，你连解释都不屑了吗？”林默言凝神看着她，“你到底把我这个丈夫置于何地？”

“林默言，这话得我问你。”米多多深吸了一口气看向林默言，“是你这个作为丈夫的人，把我这个妻子置于何地了？”说着不等林默言开口，继续委屈道，“昨晚跟你吵架没接你电话是我赌气，可我今天早上见红，打你电话，你接了吗？先兆流产，你陪我去医院看了吗？”见林默言抿着唇没有接话，米多多又道，“你怀疑孩子不是你的，你要做亲子鉴定，我也随便你。你如果有脑子的话，就不会说出我昨晚跟萧子显鬼混这样的混账话来。我是个孕妇，还是个极其容易流产的孕妇，我可能拿自己的生命、拿孩子的安全乱来吗？”

林默言沉默地看了一眼米多多，“就算你昨晚跟萧子显没什么事，但是之前呢？你住他家的事，你怎么解释？”

“林默言，你给我听清楚了，我不想解释。”米多多见林默言对此事耿耿于怀，情绪瞬间暴躁起来，“我也没必要跟你解释，你怎么想，随便你，想得通也好，想不通也罢，就是现在马上去离婚我都不会皱下眉头。”

“米多多，看来你真的想离婚。”

“是啊。”米多多赌气地点点头，“林默言，我觉得我们两个过不下去了，离婚其实挺好的。”

“可是在做亲子鉴定前，我是不会跟你离婚的。”林默言说完淡漠地转身离去，“你想回家也好，想去萧子显家也罢，我都不想再管你。”

米多多看着萧子显头也不回地转身离去，她深吸了几口气，然后快速地回家收拾了行李，毫不犹豫地开车去了南茜家，她实在没有心情跟林佳楠同住一个屋檐下，更没有勇气跟林默言这样相爱相杀地过日子。至于离婚，或许是彼此最后的一条退路吧，只是这退路是现在马上要走，还是再等等，米多多就不太确定了，她需要好好地想想。

第八章 默默守护幸福

南西回家看到米多多在她小窝时，愣了下：“多多，你怎么又来了？跟林默言又吵架了吗？”

米多多点点头，看着南西歉意道：“茜茜，不好意思，我又得住段时间了。”

“你住多久都没问题。问题是，你怎么现在还跟林默言吵架？”南西拧着秀眉看着米多多，“你们之前不就是为了孩子么？现在孩子都有了，还吵什么？”

“林默言怀疑我出轨，怀疑孩子不是他亲生的。”米多多朝南西挤出一抹苦涩的笑容来，“茜茜，你是不是觉得很好笑？”

“好笑？这有什么好笑的？”南茜关切地看着米多多，“你们之间是不是有什么误会？”

“可能有误会吧。”米多多想到自己跟萧子显之间那一层说不清楚的暧昧，老实地点头承认。

“既然有误会，那赶紧去解决，你跟他又冷战，又分居住我这儿，像什么话？”南茜心急地看着米多多，“我不是说要赶你走，我意思是你们这样不解决问题，只会让误会越来越深。”说着深深地叹息了一声，“要按照平时，误会深就深了，大不了离婚，一拍两散，可你现在都有孩子了，你们打算就这样冷战拖下去？”

“现在不是我要把冷战拖下去，而是林默言。”米多多看着南茜，心里憋屈道，“林默言要等孩子满三个月去做亲子鉴定，再决定我们之间的事。”

“什么？”南茜一听这话就炸毛了，“怀孕满三个月就做亲子鉴定，他脑子抽风了吧？”

米多多深深地叹息了一声没有接话。林默言在这件事上不但抽风了，而且抽得很严重。她已经不知道该说什么话了，总之就是很失望。

“多多，你知不知道怀孕三个月做亲子鉴定要抽母体样本，还有羊水穿刺？”南茜见米多多似懂非懂地点头，忙道，“孕早期，胎儿虽然成形但是还很小，做亲子鉴定需要取胎儿脐带血，风险很大，你知道吗？”

米多多茫然地摇摇头，警觉地问：“会有风险？”

“风险这种事也不好说。”南茜伸手在手机上百度起来，“不过网上问度娘，几乎都是不提倡做的，你可以看看。”说着将手机递给米多多，“你自己身体底子本来就不好，好不容易怀孕了，又是孕酮低先兆流产，又是见红的，你觉得冒险好吗？”

米多多快速地扫过百度上的一些回答，大致意思是从母体进针到达子宫，然后到胎盘脐带附着处采取脐带血做亲子鉴定，容易出现感染，引起流产，技术要求高，一般不建议做。她的脸色瞬间就变得苍白起来，咬着唇看着南茜，坚决道：“我不会同意做亲子鉴定，也不允许林默言做。”任何对宝宝有伤害的事，哪怕是潜在伤害，米多多都不允许发生。

“那你怎么办？”南茜安抚地拍了拍米多多的肩膀，“你做了什么事，让林默言觉得你出轨了？还怀疑孩子不是他的？”事到如今，南茜这个好闺蜜只想了解清楚情况，然后帮米多多好好分析下，有可能的话出面帮忙协调下，毕竟这孩子都有了，总不能劝米多多大着肚子去跟林默言离婚，一个人做单亲妈妈吧。

“唉！一言难尽哪！”米多多叹了口气，感慨了句，看着南茜稳稳心神，将事情从头到尾、原原本本讲了一遍，委屈道，“我跟萧子显真的没有什么说不清楚的关系。”

“我还不了解你？”南茜白了一眼米多多，“你要真跟萧子显有关系了，你还能这样倔强，这样理直气壮？”

“所以林默言不相信，我也没办法解释。”米多多无奈地摊手，“茜茜，我最近真的很累。”那是一种心力交瘁的无力感，林家原本就婆婆、小姑子的麻烦事多，最近更是鸡飞狗跳地全聚一起了。

“你们家那点儿破事，我听着都累。”南茜撇撇嘴，“我约个时间找林默言好好谈谈吧。”

“你谈？”米多多疑惑，“行不行呀？”

“那你自己去好好谈？”南茜反问。

“我自己要能好好谈，至于躲你这来么？”米多多翻了翻白眼，“我跟林默言完全没办法沟通，一开口就吵架。”

“我是觉得你们两个目前属于相看两生厌，话不投机半句多，现在的状态根本不可能心平气和地好好谈话。”南茜看着米多多，“我虽然不喜欢林默言，更不喜欢他家妈跟妹子，但是看在你肚子里娃的分上，我要和林默言来一次深入会面。”

“茜茜，谢谢你！”米多多感激的拥抱南茜。

“闺蜜之间说什么谢？”南茜轻轻地推开米多多，“矫情了是不？”见米多多嬉皮笑脸，不由得摆出一副正经的模样来，“虽然你跟萧子显真没什么事，但我不得不批评你，作为一个已婚女人，怎么能随便去人家家里呢？完全就是说不清楚的事，我真怀疑你脑子当时是不是进水了。”

“我当时压根就没想太多。”米多多心虚道，“再说已婚女人难道连普通异性朋友都不能交了吗？”

“已婚女人是可以结交异性朋友的，但是那得有度。”

“我很有度。”米多多迫不及待地打断南茜，信誓旦旦地道，“茜茜，我真的很有度，我跟萧子显真的是什么都没有。”

“你跟我说，我当然相信你。”南茜看着米多多情急的模样不由得道，“但是作为你老公林默言来说，他肯定不会太相信，尤其是他妹子添油加醋说了你那么多坏话，他怀疑你出轨，说句良心话，我倒是挺理解他的。”说到这耸了耸肩膀感慨道，“男人嘛，对于自己是不是戴绿帽子这件事，一般都比较紧张，也容易冲动。好了，你也别垂头丧气的，是误会呢，肯定可以解释清楚。”南茜见米多多神色颓然，不由得安抚道，“我一会儿就去约林默言，帮你们把问题处理下。你就先好好休息，什么都别想了。”

米多多点点头，目送南茜出门。她的心里一片茫然，在萧子显这件事上，她真的大意了吗？虽然她对萧子显一点儿想法都没有，两个人之间也清清楚楚，可是为什么她的心有那么一点点说不清楚的浮躁呢？

晚上，南茜给米多多打电话，气急败坏地吐槽了林家极品婆婆肖美凤跟小姑子林佳楠的无理取闹，最后无奈地告诉米多多，“多多，我已经很努力跟林默言沟通了，还把所有事都清清楚楚地跟他说了，但是林默言在亲子鉴定这件事上态度异常坚决，我也不知道该说什么了？”

“算了茜茜，你别管了。”米多多知道林默言的母亲肖美凤跟小姑子林佳楠的性格。一定是她们让南茜异常难堪，她才会气急败坏地找米多多吐槽，“我跟林默言的事，我已经做好了最坏打算。”

“多多……”南茜喊了一声米多多的名字，却不知道该开口说什么。

“茜茜你放心，我没事。”米多多神色淡然，“冰冻三尺非一日之寒。我跟林默言之间的问题也不是一天两天了，不单单是孩子这个问题，只不过我们一直没有去正视，现在所有问题堆在眼前，容不得我们回避，一定要解决了。”原来的婆媳关系问题、小姑子的问题，甚至老公林默言的性格缺陷问题，米多多都选择隐忍退让。现在她发现自己忍了几年后再也忍不下去了，孩子只不过是一根导火线，将所有原本存在的问题，一股脑儿点着了。如果林默言足够信任她，如果婆婆肖美凤不是那么强势，如果小姑子不是那么尖酸刻薄，如果米多多还愿意继续为这个家的和睦隐忍下去，或许随着孩子的到来，一切问题都能够迎刃而解。可是事实上，婆婆依旧强势，不讲道理；小姑子依旧尖酸刻薄，甚至唯恐天下不乱，不断挑拨离间；林默言优柔寡断，“孝子贤哥”的招牌模样，让米多多真的是忍无可忍了。

米多多跟南茜挂了电话，犹豫了下还是给林默言发了条信息：“林默言，你怀疑我出轨也好，孩子不是你亲生的也罢，我都不解释了。不用再等三个月，我不会让你做亲子鉴定。如果你觉得你非要坚持的话，我们约个时间去民政局离婚。”

“米多多，你确定要离婚？”林默言的消息很快就回了过来。

“嗯。”米多多咬着牙发完这个字，眼泪就克制不住地开始往下掉。她自言自语道：“就算是离婚，我也不会拿宝宝的生命去冒险。”

“那好。”林默言半晌后回了两字来。

“什么时候去？”米多多再问。林默言那边却没有再回消息了。米多多一直等到十一点多，手机依旧没有消息，不由得打了个哈欠，胡乱洗漱一番就睡了。

第二天，米多多一睁开眼就看手机消息，林默言依旧没回消息。米多多想再问一次，但最终犹豫了会儿收回了手机。有些话，有些事，不应该操之过急，既然离婚已经说出口，那么给自己跟林默言一点儿时间吧，反正民政局的大门是敞着的。

日子再一次回到跟上一次一样的状态，米多多除了每天定时去医院打针保胎外，更多的时间就安静地宅在家看育儿书，听听轻柔的音乐，尽可能地让自己的身心放松下来。一周的时间很快就过去了，林默言对米多多不闻不问，没有任何的电话和信息。

米多多有时候拿着电话会恍惚，好几次都忍不住想发信息给他，却又颓然地放下手机，因为她实在不知道该开口说什么。林默言坚持要做亲子鉴定，这是米多多不能忍受的事。她开口说出离婚，林默言也同意了，却没有下文，米多多总不能追着问，到底是明天还是后天去民政局把手续给办了吧？归根究底两个人这几年的恩爱是有基础的，现在想要放手的时候，彼此心里还是带着眷恋与不舍，只是不再同心，所以没办法同行下去。

萧子显给米多多倒是每天都会打一个电话问个好，顺便告诉她一点儿萧筱孕期里的注意事项，让米多多防患于未然。米多多虽然说不上热衷，但是至少也没表示强烈抗拒，或许她的日子过得有点太过单调、冷清，她甚至有些无法抗拒萧子显这一抹暖阳渐渐射入她的心底。

时间又过去了一周，今天打完最后一针黄体酮后，米多多终于可以不用再去医院打保胎针了，她迈着轻盈的步子走去停车场取车时收到林默言的短信，“米多多，这几天有空去民政局办离婚手续吗？”

米多多真的找不到词汇来形容看到消息那一瞬间的心情，她呆呆地看着手机屏幕许久，直到眼睛发酸，她才深吸了一口气，手指停在手机屏幕上却始终不知道该回什么。虽然之前她心里已经做好了要跟林默言离婚的准备，也做好了她要独自将孩子抚养长大的准备，甚至也开口跟林默言说了离婚，但是久等不到林默言的消息，米多多潜意识以为她跟林默言之间或许会有一丝转机，可是猛地看到这条消息，她感觉自己的心好像被狠狠地炸了下，来不及收拾情绪，就已经碎成一地，她很难受，难受得有些透不过气。

林默言半晌等不到米多多的回话，便给她打电话来：“米多多，你想好什么时候去吗？”

“你想什么时候去？”米多多稳稳心神，尽可能让自己的语气保持平静，反问林默言。虽然她难受得很想大哭一场，可是在林默言面前，她还是要坚强。

“我随便你。”林默言大度道，“你想什么时候去，咱们就什么时候去。”

米多多咬着唇努力将酸涩的泪水吞咽回去，深吸一口气道：“我也随便你。”她心里酸涩难受，好像被沾水的海绵堵了似的，原来两个郑重其事结婚的人，要分开离婚的时候，会这样的随便。

“那咱们的孩子怎么办？”林默言沉默许久问道。

“你不是怀疑不是你亲生的吗？”米多多自嘲地一笑，“孩子等生下来再说吧，我自己能养。”反正说什么米多多都不会让林默言去做亲子鉴定。

“你为什么不让我做亲子鉴定？”林默言语气沉重道，“米多多，如果孩子是我的，打死我都不会跟你离婚的。”

“林默言，从你怀疑孩子不是你亲生的开始，我们就注定没办法再在一起了。”米多多终究没有克制住眼泪，伸手狠狠地擦干道，“我心里祈祷过我们能好好的，也期盼过你能对我信任，放弃做亲子鉴定，可是你依旧一意孤行，就算做出来孩子是你亲生的，打死你都不愿意离婚，可我却没有办法跟你过日子了。”

“为什么？”林默言哀伤道，“米多多，你为什么要这样倔强？”

“林默言，不是我想倔强，而是你把我逼到这分上了。”米多多疲倦道，“我真的累了。下周吧，周一我们去民政局把手续办了。”

“好。”林默言应声挂断了电话。

米多多抱着自己的双臂，靠着方向盘撕心裂肺地开始哭泣。她知道婚姻需要两个人的经营与相守，而她跟林默言两个人的心态都不好，可能真的是七年之痒提前出现了，也可能两个人开始就没有磨合好。就算这一次米多多退让，真的让林默言如愿做了亲子鉴定，还能为了孩子凑合过下去，但是夫妻两个人已经出现信任危机。本来一体同心同行的人，各自有了异心，只会同床异梦，最终只怕形同陌路——爱到陌路，那是多么可悲的一件事，哪怕有了孩子这个亲情的维系，却依旧各走各的。

米多多不想那么可悲，甚至都不敢想象那样的生活。爱情是两个陌生人渐渐熟悉的过程，在一起是两个人情感的升华，而分开只是让熟悉并且磨合过的人再一次陌生起来。考虑过无数种结果，想过要做无数的事，米多多唯一确定跟坚持的是她不会再一个人咬牙坚持下去，林默言不顾宝宝的安危要做亲子鉴定这件事，触及了米多多的底线。再说她现在也不是一个人了，做了母亲之后，米多多一切都在以宝宝为重心，所以她宁愿选择离婚，离开这段渐渐变得千疮百孔的婚姻，而不想让宝宝有任何一点儿未知的风险。

大哭之后，心里的委屈发泄了出来，米多多对着后视镜简单地收拾了下自己狼狈的面容，艰难地挤出一抹笑来安抚自己：

“米多多，与其跟一个疑神疑鬼的男人相互猜忌着过日子，不如干脆果断地独自带着宝宝生活，离婚就离婚吧，坚强点。”说完她就小心翼翼地开车，出医院后直奔超级生鲜市场而去，采购了一大堆的食材跟生活用品后才心满意足地准备回南茜家继续宅着安胎。

开到上环高架路段时才发现这边在修路，路标指示要绕行，米多多皱着眉头按照并不清晰的指示路牌绕了几个弯，脑袋就开始有种眩晕的感觉，她不熟悉这路，不知道该怎么开去南茜家了。她刚想靠边停车开个手机导航时，却不料从右侧直行来的一辆车刹不住车，直接撞上她的车。巨大的冲力让她猛地被弹了下，脑袋飞快地反应，松油门、踩刹车、拉手刹一系列做完后，她惊恐地瞪大眼睛看着那辆车撞上了一旁的水泥栏，被弹回来，又一次“亲吻”她的车身。

“嘭！”巨大的声响让米多多的脑袋都懵了。她恍惚地打开车门，下意识地伸手摸着自己的肚子，生怕宝宝被吓着。她看见对方车已经翻了过去，也不见司机从车里爬出来，心里更加惊慌害怕，小心翼翼地走了几步过去，蹲下身子看着破损地车窗问：“喂，你没事吧？”

车窗里伸出一只染血的手，轻轻地朝米多多摆摆，车内的司机有气无力地道：“麻烦……麻烦你，报警。”

米多多忙打 110 报警，又打了 120 喊了急救车，然后看着从车里不断流出的殷红的血，莫名地感到惊慌害怕。“你能爬出来吗？”她试探地跟车里的人说话，却没有得到回答。没一会儿周围聚了一些围观的人，看着这车的惨况，指指点点，却没有人敢贸然上前帮忙。

萧子显给米多多打电话的时候，米多多刚跟交警交代完当时的情况。“我正要过去，我也不知道他为什么要闯红灯，他就把我的车撞成这样了。”米多多看着自己半辆车几乎被撞得面目全非了，水箱滴答滴答地漏水，心里不由得感慨自己命大，要是她车速也快的话，估计相撞的力度更大，她跟宝宝的生命还真不好说了，现在她是受惊不小。随后120将那辆车的车主带去医院抢救，但是生死未卜。

围观的群众七嘴八舌地跟交警说着当时的状况。“喂。”米多多接起电话，朝一边相对安静的地方走了几步。

“米多多，你在哪里呢？怎么那么吵？”萧子显听着她电话里的喧杂声，好奇地问。

“我也不知道我在哪里。”米多多茫然地看了看四周，四周都是在修路、建高架，完全没有清晰的路标跟标志性的建筑物，“我撞车了。”

“什么？你撞车了？”萧子显激动道，“你怎么会撞车的？你有没有事？”

“我没事。”米多多忙道，“就是车撞坏了，等4S店的拖车来。”

“你把你的位置通过微信共享给我，我过去找你。”萧子显毫不犹豫地说。

“好。”米多多忙打开微信，将自己的地址共享给了萧子显，看了看实际距离，两个人相差 14 千米，她焦灼的心竟然渐渐踏实下来。

没一会儿萧子显便到了，甚至比米多多喊的 4S 拖车还快。他急急忙忙下车，看到四周的惨状，他的俊眉深深地拧了起来。他看着米多多焦急地问：“你确定你一孕妇没事？要不要去医院检查下？”现场惨不忍睹的车和来不及清理的血迹，都让萧子显心里揪得紧紧的，莫名地害怕，“米多多，你以后开车能不能悠着点？就我认识你到现在，你的车撞两次了。”

“我真没事。这次是他撞我的。”米多多指了指那辆车给萧子显解释，“我当时车速很慢，他撞了我的车，扭方向盘急刹车了，但是撞到那些护栏后又被弹回来。他伤得比较重。”

“你真是吓死人了。”萧子显拍了拍胸口，稳稳情绪道，“你现在万事要加倍小心，你肚子里有娃呢！”

“我知道，我已经很小心了。”

“你确定不用去医院检查下？”萧子显不放心道。

“我刚从医院回来，当然不用了。”米多多忙摆摆手，“对了，萧子显，你送我回去吧？”米多多看着这荒芜的地方不好打车，只能厚着脸皮开口道。

“我这会儿过来当然送你回去了。”萧子显笑吟吟地看着米多多打趣道，“有没有觉得我像个天使呀？在你需要的时候总是第一时间出现。”

“是啊是啊，你像个天使，还带着光环的那种。”米多多撇撇嘴接话，使唤道，“天使，麻烦你去我车里把东西搬到你车上吧。”

“看在你夸我的分上，被你奴役下，我也挺乐意的。”萧子显笑着说完，主动去米多多车里帮她把超级市场买的东西全部搬到自己车上，然后才提醒道，“你车里其他东西要不要也搬我车里？一会儿拖车来了，你总不能放 4S 店吧？”

“也对哦。”米多多点点头，“那你顺便帮我把后备厢的东西一起搬你车里吧。”

等萧子显把东西搬得差不多的时候，拖车到了，米多多把车钥匙给了拖车司机，又付了拖车费，对司机道：“你先把车拖回 4S 店吧，我朋友在那边接应，回头我自己跟保险公司联系。”虽然是对方肇事车负全责，但是碍于车主生死未卜，交警只开了个条子要米多多回头去交警大队再处理，她只能先把车拖回 4S 店，等双方判定好责任签字了，再进行定损跟维修。

“米多多，你不介意我送你回家前先陪我去下母婴店吧？”米多多刚跨上萧子显的车，他就边启动边问道。

“母婴店？你要买什么？”米多多好奇地问。

“我姐说她托人从国外带回来准备囤给宝宝的奶粉出了点问题。”萧子显简洁地解释了句，“她估摸着自己这几天要生了，怕没奶粉，要我帮她找找那个牌子。我都找两家店了。”

“好吧。”米多多点点头，反正她也没什么事，逛逛母婴店，了解下奶粉知识也好，回头她给宝宝囤货的时候，至少可以参照一下。

“米多多，你以后准备给孩子喝奶粉还是母乳喂养？”萧子显随意地问。

米多多却被口水呛了下，惊诧地转过脸看着萧子显。这个问题虽然不是什么敏感的问题，但是从萧子显嘴里这样随意地问出来，让米多多还真有点不太好回答。

“我的问题很奇怪吗？”萧子显一脸后知后觉，茫然地看着米多多。

“没什么。”米多多忙轻咳了下嗓子，尽可能波澜不惊地回道，“我应该会考虑母乳喂养吧。”说着对萧子显挤了抹笑道，“前提是我有的话。”

“嗯，看你有点母牛资质。”萧子显一本正经地开着米多多的玩笑，“应该是不缺奶的。”

米多多，不知道该怎么接话，这个话题不适宜继续往下说了。

“米多多你竟然脸红了？羞涩吗？”萧子显边开车边瞅了米多多一眼，然后像发现新大陆似的惊呼起来，“你都有娃的人，聊点这种正经的育儿知识有什么好脸红的。”

“如果跟你姐聊，我当然面不改色。”米多多没好气地瞪了一眼萧子显，“可是跟你这么个大男人聊，你不觉得很怪吗？”

“不觉得呀。”萧子显摇摇头，“我跟我姐就经常这么聊的。”

“那是你姐，你亲姐。”米多多强调道，“我跟你没那么熟。”

“米多多，你这话可就见外了。”萧子显不满道，“我跟你哪里不熟了？”问完不等米多多回话，忙自言自语道，“一回生，二回熟，我跟你都熟得快烂了，我也当你半个亲姐，你这样说话，实在有点伤我心哪！”

米多多见萧子显说得一本正经，瞬间有点接不上话的感觉，讪然道：“随你怎么想吧，我不知道该说什么了。”说完将脸转向车窗外看着疾驰而过的街景，心里努力地压下那股莫名的躁动。

“我们去新区美罗怎么样？”萧子显打开了车里的音响，一边听着路况实播，一边问着米多多，“那边好像有几家母婴店不错呢。”

“随便。”米多多转过脸看着萧子显，“反正你在开车。”说完又把脸转向车窗。她跟萧子显独处一个车厢，虽说真的没有什么暧昧，但是孤男寡女的总是让人心里有种说不清楚的压抑。米多多也闹不清楚她心里这股子怪异的感觉到底是从何而来，她只能尽可能装作若无其事的样子。

“咦？”在即将到达美罗广场的十字路口红绿灯处时，萧子显惊诧地嘀咕了一声，随即小心翼翼地瞄了两眼米多多，忙紧抿着唇，将话给吞咽了进去。

“萧子显，你能闯红灯吗？”米多多转过脸看着他，神色焦灼道，“给我追上前面刚转弯的那辆车。”

“姐姐，我们在直行，你要我闯红灯就算了，还要直接变道拐弯吗？”萧子显拧眉看着米多多，心里却跟明镜似的，看来不止他发现米多多的老公，她也看到了。

米多多深吸了一口气，目送着那辆车消失在视野里，口气淡然道：“那算了。”有些事，不知道不会伤太深，如果追逐真相，只怕两败俱伤，米多多会更难堪。就在刚才，她亲眼看到林默言的车上载了一个浓妆艳抹的女人，并且两人在举止亲昵地相互喂食。更让米多多揪心的是，这个女人她认识，是林佳楠的闺蜜，叫桑莫依。桑莫依曾经是林佳楠心目中最佳的嫂子人选，林佳楠甚至曾背着米多多撮合桑莫依跟林默言悄悄约会了几次，直到被米多多发现，掐灭了这一段爱的小火苗。只是没有想到，米多多稍不留神，这被掐灭的火苗又迎着春风悄然生起，还当真是“野火烧不尽，春风吹又生”。

“米多多，你刚刚……是不是看见什么了？”萧子显试探地开口问，眼睛的余光小心翼翼地打量着她的表情，关切中带着一丝同情。

“嗯，看见我老公了。”米多多苦涩地扯着嘴角笑笑。

“要不要我帮你追？”萧子显拧着俊眉道，“咱们能追得上的。”

“追上去干吗呢？”米多多看着萧子显，“质问他吗？还是跟他吵架？”说完不等萧子显接话，忙轻轻地摇头，“没有必要了。”

“为什么？”

“因为我们决定周一去民政局办理离婚手续。”米多多撇撇嘴，“既然决定要分开了，那就好合好散吧。”不用再去争吵，也不用再去猜疑，就这样让两个人平静地走完最后一段，为这一段婚姻画上一个圆满的句号。

“米多多，你要离婚？”萧子显惊讶道，“你没跟我开玩笑吧？”

“这有什么好开玩笑的？”米多多转过脸看向窗外，“再说一点儿也不好笑。”

“你们都有宝宝了，怎么还这么轻率地离婚？”萧子显不认同道。

“我们都是成年人，做事都有分寸。”米多多看着萧子显，“离婚是经过深思熟虑的，并没有轻率。”

“那宝宝怎么办？”萧子显语气焦急地问，生怕米多多离婚后连宝宝都不要。

“宝宝我会带好的。”米多多给萧子显一抹微笑，“放心吧，再苦再难，我都不会让宝宝受半点委屈的。”

“米多多，我觉得有点心疼你，怎么办？”沉默半晌后，萧子显语气深沉道。

“凉拌。”米多多受不了萧子显突然深沉的语气，更受不了他那温和的眼神，她心虚地转开视线，“萧子显，我不需要你的同情。”

“我不是同情你，我是心疼。”萧子显强调，“米多多，你怎么可以这样坚强？”

“我若不坚强，你替我勇敢吗？”米多多用一句流行语回答萧子显，接着不耐烦地道，“好了，萧子显，矫情的话你别说了，会影响我的心情。”

“米多多……”萧子显张口，欲言又止。

“萧子显，你还买不买奶粉了？不买就干脆送我回家。”米多多恼怒地瞪了他一眼，将他的话打断，“我现在没心情跟你说话。你再说的话，我下车打车回去。”

“好好好，咱们去找奶粉。”萧子显终止了这个沉重、暧昧的话题，将车开进地下停车场，专注地带着米多多逛母婴店。只有他心里知道，初听米多多离婚消息的那一瞬间，他的心竟然有一种抽搐的疼痛。看着米多多样子，他更是充满了怜惜与心疼。多好的一个女人，她老公怎么就不知道珍惜呢？竟然在她怀孕的时候跟别的女人卿卿我我，明摆着就是出轨。

陪萧子显买到了萧筱指定牌子的奶粉，米多多再次坐上萧子显的车时，安静了许多，而萧子显也一改往日的嬉皮笑脸，神色变得专注起来，两个人一路沉默无语地到家。“米多多，你自己小心点，注意安全，有事随时打我电话。”临走前，萧子显不放心地交代道。

米多多则是潇洒地摆摆手，“谢谢！再见！”她转过身子的时候，才深深地叹息一声。回到南茜家的时候，她关上门就无力地依靠着门板缓缓地坐了下来，这一刻的米多多才算是卸下了她浑身所有的防备。她无助地伸手抱着自己的双臂，脑海里却清晰地闪现着林默言跟桑莫依那亲昵的互动。鼻子的酸涩蔓延到双眼，米多多的双眼模糊起来，她先是低声呜咽，最后越想越委屈，终于忍不住地放声大哭了起来。

她真的想不明白，为什么跟林默言走着走着会走到这一步。当初结婚的时候信誓旦旦地要恩爱一辈子，白头偕老，可是才几年的光景，两个人被生活里的琐碎事情磨得越来越尖锐，而原来说好的那些事，好像都只是玩笑罢了。可是就算是玩笑，就算两个人要打算离婚了，就算是离婚以后两个人都会有各自全新的生活，但是在这之前，在签字之前，在画上句号之前，林默言就跟桑莫依这样亲昵，让米多多心里异常难受。她跟萧子显是解释不清楚的误会，林默言跟桑莫依呢？大概就是所谓的美丽的谎言吧！两个人能那样亲密喂食，只怕也不是一两天的感情了，只怕他们早就背着米多多好上了，只有米多多一个人傻乎乎的什么都不知道。

整整三天，米多多都很抑郁，她好几次忍不住想给林默言发条消息，或者打个电话去质问一番，但是最终都生生地忍住了。就算没有桑莫依这个女人出现，米多多跟林默言之间的问题也没有办法解决，离婚是给彼此最好的路，何必再自取其辱地一问呢？反正明天就是周一了，两个人去民政局办完离婚手续，好合好散也对得起曾经相爱一场。想通了这一点，米多多也就不再纠结，她伸手温柔地抚摸着平坦的肚子跟宝宝说："宝宝，就算没有爸爸，妈妈也一定会让你做一个幸福的宝宝，给你所有你想要的。"

第九章 真的谢谢你

周一这天清晨，米多多很早就醒了，她挑了一套最爱的衣服，又认真地化好妆，一扫之前几天的颓然，整个人神采奕奕地出了门。离婚意味着重生，她一定要打扮得美美的，然后重新开始，因为她有宝宝，这是她最大的财富。

当米多多在小区门口看到萧子显的时候，不禁愣了，“你怎么来了？”

“送你去离婚呀。”萧子显打开车门让米多多上车，“我怕你不够勇敢，来给你打气的。”其实萧子显也不知道自己到底是怎么想的。最初对米多多跟林默言有了孩子还离婚这事表示不能理解，不可思议。可当他看到林默言背着米多多跟别的女人那么亲昵时，瞬间便觉得这样一个在妻子怀孕期间出轨的男人，这个米多多几次三番出事进医院都对她不闻不问、没有责任心的男人，米多多还不如果断地与他离婚，独自抚养孩子长大呢。

反正从萧子显认识米多多的那一刻开始，他看到的都是米多多像个单亲妈妈一样，什么事情都是独自一个人在做。离婚后的米多多最差也就是这样的状态了。很多女人嘴里说得狠，非要离婚，事实上遇到男人出轨后更多的是隐忍。米多多说周一去民政局办理离婚手续，萧子显就过来了，他或许是想看看米多多是不是真的如她所说的那样干脆果断。而事实上，米多多确实并没有让他失望。萧子显这一刻更加佩服和欣赏米多多，这个独立自强的女人越来越对他的胃口了。

米多多看着萧子显，犹豫了半晌后忍不住问："萧子显，你怎么知道我这个时间段出门？"萧子显连个电话都没有打，直接候着她出门的时间点，简直巧得有些蹊跷。

"我不知道啊！"萧子显耸耸肩，"我这是守株待米多多嘛！"说完自己忍不住"扑哧"一声笑了出来，"瞧你那严肃的表情，我不就开个小玩笑嘛！"

"很好笑吗？"米多多板起脸问。

"其实也没那么好笑。"萧子显忙摇摇头，一边眼观鼻、鼻观心，一本正经开车，一边解释道，"其实我也没想太多，正好路过这边，我就开过来了。等我发现的时候，已经到你们小区门口了。我刚想打你电话的时候，你就出来了。”说着转过脸对米多多灿烂地笑，“其实真的只是巧合。”他想着米多多跟他老公肯定会赶着民政局上班时间去办手续，一般会赶早不会赶晚，他不过试试自己直觉准不准而已。

“算了，我也没心情跟你计较。”米多多知道萧子显不会说实话，她就放弃了追问，毕竟过程已经不再重要，结果她是搭了萧子显的车去跟林默言办理离婚手续。

林默言在民政局门口，远远地看到米多多从萧子显车上下来，俊脸的神色冷了几分。等米多多走到跟前的时候，他忍不住出言嘲讽：“米多多，就算我们今天离婚，你也不用这样急不可耐地拉着奸夫招摇过市吧？”

“林默言，你既然知道今天咱们是来办离婚手续的，请你说话客气点。”米多多神色淡然地看着他，“萧子显是我的奸夫，那桑莫依呢，是你的淫妇吗？”说完不等林默言回话，自嘲地勾着嘴角笑笑，“如果我们为这些事继续争吵不休的话，只怕一时半会儿也说不清楚，这婚可不好离。”

“米多多，你就真那么想离婚吗？”林默言不死心地看着她问。

“林默言，若不离婚，你觉得我们还能有更好的结局吗？”米多多坦然地看着林默言，“你除了对我猜疑、不满，你家人也一次又一次有意无意地伤害我，你觉得我真的不难受吗？”说到这米多多深吸了一口气，将眼睛的酸涩给努力憋回去，“我们继续，只会是相爱相杀，不可能好好过日子了。”

“米多多，你是铁了心要离婚。”林默言冷冷地看着她，“但是别怪我不提醒你，你配不上萧子显。他年轻英俊，家世好，凭什么对你一个离婚的女人好？还不是图新鲜好玩。你迟早会被甩，结果比楠楠更惨。”

米多多看着林默言，“你到现在还这样想我，那我们还有什么好说的？”米多多从来没有对萧子显抱着什么想法，哪怕稍微有一点点情感波动，她都及时、理智地把它们扼杀在摇篮里，她当然清楚地知道自己跟萧子显是没有任何可能的。

林默言没有再说话，米多多也没有，两个人沉默了一路，来到了民政局办事处。其实结婚跟离婚在同一部门，相邻的两个窗口。

因为没有任何财产分配和争夺，甚至连孩子这件事都没有摆上台面，在婚姻办事处调解员公式化的询问跟劝解中，米多多跟林默言依旧坚持好合好散，确定离婚，然后后面的手续就简单多了。出民政局大门的时候，米多多跟林默言原本鲜红的结婚证换了离婚证。

“米多多，我不会祝福你。”林默言走的时候口气阴冷道。

“林默言，我也不需要你的祝福。”米多多大声地对着他的背影吼道，然后潇洒地往萧子显开着车门等待的地方走去。

看吧，夫妻要么同心同行，要么就形同陌路，大路两边，各走一边。

“手续办完了？”萧子显痞气地问。见米多多有气无力地点点头，忙道，“你现在是不是心情不好？需要我借个肩膀给你吗？”

“谢谢，不用。”米多多推开萧子显，心情抑郁地坐进副驾驶座位，“虽然有点难过，但是也没有想象中的那么难。”以前的米多多真的是想都不敢想离婚这件事，可是没有想到才短短几天，她的生活不但因为孩子的到来翻天覆地，而且在很多抉择方面，她都变得异常的干脆、果断。其实离婚也没有她想象中的那么可怕和麻烦。

“可是你脸上写着很难过。”萧子显跟着进车，启动后问道，“要不要带你去个好玩儿的地方？”

“不用了。我想回去休息。”米多多婉拒萧子显的好意。

“真不用？”

“不用，不用。”米多多不耐烦道，“萧子显你很烦，你知道吗？”

“我不知道呀！”萧子显嬉皮笑脸地道，“我很烦吗？”

米多多没好气地赏了他两个大白眼，“很烦，很烦，快要烦死人了！”

“我本来想告诉你，我姐刚给我发消息，她生了。”萧子显口气变得正经起来，“我还想带你去看小娃娃呢！你没兴趣就算了。”

“是吗？”米多多一听萧筱生了，忙好奇地追问，“她是顺产还是剖的呀？生的男的女的？”

“我不告诉你。”

“萧子显，你怎么这样？”米多多气得伸手去捶他，“你不知道好奇会害死猫吗？”

“我不知道好奇会害死猫，但我知道你这样打我，我们俩容易出车祸。”萧子显一边闪躲一边打趣，“噢，不对，不是俩，是仨啊！”

米多多一听忙收住手，狠狠地瞪了一眼萧子显，“爱说不说。”大不了她不想知道了行不行。

“去医院看小娃娃怎么样？”萧子显挑眉笑问米多多，“你看了不就知道了嘛！”

“不太妥当吧？”米多多虽然真的很好奇萧筱生的宝宝是男是女，但是她想着自己跟萧筱不是太熟，这样贸然跑去医院看她，似乎有点说不清楚的热情过头。

“有什么不妥当的？我可是心急如焚想去看小宝贝呢！”

“那就一起去吧。”米多多松口，见萧子显笑得一脸灿烂，不由得补充了句，“不过一会儿你路过母婴店，记得停下，我要给宝宝买点礼物，不然两手空空我可不去。”

“好好好。一切听你的。”

当米多多跟萧子显到医院病房的时候，护士正好抱着宝宝过来喂完奶，萧子显忙扔掉手里拿的尿不湿和奶粉，一个健步地窜过去，嚷嚷道：“美女，给我抱抱，给我抱抱！”

小护士被萧子显喊得脸色刷地一下通红，“你小心点哦。”

小护士关照完，才小心翼翼地将宝宝递给萧子显，结果他看到宝宝软绵绵的包得像个肉团子似的，试了两次，愣是没敢下手抱过来，挫败道：“看着就软绵绵的，我不敢抱。”

米多多神色不自在地和萧筱打招呼：“萧筱，我来看你了。”

“米多多，你来了？真好！”萧筱看到米多多瞬间激动起来，“我正愁没人唠嗑呢，快憋死了，你来了，赶紧听我说说。”

萧筱是顺产，而且还是那种运气极好的顺产，从进产房到生，不超过两个小时就生下了一个七斤重的大胖儿子。她现在精神恢复了，拉着米多多详细诉说着她在那两小时里的丰功伟绩，说得那叫一个精彩绝伦。

“你不知道，这个孩子的脑袋哗啦一下就出来了，接着整个身子都滑出来了。医生跟我说你生完了，是个儿子。我都傻了半天，原来也没我想象的那么恐怖。我之前老心心念念要剖腹产，不敢顺产。”萧筱拉着米多多一本正经地建议，“你以后生宝宝要能顺产，就尽可能顺产。剖腹产是快，但是恢复比较慢。跟我一起进去的一个女人就是剖的，现在估计麻药都没退呢！你看我精神多好。”

米多多赔着笑，耐心地听着，脑海里不自觉地想着自己生产的时候或许也是这样的画面：宝宝很快就出来了，那么一个肉乎乎的小团子，浑身都没骨头似的绵软，肌肤是那么柔嫩，没多久就会睁着溜溜的眼珠子，虽然什么都看不见，但是却让人感觉炯炯有神。那是多么令人期待的画面！生命的延续真的是一件极其奇妙的事。

“米多多，你要不要抱抱宝宝？”萧子显终于小心翼翼地抱了孩子，动作异常地轻柔，生怕自己一不小心就碰坏了宝宝。他笑吟吟地对米多多招呼：“来，看看我外甥，长得贼精神，十八年后肯定是粉嫩的小鲜肉。”

“我不抱了，看看就好。”米多多凑过脸，认真地端详了萧子显怀里的宝宝。虽然他还那么小，五官的眉眼还没有长开，小脸也是皱巴巴的一团，但是他的神韵却跟萧筱有几分相似，剩余的几分估计就随萧筱老公了。“好可爱的孩子！”米多多伸手轻轻地碰了碰他的小手，那么小，那么细，但是却张牙舞爪地会回应米多多。如果他的手再有力一点点，米多多相信，这孩子肯定要伸手反握着她的手指了。

“当然可爱！”萧子显自豪地挺挺胸，“我们老萧家的种，精品！”

“明知道你们老萧家产精品，那你还不赶紧找个？”萧筱的老公推门进来，张口就催萧子显，“子显，我看你也老大不小了，找对象这事，要不要姐夫给你好好谈谈？”

“我说姐夫，我找对象，轮得到你操心吗？”萧子显撇撇嘴，催促道，“你赶紧把你家娃抱走。”

“不会抱了是吧？”萧筱老公笑着打趣萧子显，“等你以后有娃了，多练习就会抱了。”他小心翼翼地接过宝宝后，吸吸鼻子，“怎么好像有点臭臭的？”

“你儿子拉粑粑了，当然臭臭的。”萧子显一脸幸灾乐祸，“要不然我才舍不得给你抱呢。”

“萧子显，你个浑蛋。”萧筱老公怒瞪着他。

“瞪什么瞪？你儿子在你身上拉粑粑是件再正常不过的事。”萧子显压根没把萧筱老公的怒火当回事，嬉皮笑脸道，“以后你儿子在你身上拉屎撒尿的次数多了，你就慢慢习惯吧。”

“你就幸灾乐祸好了，等你以后有了，也会的。”萧筱老公明摆着说不过萧子显，只能无奈地笑笑。

“子显弟弟，你又在欺负你姐夫了，嗯？”萧筱终于看不过去自家老公被弟弟欺负，音调拔高了一点点。萧子显忙求饶：“我说姐姐，您老佛爷，安心养着吧，我跟米多多还有事，先走了。”说完一把拉过米多多，“姐姐，我回头再来看你。”几乎是落荒而逃。

在送米多多回去的车上，萧子显都处于兴奋状态，“米多多，你说婴儿怎么那么好玩儿呢？真想搞个玩玩。”

米多多嘴角抽搐了下，“萧子显，你还真重口。”什么叫好玩儿，搞个玩玩？真让人无语，不过米多多不得不承认萧子显说的婴儿好玩儿这件事。宝宝从妈妈肚子里出来之后，真的是一天一个样子，每天都在看着他变化，看着他长大，真的是一件极其有趣的事，看到萧筱家的宝贝，米多多对自己肚子里的宝宝更加充满了期待。

“我不是重口，我说的是事实嘛！”萧子显无辜道，“就是我是个粗人，没文化，没有找到合适的措辞而已。”说完见米多多低头温柔地抚摸着肚子，她的神情专注温柔安逸，充满了一种无法形容的母性光辉，他的心蓦地动了下，不自在地撇开视线，尽可能装作波澜不惊地专注开车，扯开话题问道，“米多多，你希望自己生个男宝宝还是女宝宝？”

“都好啊！”米多多无所谓地笑笑，“只要宝宝健康、聪明，男女都一样。”

“我觉得女宝宝好，贴心。”萧子显一本正经道，“你看我姐家的男宝宝多调皮，我这个舅舅才抱一会儿，就往我身上拉粑粑。”

米多多“扑哧”一声笑了出来，随即道：“小孩子又不懂事，拉粑粑这种事，男女都一样的。”

“以后我给你抱孩子的时候，你家宝宝千万不要往我身上拉粑粑，不然我打他小屁屁。”

“你还真想给我孩子做奶爸呀？”米多多笑着反问。

“做，做，绝对做！”萧子显信誓旦旦地拍了拍胸脯道，“专业二十五年奶爸种子选手，萧子显同志，谁用谁知道。”

“得了吧，净吹牛。”米多多笑着摇头，“就你刚才那怂样，连孩子都不敢抱，也敢自称专业奶爸种子选手？脸皮忒皮实了。”

“一回生，二回熟嘛。”萧子显笑道，“我先拿我姐家的宝贝练练手，等你生的时候，我一定是动作很娴熟的专业选手了。”

“那我等着。”米多多跟萧子显说说笑笑，没一会儿到了南茜家。萧子显跟着米多多下车，倒是把米多多给整晕了，“萧子显，你跟我下来干吗？”

“我姐姐常说一孕傻三年，这话还真是一点儿没错。米多多你真傻缺。”萧子显感慨完后问，“你放我车上的东西，难道都不要了吗？”

“哎哟，对哦！”米多多这才拍着后脑勺想起来，“萧子显，赶紧帮我搬回去。”她撞车了，车里乱七八糟的东西都搬到萧子显车上了，她竟然把这事给忘得干干净净，还真的是傻缺——又傻又缺心眼。

萧子显撇撇嘴，无奈地摇摇头，“我不跟你一孕妇计较，你赶紧带路。”然后先搬出几个大件，见米多多伸手准备帮忙一起拿，忙喝止道，“你别动，我多跑两次就好。”

“那多不好意思。”

“米多多，你少假客套了。”萧子显打断她，“你都不好意思麻烦我到现在了，就干脆凑合继续用吧。”

米多多见萧子显这么说，便不再客套，随手拿了两个小件，转身快步带路，给他先把电梯按好，然后等他搬进东西，到了楼层后，又快他一步找钥匙开好门。

萧子显大汗淋漓地跑了两次，终于把米多多的东西都搬完了。他喘息着接过米多多倒的水，猛喝了几口，眼神飞快地在屋里扫了一圈，中肯地道：“你这屋子装修得挺精致的。”

“这是我闺蜜的屋子。”米多多见萧子显夸南茜的品位不错，心情极好地接话，“但是这里所有的设计跟布置都是我参与的。”

“嗯，那说明你的品味也不错。”萧子显竖着手指毫不吝啬地夸赞米多多。

“谢谢夸奖。”米多多说完后，不知道该跟萧子显说什么话，而且她跟萧子显独处一屋，心里莫名地升起一股局促感来，她甚至不知所措，不晓得该请萧子显再坐坐，还是委婉地下逐客令。

萧子显大概觉察出了米多多的不适应，大口将杯子里的水喝完，然后将杯子递给米多多后道：“今天我有事，先走了，回头你需要帮忙时直接告诉我，我会很乐意继续为你服务的。”

米多多点点头：“萧子显，真的很谢谢你！”

“米多多，咱们说好了，不要跟我这么客气好吗？”萧子显对米多多扯着嘴角灿烂一笑，“如果你真的觉得过意不去，那宝宝生出来之后，让宝宝认我做干爹，好不好？”萧子显说完生怕米多多不同意，忙又道，“我保证会很疼宝宝的。”

“你让我说什么呢？”米多多哭笑不得地看着萧子显，“多一个人疼宝宝，我当然不介意。”更别说这样积极主动、毛遂自荐的，米多多根本没办法开口拒绝。

“那就这么愉快地决定了。”萧子显伸手跟米多多握手，郑重其事地交代道，“米多多同志，你一定要好好照顾我的宝宝。”

“知道了。”米多多忍不住笑场，轻轻地抽回手，“我会好好照顾宝宝的，你放心去吧。”

“喂喂，你这话听着怎么那么怪？”萧子显走了几步猛地回神瞪着米多多，“什么叫放心去吧？说得好像给我送终似的。”

这话本来真没这样的意思，可是被萧子显这么一说，好像还真有点这意思，米多多嘴角抽搐了一下：“口误，口误，您慢走。我不送了。”

“再见！”萧子显潇洒地对米多多摆摆手，大步离去。

米多多目送他离去，直到看不见背影，才关门落锁。

第十章 并非一见如故

“多多，你离婚了？”接到南茜电话的时候，米多多刚洗完澡出来，正擦着湿漉漉的头发，所以开了免提简单地“嗯”了一声。

“要不要我回去陪你？”南茜犹豫了会儿问。她也不能直接问米多多离婚后心情怎么样这样的敏感话题，而且有些事电话里也确实说不清楚，但是无奈她现在在国外出差，鞭长莫及。

“不用，我挺好的。”米多多谢绝她的好意，“茜茜，放心吧！”

“你这样，我哪能放心？”南茜语气担忧地叹了口气。

“茜茜，我真的没事。”米多多知道南茜的脾气，口气正经起来，“离婚这件事，我也说不清楚好坏，但是就目前状态而言，我真的挺好的。我不用再受婆婆的气，也不用提防小姑子背后捅刀子，更不用受老公怀疑我出轨、孩子不是他的这种屈辱，我觉得有一种释然的轻松感。”

“可是，你一个人大着肚子能行吗？”南茜关切道，“要不然去请个好一点儿的保姆照顾你吧？”

“现在不用，我肚子不大。”米多多忙拒绝道，“我才辞职，我准备等生产的时候再请月嫂照顾我，现在请保姆，有点奢侈。”

“你是不是手头缺钱？”南茜敏感地问。

“没有。”米多多忙道，“茜茜，你别担心我了，你好好工作，我这边真的没有问题。”米多多信誓旦旦道，“我保证如果我出现任何问题，我一定第一时间联系你好吗？”

“多多，我真有点放心不下你。”

“南茜，你非要跟我矫情是不？”米多多心里感动得一塌糊涂，嘴里却说，“咱们都多少年的交情了，不带这样玩虚的，我说不需要就不需要。我很好，真的很好。”

“真的很好？”南茜确认地问。

“是的，很好。”米多多生怕南茜不相信，只能扯出萧子显来，“而且我还有宝宝他干爹照顾我，所以你放心吧。”

“宝宝干爹？”

“萧子显。”米多多简洁地把事情跟南茜说了一遍，“你在国外就别操心我了，我要真有事，你也是远水救不了近火。萧子显还是个挺靠谱的青年。”

“虽然我了解你，但是我有点看不清楚你跟萧子显了。”南茜感慨了句，随即道，“不管怎么样，有个人照顾你，总比你一个人让人放心些，米多多，你一定要加油，好好的！”

“南茜，你也一定要好好的。”米多多挂了电话，脑海里一直萦绕着南茜那句话：“虽然我了解你，但是我看不清楚你跟萧子显。”这到底是什么意思呢？她跟萧子显之间，真的就那么暧昧不清得让人看不透吗？米多多其实自己也不知道。

第二天一大早，米多多便被萧子显的敲门声吵醒了，她睡眼蒙眬地看着萧子显满脸开心地将大包小包的袋子往她屋子里提，不由得开口问：“萧子显，你这是干吗呢？”搞得跟搬家似的。

“这些东西是我姐之前刚怀孕的时候囤在我家的吃的、用的东西，我又不需要，而你正好是需要这些的准妈妈，所以我就给你搬来了。”萧子显手脚麻利地将东西摆放好，然后指着一个保温瓶道，“这是我家阿姨做给我姐喝的鸡汤，我顺手给你也带了点来，你赶紧趁热喝。”

“不是吧？”米多多不可思议地看着萧子显，“你让我跟一产妇抢吃的，这好意思吗？”

“好意思，怎么不好意思？”萧子显一脸正色道，“你肚子里怀的可是我闺女，我当然从小就要给她美美地补起来。到时候带出去粉嫩嫩的，多拉风！”说完不等米多多开口，又自顾自地说，“以后我家阿姨给我姐做什么，我都给你顺带捎一份来，也省的你自己要操心，不知道孕妇该吃什么。”

“这太麻烦了。”米多多忙拒绝，“萧子显，你这样会让我很不好意思的，所以以后千万不要再拿来了。”虽然怀孕早期的食谱确实让米多多有点不知所措，但是这样蹭萧筱的月子餐，米多多实在无法心安理得，毕竟她跟萧子显没熟到那分上。

“就算不给你拿来，家里除了我姐，别人又不爱吃，丢掉也浪费呀。”萧子显撇撇嘴，“我说米多多，你能不能不要跟我那么客气？你这肚子里还有我的宝宝呢，我对我干女儿好，你只不过沾她光而已，你不用觉得不好意思。”

听着萧子显这样一本正经地拿米多多肚子里的闺女说事，米多多嘴角抽动了下，不满地哼哼道：“萧子显，万一我怀的是儿子呢？”

“儿子啊？”萧子显认真地看着米多多，“儿子虽然差点，但是咱们还是得补补的，要不然十八年后一个沧桑的‘酱油肉’肯定没有小鲜肉有市场。那样找女朋友啊，娶媳妇啊，都要成老大难的问题。”

米多多被萧子显这话给呛得直咳嗽，“萧子显，你是不是想得有点多？”这眼前的事都还没顾好呢，就想着孩子十几年以后的事了，真是瞎操心。

“米多多，你不要激动嘛，我又没有嫌弃你儿子。”萧子显嬉皮笑脸地帮米多多拍着背顺气，“我只是更喜欢闺女一点儿嘛！

儿子也好，只要乖乖能给我玩儿，我不介意的。”

“萧子显，你是不是就等着我生宝宝给你玩儿来着？”米多多突然觉得萧子显对她好，完全是在等宝宝出生，他会有个奢侈的“玩具”。

“大概是吧。”萧子显笑着点点头，“米多多，你放心，我不会玩坏的。”

“我才不放心呢。”米多多不满地瞪着萧子显，他有时候真的像个长不大的男孩子，“你真这样想玩孩子，你找个对象结婚自己生不就好了？”竟然垂涎米多多肚子里的宝宝，这让米多多这个准妈妈实在有些不能忍。

“找对象好麻烦的，娶媳妇更麻烦。”萧子显忙不迭地摇手，“我可不想好不容易老妈不烦我了，老姐出嫁烦姐夫不烦我了，我自己去找个麻烦回家。”撇撇嘴，语气无比认真地道，“我只是单纯喜欢小孩子罢了。”不管是萧筱家的，还是米多多这个未出世的，萧子显对一个母亲孕育孩子的神奇过程充满了敬仰、佩服以及一点点他自己也说不清楚的情愫，或许是对生命延续的一种敬意。

“萧子显，你还真是个奇葩。”米多多想了半天才总结了这么句话。

“谢谢，很多人都夸我是个奇葩。”萧子显对“奇葩”两字的认可度很高，眉开眼笑地接受，然后与米多多告别，“好了，我不跟你贫嘴了，我赶着要去医院给我姐送鸡汤。回头你把保温瓶刷干净，我明天给你送汤的时候来取。”

“萧子显，你明天不用给我送汤了。”米多多对着萧子显匆匆离去的背影大声喊道，“真的不用了。”

萧子显背对着米多多潇洒地挥挥手，也不搭话。

米多多目送萧子显远去，然后关门犹豫了会儿，还是动手将保温瓶里的鸡汤倒了出来，然后仔细地把保温瓶刷干净。

有时候要打动一个人，真的不需要多轰轰烈烈，不需要订下生死契约，依靠细节就能够温暖人心，就好像阳光透过叶间缝隙一般，一点点的细细密密地温暖着。

第二天，米多多再一次被萧子显给叫醒，他拿另外一个保温瓶跟米多多换了洗干净的空保温瓶后就匆匆走了，“米多多，今天没时间跟你唠嗑，我得赶着去医院给我姐送早点，回聊啊！”

“喂，萧子显，明天真的不要给我送了。”米多多再次对着萧子显的背影大声抗拒。

不过这样的抗拒对萧子显来说是无效的，尤其他正热衷于这样的“送快餐”行为。第三天他再送过来汤食，米多多显得淡定多了，“萧子显，你每天这样送，不累吗？”

“不累，其实来你这跟去我姐的医院顺路。”萧子显扯着嘴角笑笑，“再说我给我姐是主送，你嘛，是附带赠送的。”

“可我真的觉得不好意思。”米多多认真地看着萧子显，“我觉得你这样每天定点来投喂我，让我心里有些不踏实。”她总感觉自己像猪一样，被人养肥了，然后要等着被宰。

“不踏实？”萧子显惊讶地看着米多多，“你有什么不踏实的？”随即不等米多多回答忙开口道，“你说你一孕妇，我对你好，又没啥企图，你干吗不踏实？”

“正因为我是孕妇，你对我这么好，又没企图，让我会忍不住猜测你到底想干吗呀？”米多多不准备跟萧子显打马虎眼，所以有些话明知道说出来不妥当，但是她还是忍不住说了。

“我啥都没想干啊！”萧子显无辜地耸耸肩，“我说米多多，我对你好，你还不乐意，你这个人忒无趣了吧？”

“这跟有趣无趣没啥关系吧？”米多多看着萧子显，“我就觉得，我跟你只是普通朋友，也不太熟，可是你这样对我好，搞得我们像认识许多年的朋友那样，让我感觉怪怪的。”

“米多多，你不知道有一种朋友叫作一见如故吗？”

米多多摇摇头，“虽然听过，但是，我跟你好像不是。”

“我们确实不叫一见如故，但是也确实再见相谈甚欢。”萧子显看着米多多，严肃地问她，“米多多，你难道不觉得我们一再相遇很有缘吗？”问完不等米多多张口回答又认真地说，“米多多，你难道不觉得我们两个的性格脾性其实挺对彼此胃口的吗？”

米多多眨巴眨巴黑溜溜的眼珠子，紧抿着嘴唇，一时不知道该回答萧子显，因为他说的好像也确实有点道理。

“米多多，我这个人呢，其实很简单。”萧子显伸手指了指自己，“我性子直率，觉得你人不错，跟你交往挺愉快的，就会想着对你好点，真没什么太多别的想法。你习惯也好，不习惯也要习惯，因为我就这么个人。”

米多多没有说话，或许萧子显就是这样一个简单干脆的人，但是他这样的简单干脆却给米多多无形中产生了压力，因为她会不自觉地多想，然后她的心弦就越来越有一种被撩拨似的波动。

“米多多，你以后什么都不要想，习惯我对你好就是。”萧子显爽朗地说道，“反正我不会把你卖了的。”

“就算你要卖我，也不值钱。”米多多打趣着回了句。她也知道自己在这个问题上有些太过敏感，或许她现在怀孕又离婚了，什么都是自己一个人，有萧子显这号人物在，确实给她平凡的孕期生活增加了不少欢乐的色彩，让她的心思产生一些不该产生的活跃，让她既期待又害怕，再加上一些莫名的情愫影响着她的判断，让她不自觉地抗拒萧子显，或者说，抗拒任何异性的靠近。事实上她或许该说服自己去接受萧子显这样简单干脆的好意，跟萧子显就这样习惯成自然地交往着。

“卖你多不划算，还买一送一呢！”萧子显撇撇嘴，“我家闺女可是很值钱的，比你值钱多了。”

“萧子显，我说了，我要生儿子的。”米多多不满道，“你再说生闺女我跟你急。”

“米多多，不带你这样重男轻女的。”萧子显不满地哼哼，“你这样想生儿子，小心我家闺女生气，在你肚子里发脾气。”

“我想要儿子并不是我重男轻女。”米多多认真地看着萧子显解释了句，“我自己本身是个女的，我吃过太多亏，受过太多苦，我不想再生个闺女，为她提心吊胆。”

“现在变态、禽兽那么多，从安全性角度来说，生男生女都提心吊胆。”萧子显叹了口气，“这就是我为什么喜欢别人家的孩子，自己却不敢生的原因。”生怕自己生了孩子，养不好，带不好，或者不小心就被祸害了，各种的操心。

“萧子显，被你这么一说，我突然觉得，生孩子要有操不完的心了，男女一样。”米多多拍着脑袋，“我原本是充满希冀的，这会儿我充满了担忧，怎么办？”

“你担忧什么啊？你才几周？”萧子显不认同地摇摇头，“你先熬过十二周这个坎，再去担心别的吧。”

“十二周？什么意思？”米多多一听到“坎”这个字，瞬间敏感起来，目光灼灼地看着萧子显问。

“我姐说，现在有一些人怀孕了，到十二周，也就是三个月左右，孩子依旧会没胎心、胎动……”

“没胎心、胎动？”米多多第一次听到这样的事，见萧子显吞吞吐吐不愿意再说，忙追问，“那会怎么样？”

“你白痴啊！没胎心，就是宝宝不长心脏，就是死胎。”说到这萧子显忙捂着自己的嘴，“呸呸呸！”呸了几口，“我也就是随便说说的，你肯定没事。”那一次米多多害怕自己宫外孕，去医院检查的无助场景他还历历在目，萧子显知道自己今天的这句话肯定又得让敏感的米多多睡不踏实了。

“米多多，你别乱想啊！”萧子显安抚道，“我姐说这个概率很小的，你宝宝之前照出来那么活蹦乱跳，肯定不会有问题。”

“萧子显，我害怕。”米多多可怜巴巴地抬脸看着他，“我现在九周多了，宝宝陪着我两个多月了，要真有问题，我该怎么办？”其实也不能怪米多多敏感、脆弱，而是她本身输卵管就有问题。之前跟林默言努力那么久都没有宝宝，这次宝宝来得太突然、太意外了，她总是恍惚，觉得不真实，一有什么风吹草动，她就下意识地担心。

“你不会有问题的。”萧子显忙安抚道，“相信我。”

“你又不是医生，我怎么相信你吗？”米多多撇撇嘴，“好了，我现在心情不好，不想跟你说话，你先走吧。”虽然这样赶客人走很不礼貌，但是米多多实在没有心情跟萧子显继续说话了，她要开电脑去百度一下胎心、胎动的问题。

“你答应我，不要胡思乱想，我才能放心走。”萧子显刚才嘴快，说完就后悔了，可是话都说出口了，他也收不回去。现在看着米多多瞬间低落的情绪，他真的有一种悔得肠子都青了的感觉。

“好，答应你。”米多多胡乱地应了下来。将萧子显打发走了之后，她忙坐到电脑前开始查询，网上各种关于小孩子没有胎心、胎动而无奈放弃孩子的帖子映入米多多的眼帘，让她越看越觉得慌乱，整个人都变得神经兮兮。

晚上萧子显给她打电话的时候，米多多还沉浸在惊恐中无法自拔，接起电话就语无伦次地跟萧子显说，“萧子显，你说万一我的宝宝也没胎心、胎动怎么办？我是舍不得不要的。”

“米多多，你不是答应我，不胡思乱想吗？”萧子显打这个电话就是有点不放心米多多，现在听着她焦灼的口气，他便知道米多多又胡思乱想了，心里不由得感慨孕妇真是太敏感、情绪太脆弱了，但是嘴里只能安慰她，“米多多，那些是极少数才有的事，你别乱想了，你的宝宝好得很。”

“萧子显，不是极少数。”米多多打断萧子显，“我在百度上搜索了一下这个问题，发现有很多这样的情况。”

“米多多，你都说了用百度搜索，那有问题的不都是集中到一起了？你看到了，自然感觉多了。”萧子显耐着性子道，“你看看，咱们身边这样不幸的事很少的，就拿我姐来说吧，她一点儿孕妇自觉性都没有，胡吃海喝，K 歌看电影，逛街血拼，样样不落下，还不是生了个结实的大胖儿子？”说完又道，“你本身没疾病，身体健康，又处处注意，宝宝肯定没事。”

“好吧，希望我想多了。”米多多跟萧子显又随意聊了几句萧筱的宝宝才挂断电话。

第二天萧子显给米多多送汤时，看到她一脸的憔悴，不由得磨牙道：“米多多，昨晚让你不要胡思乱想好好休息，你肯定没听是吧？”

“萧子显，我也不想胡思乱想的。”米多多疲倦地打着哈欠，“只是昨晚躺下后，我的脑子就停不下来。”米多多不断地跟自己说，宝宝没事，宝宝需要妈妈好好休息，她一定要好好睡，可是她的脑子就是控制不住地去想，想那些她不敢面对的事，并且越想越害怕，这一晚上，她根本就不敢入睡。

“米多多，我真的对你无语了。”萧子显无奈地摇头，“走，你赶紧收拾下东西，我带你去医院。”

“去医院干吗？”米多多茫然地问。

“去医院检查下胎心、胎动，免得你胡思乱想。宝宝本来没事，也会因为你休息不好而出现问题。”

“能检查出来了吗？”米多多着急地问。她知道自己这样的状态不好，情绪太过焦虑，对宝宝的生长发育不好，但是米多多就是控制不住。她太过珍视宝宝的存在，所以处处小心翼翼，害怕失去，哪怕一丁点儿的风险，她都觉得自己承受不住。

“应该可以了。”萧子显也不太确定，便背着米多多去阳台那边打了个电话，打完回来见米多多已经收拾妥当了，便道，“我一位朋友说可以检查出来了，我们直接去她那边吧。”

米多多忙跟萧子显去了他朋友所在的医院，做了个B超。那位医生和蔼地告诉米多多，“孩子发育得很好，胎心、胎动正常，等你满十二周，就要选医院建卡了。”

米多多谢过医生，整个人松了口气，然后在她暧昧、审视跟打趣的目光下，跟萧子显离开。

“怎么样，我就说你瞎操心吧？”萧子显边开车，边训米多多，“米多多，不是我说你，你能不能把心态放平和一点儿？你这样很容易患上孕期抑郁症的。”

“我其实也不想的。”米多多心虚道，“我也知道我这样的状态不好，可是，我就是没办法控制嘛！”

“我觉得你呀太闲了。”萧子显中肯地说道，“你这孕期才刚开始，你整天就胡思乱想，那你后面的日子可怎么办哦？”萧子显见识过萧筱孕后期的糟心生活，那时候她的身子笨拙了，各种不适应、不舒服，让她动不动就炸毛。尤其是二十八周后，医生总会说，孩子胎动增多，容易缺氧，孩子胎动减少，又是缺氧，那动的多也不是，少也不是，萧筱天天神经质地拿着胎心仪测，测完了还要拉着萧子显帮忙一起数数，看到底是不是正常的范围内。那时候萧子显看萧筱真觉得像疯子，可是现在看到米多多刚怀孕，就这样神经兮兮，不由得感慨，真的是没有最极品，只有更极品。

“前三个月比较不稳定吧？后面会不会好一些？”米多多不确定地看着萧子显问。她是想着孩子来得太突然、太意外，自己现在其实更多的是没有适应母亲的角色。等后面她适应了，习惯了这角色，也过了头三个月的流产危险期，那么她应该不会这样神经质。毕竟米多多觉得自己还是蛮坚强的，她的积极乐观状态还是挺有正能量的。

“难说。”萧子显撇撇嘴。

“萧子显，你说我在哪个医院建卡比较好呢？”米多多本来还没想建卡这件事，经过医生提醒，她觉得是时候要考虑了，毕竟除了生孩子，还有定期产检要去做的。

“我觉得我姐生孩子的那家医院就不错。”萧子显认真地分析道，“首先离你住的地方不远，方便你产检。其次我姐有熟悉的医生，正好可以介绍给你。”

“对哦！”米多多点点头，“那就等十二周在那家医院建卡吧。”

“嗯。到时候我带你去，顺便让我姐介绍下熟人。”萧子显应了下来，看着米多多又要道谢，忙打断，“米多多，你要再客气的话，那我以后可真不管你了，你别后悔。”

不知道为什么，听到萧子显说这句话的时候，米多多心里还是有几分顾忌的，或许接二连三地一直在麻烦萧子显，米多多潜意识里有点依赖这个大男孩儿，所以她听话地点点头，“萧子显，我不跟你客气，所以我决定用实际行动来表示感谢。”

“哦？什么实际行动？”萧子显饶有兴趣地挑眉看着米多多问。

“请你吃饭呀！”米多多笑得灿烂，“我知道，这个你肯定喜欢。”

“你都欠了我不知道多少顿饭了，你就这点诚意？”萧子显鄙夷地瞅了一眼米多多，“我还真有点高估你了。”

“你倒是说说看，我要怎么样才算有诚意呢？”米多多看着萧子显认真地问。

“比如说亲自下厨给我做顿大餐什么的。”萧子显停了一下接着说，“你做的菜很好吃。”

“说吧，你想吃什么，什么时候吃，我给你准备。”米多多见自己的厨艺被认可，心里高兴，自信满满道，“就算你点满汉全席，我也能给你做一桌出来。”

“牛皮可不是吹的啊，满汉全席也能做？”萧子显显然有点不相信，“我点菜了，回头你可别做不出来。”

“我至于忽悠你吗？”米多多为了证明自己会做的菜很多，忙道，“萧子显，你现在就开车去超级市场，我今晚给你再露一手。”

“好啊！”萧子显笑得异常灿烂。

第十一章 且行且珍惜

时光飞逝，米多多跟萧子昱的关系越走越近。

“萧子昱，你早上给我带的什么汤，吐死我了！”米多多抱着垃圾桶，怀孕三个月来第一次吐得昏天暗地，好像连胃酸都吐出来了，她缓口气就给萧子昱打电话去抱怨。

“我不知道啊！”萧子昱无辜地说，“我昨晚不是发消息给你说我今天去外地出差，所以早上没给你送汤过去呀。”

“什么？”米多多心里一惊，忙问，“放在我门口保温瓶里的汤不是你送来的？”

“不是。”萧子昱一听也惊了，“米多多，你不会乱吃什么东西了吧？”

“应该没有吧。”米多多不确定地道，“我早上开门看到有个保温瓶挂在门上，以为你送过来时来不及跟我打招呼挂门上了，我就拿进来喝了。但感觉味道怪怪的，所以全吐了。”说完自己都觉得害怕，万一吃了什么不该吃的东西，那宝宝岂不是很危险？

“你喝的根本不是我送的汤！喝的什么乱七八糟的玩意儿！”萧子显拔高音调，“不行，米多多，你得赶紧去医院做下检查。”说完又补充了句，“关键是你把那个汤带上，问问医生那是什么东西，能不能喝？”

“我也觉得有必要去医院。”米多多认同地点点头。毕竟今天是她怀孕三个月以来第一次孕吐，还是吃了这些不知名的东西吐的。她忙跟萧子显话别，“那不跟你说了，我现在马上去医院。”

米多多匆匆忙忙换好了衣服鞋子，拿上那保温瓶，刚打开门，却看到林默言高大的身子伫立在门边，手里还拎了一个装满东西的袋子。她不由得愣住了。好像有一个月还是两个月没有见到林默言了，曾经那个天天睡在一张床上，最亲密的爱人，此时看起来是那么遥远而又陌生。原来，走着走着散了的人，真的只会越来越陌生，直到最后在记忆里彻底消失不见。

“多多。”林默言神色温和，语气温柔地喊着米多多。

“什么事？”米多多看着他，语气平稳地问。林默言此时此刻出现在南茜家门口，米多多虽然觉得意外，但是不难想到他是故意来示好的，可是他们两个人都已经签字离婚了，没必要再有什么牵扯。

“你还好吗？”林默言语气温润地问。

“挺好。”米多多公式化地回答。

“孩子好吗？”林默言又问。

“也挺好。”

“这个汤，好喝吗？”林默言问得小心翼翼，然后伸手指了指米多多手里的保温瓶道，“我用细火慢炖熬了一晚上的。”

“你炖的？”米多多拧着的秀眉稍微舒展了几分，“一点儿也不好喝。”既然是林默言送来的，那么他至少不会下毒害自己，米多多也就收起了要去医院检查的念头，说完又很不客气地说了句，“请你下次别给我炖了。”这汤害得她吐得差点去掉半条命。

“米多多，我们就不能好好说话了吗？”林默言见米多多一脸戒备、语气淡漠、神色疏远的模样，甚至还把他细心熬了一晚上的汤说得那么不堪，心里不由得有些恼火。

“林默言，你想怎么跟我好好说话？”米多多抬眸认真地看着他，“或者说，我们之间还有什么话好说呢？”从离婚那一刻起，两个人已经分道扬镳了。

“孩子是你的，也有可能是我的对吗？”

米多多听到林默言这样说，心瞬间绷紧，猜想到林默言接下来想说什么话，忙打断道：“孩子是不是你的已经不重要，重点是我们已经离婚了。”他们已经没有任何联系的必要。再说林默言这句话的本身就触犯了米多多的忌讳，他今时今日还在怀疑这个孩子不是他亲生的。米多多被林默言的怀疑伤到底，已经痛得麻木了。如果宝宝知道他有这么一个父亲，那该是一件多么伤心的事。

“米多多，就算我们离婚了，孩子生出来，还是我的骨肉不是？”

“林默言，你到底想说什么？”米多多的心被提了起来，神色戒备地看着他。

“我想说，虽然我们离婚了，但是孩子还是我们两个的，我有责任来照顾你。”林默言正色道，“米多多，你现在辞职又没有工作，一个人带着孩子肯定很辛苦，我想对你好点。”

“林默言，首先谢谢你有这份心，其次我不需要你的好意。”米多多直白地拒绝了林默言。就林默言现在的示好，米多多不得不防备宝宝生出来以后，他会来跟米多多争夺孩子的抚养权。米多多可不想好不容易跟林默言好合好散地离婚散场了，回头还要为了孩子的事，再次经历恶心的战斗。

“米多多，你为什么非得这样倔强？”林默言沉默着凝视了米多多许久，神色哀怨道，“你偶尔装一下柔弱不行吗？”

米多多看着林默言轻轻地摇摇头。

“米多多，不管你接受不接受，我反正决定要负责，我会尽可能对你好。”林默言语气恳切道，“就算你拒绝，这一次我也会坚持。不是为了你，而是为了你肚子里的宝宝。”

“林默言，我不需要！”米多多大声地对着林默言离去的背影喊道，可是林默言把手里的购物袋一放，大步流星，头也不回地离去了。

人怎么能那么奇怪呢？明明能对一个人好的时候，非得折腾，折腾到分开了，又想念着人家的好，然后心里念念不忘，想尽各种办法，希望能够回到从前。可是两人已经分开了，都有了各自的生活，怎么还能回去呢？所以这个世间最遗憾的事就是回不去。

萧子显出差回来，第一时间就来米多多家报到，顺便问她那天吃坏东西的事。听米多多吞吞吐吐说了是林默言送的后，他讥笑了句，“米多多，我劝你脑子别糊涂，你前夫现在对你献殷勤，回头你生了宝宝，指不定就要跟你争夺抚养权。你可别把宝宝卖了，自己又被抛弃，成了他家生孩子的工具。”

“萧子显，我有那么傻吗？”米多多不满地瞪着他，“我当时就想到了，他对我突然好起来，指不定是打我宝宝的主意呢！”

“一孕傻三年，难说你智商够不够。”萧子显撇撇嘴打趣米多多，“再说，你没怀孕之前，我也没见你智商多高。”

“萧子显，你才智商不够呢！”

“我的智商是不够。可你怀孕都过十二周了，还不去医院建卡，你还要不要好好生孩子了？”萧子显说到这，神色变得正经起来，“米多多，这有点不像你。”疑惑地看着她许久，“平时对宝宝的事，你只要有一丁点儿的风吹草动就急得要死要活的，为什么这次建卡，你这么不上心呢？难道你不知道建卡意味着给宝宝一个新身份登记吗？这是很重要的事。”

说到建卡这事，米多多原本轻快打趣的神色瞬间凝重起来，语气淡然道：“我还没想好在什么医院生。”米多多本来是想着去萧筱那个医院建卡，可是满十二周去做检查的时候，她稍微问了下建卡需要的手续和流程。得知要父母双方的身份证、结婚证等材料时，米多多的脑袋就大了，她总不能只写母亲，而父亲那一栏空着吧？

“米多多，你撒谎。”萧子显口气严厉道，“给你一次机会，给我坦白。”

“没什么好坦白的。”米多多语气淡淡道。

“米多多，你有什么难处跟我说。”萧子显怔怔地看了她半晌后，语气温和道，“如果你真的不知道或者没想好在什么医院生，那我陪你将 S 市的所有医院都走访调查一遍，怎么样？”

米多多看着萧子显，见他俊脸神色严肃而又正经，心里突然酸涩起来，自己的老公，孩子的亲爹，总怀疑孩子不是他亲生的，而萧子显这个大男孩儿却对米多多还有肚子里的宝宝如此上心，让她真的不想感动都不行。半晌后，她语气幽幽地跟萧子显说了实话：“建卡要父母双方身份证、结婚证这些材料。”

“拿离婚证不行吗？”萧子显问。

“这个没问过。”米多多摇摇头，“但是双方身份证是必须要的。”她现在的状况是不可能回去找林默言要身份证的。

“这个不是很简单吗？”萧子显毫不犹豫地从自己口袋里掏出钱包，拔出身份证朝米多多递过去，“喏，你明天拿我身份证去登记好了。”

米多多傻眼，“萧子显，你开什么玩笑。”

“我像是在开玩笑吗？”萧子显见米多多不接，便伸手将她的手拉过来，将身份证放到她手里，关照道，“好了，现在我的身份证借给你用了，你可千万帮我好好保管，丢了我可要找你负责的。”

“萧子显……”

“米多多，我耳朵没聋，你叫那么大声干吗？”萧子显瞪了一眼米多多，打断想开口说话的她，“小心别吓着肚子里的宝宝。”

“我不能拿你身份证去登记。”米多多朝萧子显走过来，将身份证还给他，见他不接，焦急地说，“你知不知道你给我身份证意味着什么？”

“意味着什么？”

“以后宝宝出生了，大家都会以为是你的。”米多多口气焦急，“你有孩子，以后对象都不好找，你傻不傻？”

“我不傻，我觉得我赚了。”萧子显眸光灼灼地看着米多多，“我本来就怕麻烦不想娶老婆，但又想要个孩子，现在有现成的，简直一举两得。”

“萧子显，你别开玩笑了。”

“米多多，你觉得我会拿这件事开玩笑吗？”萧子显正色地看着她，“你拖着不建卡，后面月份大了，你的产检怎么办？”见米多多一时不接话，忙又道，“马上要做唐筛，还有大排畸、糖筛，这些大检查错过时间段就不能做了，只能抽羊水再做。你不是宝贝宝宝，不想有任何风险吗？”

“我……”米多多无言以对。她也知道她拖着不建卡，后面陆陆续续会有很多问题。她本身就是一个问题极多的单亲妈妈，再遇到这些风险的话，真的有一种雪上加霜的局促感。可是要她真的拿萧子显的身份证去登记给宝宝建卡，她真是做不出来。

“米多多，现在建卡只不过是要我的身份证一起登记下而已，又不是要我们去拿结婚证书，你顾忌那么多做什么？”萧子显知道自己拿宝宝的安危出来说事，米多多这个母性泛滥的性格一定会动容，见她神色松动，萧子显忙再接再厉道。

“我就怕后面要结婚证才给办理。”米多多撇撇嘴，说出了心里的顾忌。她没建过卡，询问别人的时候，确定要双方身份证登记，还有一些人说要结婚证，还有些说不要，她没经验，担心着万一拿萧子显身份证去登记了，回头人家医院又要看到结婚证才给办理，那她真不知道该怎么办了。

“就算后面要结婚证，那你也得办。”萧子显义正词严道，“你不给宝宝建卡，难道你想让宝宝成黑户？到时候医院都不肯给你接生，那你该怎么办？自己在家生吗？”

米多多不可思议地看着萧子显，“你是外星人吗？听不懂我的话吗？”

“你才来自星星呢！”萧子显没好气地道，“我当然知道你的意思，你是怕拿我身份证登记后，回头医院要看咱们的结婚证是吧？”

米多多撇撇嘴，为难道：“就是啊。”

“那你先去登记呗！如果医院需要结婚证的话，咱们去领个就好了。”萧子显一脸满不在乎道，“反正只要九块九，我请你。”

“咳咳……”米多多瞬间被吞咽不及的口水呛了个正着，“萧子显，你开什么玩笑？”

“米多多，你今天到底要我说多少遍，我没开玩笑。”萧子显抓狂地摇晃着米多多，“我是很认真、很认真地在跟你说。”

“你认真什么呀？”米多多没好气地推开他，“随随便便就说去办结婚证？你当我们是什么呀？”

“没当我们是什么呀！”萧子显无辜地看着米多多道，“医院要，我们就去弄，这么简单的事，你何必想得复杂？”

米多多无语地看着萧子显，“你真的让我很无语。”

“你有什么话，直说好了。”

“萧子显，我很感激你，感激你一直以来对我的照顾，我真心地说一句谢谢你。”米多多认真地对萧子显鞠躬，语气诚恳道，“虽然我明白你这次想帮我，但是我真的不能接受。”

“为什么呀？”萧子显被米多多这么正经的语气给镇住了，忙问。

“结婚不是儿戏。”米多多感慨道，“我无法做到跟你一样率性、洒脱。”

“米多多，首先你别用这么严肃的口气跟我说话行吗？”萧子显打断她，小心翼翼地说，“我也知道结婚不是儿戏，所以我没跟你提结婚的事。”

“那你还要跟我领证？”米多多翻着白眼怒瞪他。

“拜托，领证跟结婚是两码事好吧？”萧子显摊了下手，表情无辜道，“你自己把这张纸想得太神圣了。其实对我来说那只是一张纸。”

米多多嘴角抽动了下，“既然是一张纸，那你怎么不随便找别的女人去领证？”

“我倒是想，可没女人愿意跟我领结婚证又离婚呀！”萧子显挫败道，“要有的话，我还真想去体验一把，领结婚证到底是种什么感觉？”

“萧子显，你既然都知道没女人愿意跟你随便领结婚证又离婚，那你还想我跟你去领证？这不是开玩笑嘛！”

“你不一样啊！”萧子显眼神坦荡地看着米多多，“你反正结过婚又离过婚，户口本上已经是离异了，就算我跟你领了结婚证再离婚，你还是显示离异，又不会显示二次离异。”

米多多听着萧子显这话顿时有点哭笑不得的感觉：“你这是几个意思呢？”

“我就一个意思，你明天赶紧去医院建卡。”萧子显言归正传，“要用身份证登记，就用我的。如果要结婚证咱们就去领个。

如果离婚证能用的话，你就凑合用用。”话说到这，见米多多恼怒地瞪他，他丝毫不以为然道，“当然，还有种情况就是压根不用结婚证、离婚证，只是你想多了。”

“会是我想多了吗？”米多多也不太确定。

“有可能。”萧子显点点头，一本正经地反问道，“你想哪，如果非要结婚证、离婚证什么的这些玩意儿，那那些单亲妈妈怎么生宝宝的？还有那些未婚先孕的？”

“好像也对哦。”米多多点点头，认真思考起来。

“算了，我还是直接打个电话问问我姐吧。”萧子显说着，忙拿出电话问萧筱，得到确切消息，只要男女双方身份证就可以办理登记建卡，这才嬉皮笑脸地看着米多多道，“怎么样，瞎操心了吧？”

“萧子显，谢谢你！”米多多红着脸道。

“米多多，你跟我不用客气。”萧子显大度地摆摆手，“好好照顾我的宝宝。我先走了。”

米多多目送萧子显出门，却不料他走了几步转身折回来，张开手紧紧地拥住了米多多，郑重其事道：“米多多，其实我很乐意跟你去领结婚证的。”说完，他飞快地在她的额头上亲了亲，然后松开手，大步流星地丢下被他雷得外焦里嫩的米多多而去。

米多多的脑袋瞬间好像被雷炸了似的，萧子显，他到底是什么意思呢？米多多真的猜不到这个嬉皮笑脸的大男孩儿是什么意思，但是她肯定自己在被他亲吻的时候，心湖瞬间好像被投入成堆的石子一样，荡漾起无数涟漪来。

这一晚米多多像个怀春的少女一样，面红耳赤，辗转难眠。她知道自己越来越有一种依赖到失控的感觉，她也知道这样的感觉走下去是没有好结局的，就如林默言所说，她这个被离婚的下堂妇，还带着孩子，萧子显这么一个优秀的钻石王老五凭什么会对她好？归根究底也就是年轻人的心性，觉得好玩儿罢了，他迟早有一天会玩腻，然后毫不留情地丢开米多多。

想到自己可能会被丢开，米多多的心里就难受起来，因为她知道自己动心了。萧子显的条件跟他的性情，真的让人很难不被吸引，还别说他真的是一个善良的人，一门心地对米多多好，让米多多真的无从抗拒这样的“正能量小太阳”。可是也正因为萧子显的好跟优秀，让米多多有一种可望而不可即的距离感。米多多甚至都不敢去想，因为那是一个无法拥有的奢侈幻想。

米多多深深地叹了口气，伸手抚摸着自己依旧平坦的小腹，跟宝宝认真地说：“宝宝，妈妈现在就期待你平平安安地出世，以后妈妈要跟你相依为命。”她的生活里，没有林默言，也没有萧子显，只有宝宝，这个跟自己血脉相连的亲人。

第二天，米多多一大早就去医院建卡。确实只需要男女双方身份证就能建卡。之后，她做了抽血等全套产检。当她拖着疲倦的身子回家，刚要拿钥匙开门，就看到林默言又一次送来“爱心餐”。她神色一冷，语气淡漠道：“林默言，这是我最后一次说，我不想看到你。”米多多既然跟他已经分开，可不想再牵扯不清，到时候林默言回来争夺孩子抚养权可怎么办？米多多这一点儿上警惕性极高，她要杜绝一切隐患。

“米多多，我说了要对你好，不管你接受不接受。”林默言大概也料想到米多多会拒绝，但是他已经做好了吃瘪的心理准备，所以就算米多多给他冷脸，他依旧波澜不惊。

“我一点儿都不需要你的照顾，你这样强迫我接受，你不觉得可笑吗？”米多多冷冷地看着他，“林默言，我们之前相爱过，所以离婚的时候，我什么都没要，客客气气跟你分开。现在我跟宝宝很好，请你不要再来打扰我们，好吗？”

“米多多，宝宝也是我的。”林默言强调。

“宝宝不是你的。”米多多伸手将建卡档案在林默言眼前一扫，“看到父亲了吗？萧子显。”米多多这是昧着良心说的，她宁愿被林默言误会自己是个红杏出墙的坏女人，也不想他一次一次地用温柔的姿态来打扰自己。她厌恶林默言。这个男人想要宝宝，却又怀疑宝宝不是他的。如果真的有别的选择的话，米多多真的一点儿也不想让这样的男人做宝宝的爹。可惜她没得选。所以，米多多只有远离这个男人，也让宝宝彻底远离他。

“米多多，这孩子真的是萧子显的？”林默言很受伤后退一步，语气怨恨地质问道，“你真的在我们没离婚的时候就出轨了？”

“林默言，我们已经离婚了，现在说这些已经毫无意义。”米多多神色淡然，语气风轻云淡，显然默认了这个事实，她就是要林默言认为她怀的是萧子显的孩子，这样就杜绝了他以后跟自己抢孩子的隐患。毕竟林默言这样一个极其忌讳自己被戴绿帽子的男人，肯定无法接受米多多怀的是别人的孩子这件事，他也不会大度到来照顾别人家的孕妇，毕竟林默言不是萧子显。

想到萧子显，米多多的心又窒息了下，然后狠狠地摇摇头，告诫自己：“米多多你够了，演戏就演戏，你可千万不要把自己带入角色中，刚从一个火坑跳出来，回头自己又作死地跳入万丈悬崖，那会不得好死的。你还是安静地做个好孕妇，乖乖地等待宝宝的到来吧。至于那些情情爱爱，那些心动跟暧昧，就这样随着时间流逝，渐渐地消散在岁月里吧。”

“米多多，你真是个贱人！”林默言气急败坏地扔掉手里的保温瓶“爱心餐”，扬手就朝米多多甩过巴掌来。米多多脑袋一歪，避开了林默言的巴掌，刚想开口，就听到了萧子显的声音，“林默言，对女人动手，你还算不算男人？”

米多多转过脸，看到萧子显快步走来一把架住林默言，气急败坏道：“你不知道米多多是个孕妇吗？你竟然对她动粗？”说着猛地打了林默言一拳，“还有，林默言，你现在有什么资格跑来对米多多动手呢？浑蛋！”

“萧子显，你才浑蛋！”林默言本来就对萧子显这个“第三者”——害他戴绿帽子的男人恨得牙痒痒，刚才防备不及又被他打了一下，瞬间怒气冲天，拳头也猛地砸向萧子昱：“王八蛋！我打死你个王八蛋！”

米多多拧着眉看着这两个大男人在她面前毫无形象地打起来，忙上前劝架：“萧子昱，林默言，你们两个够了，别打了！”在她家门口这样打，简直太不像话了。

两个打红眼的男人根本听不进去米多多的劝说，米多多没办法，只能伸手想去扯开他们。也不知道是萧子昱还是林默言大力一甩，米多多避让不及被甩了出去，整个人撞到了墙面上。“啊！”她疼得龇牙咧嘴，忙下意识地捂着自己的肚子，缓缓倒地。

“米多多，你没事吧？”萧子昱和林默言被这意外给吓倒了，异口同声地问。

“肚子有点疼……”米多多额头上开始冒冷汗。

“看什么看，赶紧打电话急救啊！”萧子昱猛地推开傻愣着的林默言，快步跑到米多多身边蹲下，关切又焦急地问，“你要不要紧？”

“我不知道。”米多多摇头，面色苍白道，“萧子昱，孩子不会有事吧？”

“不会的，不会的，你别急。”萧子昱忙安抚米多多。其实他自己也急得要命，忙打“120”急救，又嫌慢，忙道，“米多多，我抱你去医院好不好？”

米多多咬着唇点点头：“嗯。”宝宝的事，一刻也不能耽误。

“萧子昱，我不想宝宝有事。”米多多哭着说。

萧子显小心翼翼地抱着她，安抚说："米多多，你放心，宝宝绝对没事，有我呢。"

"萧子显，我害怕……"米多多的声音渐渐弱了下去。

林默言就这样怔怔地目送着萧子显抱起米多多快速地离开他的视线。米多多跟萧子显，还有他们的孩子，他们是一家人，而他林默言算什么呢？米多多的前夫，一个想着要跟米多多重修婚姻、重新来过的男人。这一刻他有一种自己是局外人的感觉，他顿时有些茫然无措。或许林默言也应该对米多多放手了，而不是拿着可能是自己的孩子这件事来纠缠不清，但是想到真的放手了，从此跟米多多各自开始新的生活，林默言的心里就异常难受。他甚至想过，就算米多多真的出轨怀了别的男人的孩子，只要她还愿意跟自己好好过，那么他一样能接受她，甚至把那个孩子当作自己亲生的来疼爱，毕竟林默言自己本身有不育的问题。

想到自己不育这件事，林默言俊朗的神色又阴郁几分。老天爷，他并没有做过什么伤天害理的事，为什么要绝他的后呢？他一直不愿意，也不敢承认自己不育，所以当查出来米多多输卵管有问题时，他便顺水推舟，将问题都推给了米多多，也积极地陪着米多多做治疗，只是为了掩饰自己不育的事实。可是林默言真的没有想到，米多多都没有去做手术，结果却怀上了。那时候他惊喜交加，对这个宝贝充满了期待。可是当林佳楠一次又一次将米多多跟萧子显出轨的事实摆在他面前的时候，他不得不暴躁、嫉妒。原来是他不育，而不是米多多不孕，只要换一个男人，她就那么容易地怀孕了。

当米多多提出离婚的时候，林默言爽快地同意。他一直以为萧子显只是玩玩，米多多一定会被抛弃，然后哭着回头来找他。那时候的林默言做好了原谅米多多的准备，也做好了接纳孩子的准备。可是他等了两个多月，米多多非但没有回头，而且跟他越走越远，林默言不得不重新打起孩子这副牌，想以圆满的家庭来套住米多多。可是出乎林默言意料的是，萧子显竟然没有抛弃米多多，甚至还对她关爱有加，林默言爽快的离婚就是为了给他们两个人腾地。现在两个人似乎已经奔着幸福的日子去了，林默言的心里完全没办法平衡了。

林默言这一刻觉得自己很可笑，他自嘲地勾着嘴角，狠狠地一拳砸在了墙壁上，他的手顿时鲜血淋漓，他却麻木到感觉不到任何疼痛，或许是心里的痛已经超过了肉体的痛。他难受得一拳一拳地打在雪白的墙壁上，殷红色的血流了一墙，他才凄凉地扯着嘴角笑笑："米多多，我不会祝福你的。"

第十二章 我们在一起吧

萧子显火急火燎地把米多多送进医院，直奔抢救室而去。他焦急地等候在外，心里不住地祈祷米多多的孩子千万不要有事，不然米多多肯定要崩溃。

没一会儿医生便出来了，萧子显忙焦急地问："医生，病人怎么样？"

医生鄙夷地看了他一眼，推开萧子显："我说你们吃饱撑的没事干，就去随便找事打发时间吗？以后别乱吓人。"他刚说完，米多多便被推了出来。

萧子显忙问："米多多，你没事吧？"

米多多摇摇头，尴尬道，“萧子显，我没事。”她在护士鄙夷的目光中，缓缓地起身，“你来扶我一把。”在萧子显的搀扶下，她走下推车，拽着他的衣角小声道，“刚才我太紧张了才肚子疼，其实我撞到的是后背。”

“那就是你没事？”萧子显见米多多点头，忙深深地吐了口气，伸手亲昵地揉揉她的脑袋道，“米多多，你可吓死我了。”

“我也快被自己吓死了。”米多多吐了吐舌头，语气有些埋怨道，“不过，萧子显，你跟林默言这样粗暴的打架，把宝宝给吓倒了。”说完安抚地拍了拍肚子。

“不是我想跟林默言打架的。”萧子显激动道。说话扯到了嘴角的伤口，疼得他龇牙咧嘴地哎哟了好几声，“是林默言那浑蛋太欠抽！”

米多多看着萧子显脸上跟个调色板似的，同情道：“反正我们都在医院了，你顺便去把伤口处理下吧。”

“嗯。”萧子显点点头，随即又问，“米多多，你老实告诉我，以前林默言对你有没有家暴过？”

米多多的神色僵了下，随即轻描淡写道：“都是过去的事了，咱们能不提吗？”不管林默言对米多多好还是坏，都已经随着两个人的离婚而过去了，米多多不想说三道四，也不想说半句前夫的不是，毕竟她曾经真的爱过那个男人，只是可惜不能爱到最后罢了。

“那浑蛋真打过你？”萧子显激动道，“早知道老子再多打他几拳了。”

米多多无语地抽了抽嘴角，“萧子显，你到底要不要去处理伤口了？”

“要要要。”萧子显忙不迭地道，他的俊脸他还是很爱惜的，尤其以后能用换药这件事麻烦米多多，他想想心里就带着几分期盼。

米多多跟萧子显处理完伤口，离开医院后直奔超级市场采购了一堆食材。回去后，两个人玩心大起，用剪刀石头布的猜拳方式决定谁下厨做饭。结果，可怜的萧子显今天不但要做打手，还要兼职做大厨。

“米多多，我做得不好吃，你确定要我下厨吗？”

米多多眨巴了一下黝黑的眸子，溜溜转了个圈道：“萧子显，愿赌服输。”

“那好吧，让你见识下什么叫萧家炒饭。”萧子显自信满满道，“这可是我自给自足二十年的绝活。”

“你该不会只想做个炒饭来打发我这孕妇吧？”米多多挑眉看着萧子显，“你好意思吗？”

“米多多，虽然你是孕妇，但是你也不能提不合理要求嘛！”萧子显憋屈道，“我这堂堂八尺男儿，连煤气灶、电磁炉都不会用，难道你要求我给你做满汉全席？那你还不如杀了我算了。”

“萧子显，不带你这样赖皮的。”米多多鄙夷道，“要回家吃饭的提议可是你说的。结果你把我忽悠回来了，又不给我做饭，你这样欺骗我跟宝宝，你好意思吗？”

“挺好意思的。”萧子显厚着脸皮道，“米多多，你说你多贤惠的一姑娘是吧，你下厨做饭，我给你打下手，多有益于胎教呀！闺女就得从小抓起，噢不，从肚子里抓起。”

“我又不要培养我家闺女做厨娘，我才不喜欢这样的胎教呢！”米多多猛摇头，“还有，萧子显，我要生儿子的，你再说闺女，我跟你急！”

“米多多，只要你下厨做饭，那你一定生儿子。”萧子显嬉笑道，“怎么样，这话爱听不？”

“算了，我懒得跟你罗唆，你给我出去吧。”米多多也是跟萧子显闹着玩，她也没指望萧子显这大少爷会做饭，所以当他帮着给自己洗菜、切菜打下手的时候，她就已经知足了。

萧子显看着米多多认真地炒菜，心里不由得带着异样的感触。他曾经也幻想过有这么一个家，媳妇能够穿着围裙每天给他做幸福的饭。以前做梦时媳妇的模样很朦胧，可是现在越来越清晰，那就是米多多的样子。

说不清楚到底是鬼使神差还是情不自禁，萧子显反应过来的时候，他已经从背后用双臂紧紧地拥住了米多多，嗅着她的发香，还忍不住轻轻地吻了吻她的后脑勺。

米多多整个人都僵住了，半晌才回过神来，忙伸手想推开萧子显，却听到他温润低沉的嗓音道：“米多多，你别动，就让我抱一会儿。”这句话就好像是带着魔音，米多多停下了要推开他的动作，神色尴尬得一动不动，任由萧子显紧紧地抱着。

“米多多，这样抱着你的感觉真好。”萧子显含情脉脉道。

“萧子显，你抱够没有？可以放开我了，菜焦了。”米多多心里一紧。感觉到萧子显温热的气息喷洒在自己敏感的颈脖，她的心跳突然快了好几拍。她想伸手推开萧子显，但是又感觉动作太突兀。她不知道该怎么去回应萧子显的话，只能装傻道：“萧子显，你闹够了就松手。赶紧的！”其实她心里听到萧子显这句甜绵的话时，就好像喝了蜜一样，虽然她不断地警告自己不要入戏，不要触雷，可是当真的遇到这样的事的时候，当心动了的时候，又怎么能够压制得住呢？

米多多想要推开他，但是又有些舍不得，这样的一个依靠让她很是纠结。

“米多多，要不然，让我来照顾你好吗？”萧子显松开米多多，正色地看着她问。

“你还想怎么照顾我？”米多多挑眉看着他，“现在你不是把我照顾得挺好的。”

“你知道我的意思。”萧子显被米多多这样坦荡地一问，神情有些羞涩和窘迫，毕竟他现在求爱的是一个怀着别人家娃的孕妇，这让他自己都觉得有些重口。可是在认识米多多的时候，在被米多多吸引的时候，她就已经是这样的情况了，萧子显照顾她、照顾宝宝都成习惯了，甚至有时候觉得这个孩子跟自己亲生的差不多。

“我不知道你的意思。”米多多咬着唇果断地回答。她的心里紧张得怦怦直跳，终于要到了摊牌的地步，她既有些意外，又觉得似乎也没那么意外。这是一种极其矛盾的感觉，她既渴望这样的感觉，又因为害怕想要扼杀这样的感觉，总之这是一件让她不知所措的事。

“那我就直说，我们在一起吧！”萧子显正色道。

“萧子显，你开什么玩笑？”米多多心底猛地抽紧，感觉自己浑身僵硬，语气也生冷了几分。

“我没有开玩笑。”话既然已经说出口，萧子显也就一鼓作气道，“米多多，我对你怎么样，你应该清楚，我对宝宝怎么样，你也应该清楚。”

“所以，你想怎么样？”米多多稳稳心神看着萧子显，“不满足做孩子干爸，想做孩子后爸？

“这有什么不可以？”萧子显反问道，“米多多，我觉得这个提议不错。”

“萧子显，你今天在医院只是包扎，没有配药，怎么会有吃错药的感觉？”米多多随手关火，将菜麻利地盛出来，以掩饰自己内心的慌乱，“这样的玩笑，我不想再听到。”然后板着俏脸将菜往他手里塞，“赶紧给我端出去。”原谅她实在没有办法若无其事地应下这件事。

萧子显听话地将菜端出去。见好就收，他心里很清楚，知道对米多多不能操之过急，因为她的顾虑实在太多。而且米多多此时的生活重心并不是寻找春天，她想的最多的是做一个好妈妈，满心欢喜地期待宝宝出生。如果萧子显逼急了，只怕米多多连示好的机会都不会给他。

萧子显愿意守护米多多，愿意守护着这一段她成为母亲的幸福时光。他会耐心陪着米多多从一个什么都不懂的菜鸟成长为一个全能无敌的妈妈。

米多多说不清楚那一晚她跟萧子显是怎么揭过这件暧昧、尴尬的事的，也记不清他们是怎么化解这件求爱事件的，但是两个人嬉闹了会儿，把一本正经的事生生闹成了一场玩笑，最后又皆大欢喜地握手成为好朋友。但是，两个人都明知对方对自己有意思，但是又装作只是普通朋友一样自欺欺人。

以后的日子似乎又回到了原来那样，米多多说不清楚是失落还是庆幸。她跟萧子显还能够保持好朋友的关系，一直在一起吗？如果那时候挑破了暧昧，或许只有两条路可走，要么在一起，要么不在一起，可是这两条路在米多多眼里就只有一条可走，那就是不在一起。不在一起，然后跟萧子显也变成陌路人。因为时至今时今日，米多多依旧无法容忍、放纵自己不顾一切地去跟萧子显发生点什么故事。首先她是个母亲，其次她还是个怀了前夫孩子的母亲，最后她做不到坦然的老牛啃嫩草，她跟萧子显之间最安全的距离便是暧昧至上。

米多多也不知道她能够保持这种暧昧至上的安全距离到底多久，但是她现在真的没有办法去回应萧子显，这个对于米多多来说遥不可及的男人，这个太过优秀的男人。但是要米多多彻底拒绝他，甚至连朋友都不做，她又有一些狠不下心。或许怀孕之后她变得脆弱，容易依赖人，而萧子显正好给了她这样一份安全的依赖感，所以米多多宁愿自欺欺人，只当萧子显是普通的好朋友，但是事实上情感却在不断升华。

升华就升华吧，米多多也顾不了那么多了，因为她现在一天比一天能够适应准妈妈这个角色。随着时间一天一天过去，肚子里的宝宝发生着神奇变化，尤其在第一次胎动以后，米多多真的被这样的神奇给震惊了。当然比起萧子显目瞪口呆地伸手摸着米多多的肚子，感受胎宝宝在肚子里微微颤动后，情绪失控地大喊“米多多，太好玩了”，米多多还算是镇定的，但是遮掩不了她嘴角那一抹幸福动人的笑意。宝宝真的越来越有灵动，米多多愿意跟萧子显分享这些神奇的时刻，然后那一天他就一直像个小孩子似的粘着米多多的肚子，让米多多连拒绝的话都无力说出口。

有时候米多多会想，就这样凑合着过日子，其实也挺好的。她现在真的已经不再想爱情，不想结婚，不想再离婚，就这样简简单单地带着宝宝过安逸的日子。

当然孕中期以后的米多多状态比前期要好很多，她除了每天定点给宝宝做胎教、散步外，甚至还帮着南茜写一些豆腐块的文章，赚一些稿费，偶尔还有萧子显陪在身边像一对正常小夫妻一样逛逛母婴店，给宝宝囤一些衣服、玩具或者生产必备品。米多多的日子变得充实起来，也没有像开始那么敏感，总担心宝宝出事。当然做这些事的时候，萧子显始终厚着脸皮陪伴左右，就算米多多拒绝，他依旧我行我素，久而久之，米多多也任由他去了。不过那一天求爱失败后，萧子显再也没说在一起这样的暧昧话，他对米多多做得多、说得少，聊天话题围绕着宝宝。米多多只能笑纳他的好，一边依赖着他，一边心里又要说服自己抗拒他，千万不能答应他。

米妈妈跟米爸爸知道米多多跟林默言离婚这件事已经是半年后了，他们打电话询问的时候，米多多只是轻描淡写地说了句“因为过不下去了，所以分开了”，然后沉默着什么都不说，甚至有宝宝这件事也给生生地瞒住。因为米多多太了解自己的父母，如果他们知道自己跟林默言有了孩子，说什么都不会同意两个人离婚的（就算离婚了也要千方百计去复婚）。当然如果最终同意他们离婚（因为事实上已经离婚），那他们也不会同意米多多一个人带着孩子生活的。从父母角度来说，他们会劝说米多多把孩子拿掉，然后重新来过。因为在老一辈眼里，一个女人离婚了还有救，还有二次婚姻挽救的希望，但是如果带着前夫的孩子，即所谓“拖油瓶”，那么她二次婚姻就得要打折。因为带着孩子再婚，或多或少会有问题出现，而婚姻本来就是问题重重，要解决问题需要一个经营过程，麻烦事太多了，必然就经营不好。

米多多不想自己的宝宝还没出生就被爷爷奶奶嫌弃，甚至要动拿掉它的念头，所以她宁愿继续咬牙一个人坚持——反正都已经一个人走了这么久了，再熬一阵子就可以看到宝宝健康出生了。当宝宝出生以后，米多多带着宝宝回娘家坐月子，米爸爸、米妈妈看着那么一个活泼灵动的生命鲜活地在眼前的话，就不会再多说什么，相反会帮米多多照顾孩子。

“多多，那你什么时候回家？”因为知道米多多跟林默言离婚半年多，米妈妈也就打消了劝说的念头，但是家作为最温暖的港湾，米妈妈还是希望米多多能够回家住，至少父母能够照顾她。

“嗯，妈妈，我现在在外地出差，还要三个月左右才能回去。”米多多撒谎道，“等我这边的事结束了，我就回家了。”米多多知道自己这一点儿上有点自私，甚至感觉有点算计了爸妈的感觉。因为三个月后不但她要回家，还要带着新出生的宝宝一起回家，那时候真的需要父母的帮忙照顾了。就算是算计爸妈吧，反正她也没有别的选择，所以带着愧疚将退路给自己安排好。

“你怎么要出差这么久？”米妈妈疑惑道。

“妈，公司成立的分公司，把我外派去的。”米多多只能继续撒谎，“您知道的，新公司嘛，人少事多，我又离婚没牵挂，所以干脆待久一点儿了。”

“噢，好吧。”米妈妈还是很好骗的。她关照了几句米多多在外地要好好照顾自己，要常常给家里打电话，便挂断了电话。

米多多这才如释重负地深深叹了口气，幸亏她聪明，在显怀前三个月会不时回家报到，装作若无其事的样子，等肚子渐渐遮不住了，便改为打电话问好，才把自己跟林默言离婚、怀孕七个月这样的“惊天”消息瞒得密不透风。要不是这次被爸妈无意撞破，米多多甚至觉得她可以瞒更久。不过既然撞破了，她也就不隐瞒跟林默言离婚的事了，宝宝再藏几个月，等他出生了，米多多还是会回家坦白的。

“米多多，以前我不太相信张无忌妈妈说的话。”萧子显端着热好的牛奶递给米多多，自己也喝了两口道，“现在我相信了。”见米多多茫然地看着他，他认真地说，“我一直以为你纯洁、善良、无害，可是没有想到，你撒起谎来也不打草稿的。”

“萧子显，你什么意思？”

“米多多，我没什么意思。”萧子显痞气地一笑，“就是觉得你很厉害，尤其这面不改色撒谎的样子，实在是深得我心，让我对你的敬仰犹如滔滔江水连绵不断，又如黄河泛滥一发不可收拾。”

“得，打住。”米多多忙不耐烦地喊停，“萧子显，你这夸我呢，还是损我？”

“夸你。必须是夸你。”萧子显一本正经道，“发自肺腑，真心实意地夸你。”

米多多没有接话，只是挑眉看着他。

“我说米多多，你别这样看着我嘛。”萧子显被米多多看得她心虚，他移开视线，讨好地赔着笑道，“我其实是有那么一点点的小事，需要你帮忙。”

“什么事？”米多多问。

“你先答应我，你帮我好不好？”萧子显卖萌道。

“不行，你先告诉我什么事。”米多多可不想被萧子显卖了，还给他数钱，答应他一些自己做不到的事。

“很简单的事。”萧子显卖着关子，“米多多你肯定能做到的。”见米多多神色疑惑，萧子显又补充道，“你说，你一个孕妇，要是太难的事，有危险的事，我也不能让你去做呀，我可不想害你一尸两命。”

“得得得，收起你的乌鸦嘴。”米多多赏了个大白眼给萧子显，“说吧，什么事？”

“你答应了，我就说。”萧子显接着死皮赖脸外加打滚卖萌、威逼利诱，终于在米多多答应以后才笑吟吟地说，“中秋节家庭团圆日，我爸妈给我最后通牒，如果不带女朋友回家，就给我包办婚姻，直接娶个媳妇。”

“所以呢？”

“所以，米多多，我觉得你挺合适的。”萧子显朝米多多笑笑，“你知道我不想娶老婆，又喜欢孩子，把你带回去的话，你假装是我女朋友，还怀着孩子，那我爸妈就不会给我包办婚姻，后面更不会催着我要孩子，那我还能潇洒几年不是？而你嘛，就陪着我演戏，撒谎说几句话就行。”说完萧子显又补充了句，“刚才我就发现，你撒谎挺有天赋的。”

“我不干。”米多多拒绝。她跟萧子显本来就暧昧不清，要再扯上他家人的话，米多多可不敢去想象那些糟心的后果。

“米多多，你已经答应我了，现在又反悔？”萧子显的俊脸瞬间挂着不悦，“你觉得这样好吗？”埋怨道，“我长这么大，从来没有开口求过人，也没这样低声下气过。让你帮忙又不是太为难你的事，只是陪我演一天戏而已。第二天我爸妈就飞国外了，以后不会出现在你生活里打扰你的。”

“萧子显，我不是不愿意帮你。”米多多第一次见萧子显神色不悦，而她也确实答应了，心虚道，“只是这样帮你欺骗你爸妈，我心里过意不去。”

“有什么过意不去的？”萧子显不满道，“米多多，今天我把话搁这儿了，你要帮我，咱们还是好朋友，你要不帮我，别怪我不讲情面，给你找一堆麻烦。”

“你想给我找什么麻烦？”

“我能给你找的麻烦多了。”萧子显挺着胸膛道，“比如去告诉你爸妈，你现在怀孕了，一个人孤苦伶仃在外面待产。”见米多多拿白眼瞪他，丝毫不以为然道，“再比如说去找林默言，告诉他，我跟你真没什么事，孩子是他的，回头你生了，我估计他就要来抢宝宝了……”

“萧子显，你够了。”米多多忙打断他。不得不说，这两点还真的戳在了米多多的痛处，她确实最担心这两件事，所以妥协道，“好了，我答应你就是。”

“这才乖嘛！”萧子显笑笑，然后跑过来蹲在米多多身前，抱着她的腰，俊脸贴着她的肚子，对着宝宝道，“宝宝，你妈咪很乖，你呢，你乖不乖？来跟爸比玩会儿。”

米多多嘴角抽动了几下，“萧子显，你还真无聊。”但是却没有伸手推开他。从第一次胎动分享给萧子显知道后，他就热衷于这个跟宝宝互动的游戏。有时候宝宝给面子地踹他一下，都能让他乐呵上半天。

中秋团圆日很快就来临了。萧子显上午陪着米多多去医院做了产检，下午就直接把她带去了萧家老宅。除了萧家父母外，萧筱跟她老公穆子成、宝宝穆天启都在，米多多心虚地跟众人打过招呼，便拘谨、安静地坐在沙发角落里，以降低自己的存在感。

萧家父母跟林默言的父母完全不一样，萧子显跟萧筱的性格基因一点儿都没改变地遗传自他们。他们友好地跟米多多打过招呼，随口问了几句她什么时候生产、身体怎么样，其他的问题一概都没有问。虽然来之前萧子显就保证过，他的父母不会追问米多多的过去，也不会追问米多多跟萧子显什么时候结婚这样的问题。但是米多多不太相信，所以抱着非常谨慎的态度，说话之前都再三斟酌，生怕自己说错。可萧家父母确实没问的时候，她倒是有些不知道怎么应对了。

萧子显安抚地拍了拍米多多，给她一抹灿烂的笑容，然后招呼着萧家父母去逗宝宝穆天启玩儿。而萧筱则热心地拉着米多多，告诉她孕后期要注意的各种禁忌事项，活脱脱一本《孕科宝典》。

米多多跟萧筱一向投缘，所以放下心里的戒备，聊得异常欢乐。这样轻松愉悦的氛围一直持续到晚饭结束，米多多帮萧妈妈洗碗的时候，甚至都有一种恍惚，似乎她真的融进了萧子显的家庭生活中，而萧家的每个人对她都很和善、友好。

不过，米多多想到自己的情况时，不由得细不可闻地叹息了一声，她确实高攀不起这样的家庭，也就只能做梦的时候瞎想想了。

“多多，子显跟萧筱在楼上呢，你去帮我喊下，我来切水果。”萧妈妈收拾完厨房，自然地对米多多关照道，“走楼梯慢点啊！”

“噢。”米多多应了一声，然后顺着萧妈妈的指点走去楼上书房。柔和的灯光从厚实却没有关严实的门缝隙透了出来，屋内萧子显跟萧筱小声交谈的声音也一并传了出来。“姐，你把我拉这儿来，到底想说什么？”从门缝里，米多多看到萧子显吊儿郎当地跷着腿坐在窗边，神色中有一丝玩味。

萧筱先压低了声音问：“子显，你不是说米多多肚子里的孩子不是你的吗？”

萧子显停了会才说话，“姐，你是不是有点太八卦了？”

“她肚子里的孩子不是你的，你竟然敢把她领回家见爸妈，你不想活了？”萧筱语气焦灼起来，“你到底怎么打算的？”

“谁说她肚子里的孩子不是我的？”萧子显“扑哧”一声笑着反问，神色平淡。

“之前你说的呀。”萧筱茫然地眨巴眨巴眼睛，又补充道，“米多多也说过，不是你的。”

“别人说说你就信了？”萧子显不动声色地反问一句。

“你们又不是别人，你们自己说的，我能不信吗？”萧筱被萧子显这副风轻云淡的表情给搞懵了，试探地问，“难道，她肚子里的孩子真是你的？”随即又惊讶道，“你跟她在她没离婚之前就好上了？”说完忙捂着自己的嘴巴，“不是真的吧？”

“姐，真的假不了，假的真不了，你现在纠结这个问题，无不无聊呀？”萧子显没有正面回答萧筱，但是言语之间默认了孩子是他的这一事实。

“那你们确实好不容易才在一起，以后好好过日子啊！”萧筱虽然有点鄙夷萧子显跟米多多婚内就有情，并且还整出一个孩子这样的事来，但是一个是她疼爱的亲弟弟，一个是她看着还顺眼的女朋友，所以她的胳膊肘想都不用想地拐进自己家来，套用一句俗话说：过程真的已经不重要，结局他们在一起，就皆大欢喜了。

“姐，你放心吧，我们会好好过日子的。”萧子显正色地保证道，“我会对米多多跟宝宝都很好的。”

“你小子这次动作够麻利，老婆孩子一起有了，亏得我之前老操心你长不大呢。”萧筱打趣道。

米多多咬着唇，很想推门进去跟萧筱解释，她跟萧子显真没什么，孩子真不是他的。但是想着今天在萧家，她的任务便是演戏，让萧家误会也好，相信也罢，她米多多就是萧子显的女朋友，两个人还有了宝宝。所以她生生地顿住了脚步，轻咳了几下，打断了屋内人的谈话，语气尽可能平静地喊道："萧阿姨喊你们下楼吃水果。你们要吃吗？"

"下来了，下来了。"萧子显大声嚷嚷着走出来，挨到米多多身边时，主动搀扶她下楼梯，嘴里关切道，"你小心脚下，慢点走。"

吃过水果又胡乱聊了会儿，萧妈妈就催促萧子显带着米多多早点回去休息，也催着萧筱他们早点回去休息。

众人在门口告别后，各自离去。

一路上，米多多都沉着俏脸看着窗外，没有主动跟萧子显说话。萧子显几次小心翼翼地转过俊脸看米多多的表情，心里有些微微发怵，犹豫几次想开口，最终又把话吞咽了进去。直到送到米多多住的小区门口，她清冷地说了句："好了，我先走了。"直接拒绝萧子显送她上楼的好意。

"米多多,你在生气？"萧子显一把拉住她的手,语气肯定道。

"萧子显，你让我陪你演戏，我答应了，可是你说孩子是你的这样的事去误导萧筱，你想过她会怎么看我吗？"米多多心里委屈道。她的孩子如果真的是萧子显的，那该多好。可惜不是，她还得要背个婚内出轨的黑锅。

"米多多，萧筱怎么看，真的那么重要吗？"萧子显认真地看着米多多，眼神惊讶而又复杂。

“萧子显，这不只是萧筱怎么看，还有你父母怎么看、别人怎么看我。”米多多看着萧子显，气急败坏道，“如果孩子真是你的，那么说明我在婚内出轨了。跟你偷情不说，还有孩子。别人会怎么说我，会怎么看我的宝宝？”

萧子显认真地看着米多多，深吸了一口气才开口：“米多多，这件事确实是我欠考虑了，很抱歉！”说着猛地张开手紧紧地抱住她，“但是，我心里真的很渴望这个孩子是我的，哪怕不是亲生的。”

米多多浑身僵住，大脑就跟死机的电脑一样，瞬间失控：“萧子显，你别开玩笑了。”

“米多多，我没有跟你开玩笑。”萧子显用力抱紧了米多多，嘴唇轻轻碰触她的耳垂，温润地呢喃道，“米多多，我是认真的。”

米多多的心紧紧地抽了起来，她逃避了这么久，这个问题终于还是要面对了。情感上她真的很想放纵自己，乖顺地腻在萧子显温暖的怀里，汲取他身上如暖阳一般的温暖，但是理智上，米多多还是慌乱地伸手推开了他：“萧子显，对不起！”

萧子显被米多多再一次推开。他神色阴郁地看着米多多，语气恼怒地低吼：“米多多，你知道我不想听对不起。”

“可是萧子显，除了对不起，我真不知道该说什么。”米多多说完，打开车门就下车了。萧子显追下车，一把拽住她的手臂，将她再一次拉入自己的怀里，“米多多，给我一个拒绝我的理由，让我死心好吗？”

米多多被萧子显抱得紧紧的，甚至有些透不过气。她抬眸怔怔地看着这个俊朗的男人，神色阴郁而哀伤，她想说无数拒绝的理由，但是话到嘴边，她反而不知道该说什么。

“米多多，不要拒绝我好吗？”萧子显语气低沉而又卑微。

“我……”米多多张了张口，犹豫了下，终于化作一声叹息，然后认真地说，“萧子显，我配不上你。”

“米多多，这不是我想听的理由。”萧子显松开手，认真地捧着她的俏脸道，“我从来都不觉得你配不上我。”

“可是，事实上，我真的高攀不起你。”米多多深吸了一口气，认真地解释，“萧子显，我知道你好，我也知道你对我好，可是我真的不能跟你在一起。”缓了口气，米多多自卑道，“你是一个条件太过优秀的钻石王老五，而我呢？”说着自嘲地笑笑，“我不但离婚，而且还带着前夫的孩子，我这样一个残花败柳似的女人，根本高攀不起你。”更别说，他背后那个显赫的家庭，那一对慈眉善目的父母。米多多实在无法做到心安理得地带着前夫的宝宝去跟萧子显在一起。

“米多多，我从来都没介意过你离婚，更没有介意过你肚子里的宝宝。”萧子显猛地将米多多抱入怀里，力道之大，恨不得将米多多整个人都揉进自己的骨子里，“从一开始我就知道你是个什么样的女人，我喜欢你，喜欢跟你在一起，也喜欢陪着你的宝宝一起成长，我觉得这样就够了。”

“萧子显，你喜欢我，我喜欢你，这样确实是够了。”米多多抬眸认真地看着他，语调一转道，“但是如果两个人要在一起的话，这些喜欢是远远不够的。”见萧子显神色茫然，米多多干脆把话摊开来说，“喜欢一个人，被一个人吸引，是一件极其容易的事。我承认，我喜欢你。”说到这，见萧子显黑亮的眸子闪烁出灼热的光芒，米多多不自在地移开视线，心虚道，“但是，我们如果真的要在一起，要面临的问题实在太多了。”

“有什么问题？”萧子显问道。

“萧子显，我经历过一段失败的婚姻，我不想再次经历。”米多多挫败地摇摇头，叹息一声，“曾经，我跟林默言也是真心相爱，我也心心念念想着一辈子。但是在一起后，很多的琐事，将我们之间的爱情一点一点地磨灭，最后的结局，你也看到了。”

“这跟我们有什么关系？”萧子显不满地撇撇嘴，“我不是林默言，我们一定会是另外一种结局，那种叫作幸福的结局。”

“萧子显，你现在说的这些我都相信。”米多多伸手挡在他的嘴边，阻止了他继续说话，“因为我曾经也说过同样的话，也做过同样的傻事。”说到这自嘲地笑笑，“可是最后发现不过是几句玩笑，说过、听过就算了。”承诺跟誓言，永远都是一个骗子说给一个傻子听的鬼话，听听就算了，要当真的话，这个世界上就不会有那么多痴男怨女，也不会有那么多爱侣劳燕分飞了。

“米多多，你不要这么悲观嘛！”

“萧子显，我不是悲观，而是经历一次失败后，我学乖了。”

米多多勾着嘴角笑笑，“就算我现在是喜欢你的，但是我也不想在一起。”米多多这一刻不想违心地说不喜欢萧子显，所以她坦白对萧子显的好感跟依赖，但是她依旧不能因为这样的喜欢而接受他。米多多始终无法越过自己心里那个坎——带着前夫的孩子去接受萧子显这么一个优秀的人。

“你既然承认自己喜欢我，那我也不勉强你非得要跟我在一起。”萧子显知道他今天很难从米多多嘴里听到更好听的话，所以退而求其次道，“但是你要答应我，即使不接受我，但是至少不要拒绝我。不要做违心的事远离我，让我们两个顺其自然地发展好吗？”

“萧子显……”

“米多多，我已经退到这地步了，难道你还要逼我跳崖吗？”萧子显打断米多多的话，伸手温柔地捧着她的脸，眼神专注而又深情，“米多多，顺其自然不好吗？”他不求今天马上得到自己想要的结果，但是一定要给自己争取还能继续的福利。

看着萧子显如此含情脉脉温柔的眼神，米多多的心不自觉地一阵柔软，拒绝的话再也说不出口：“萧子显，你让我想想。”

“米多多，其实该想的，你都想过无数次了，所以才能如此面色淡定地拒绝我吧。”萧子显语气深沉道，“我知道其实你也很犹豫，你自卑，觉得带着宝宝，高攀不起我，也担心以后我会对宝宝不好。你顾忌太多事，唯一忽略的是你的心里早已有我。”

米多多没有接话，她确实有太多的放心不下、太多的顾忌，所以不能不顾一切地再去情情爱爱。

“米多多你懂我，我也懂你。”萧子显眼神温和地看着她，温柔道，“我知道我说什么承诺，说什么誓言、保证，都无法打动你，所以虚伪客套的话，我也都不说了。”萧子显轻叹了一口气，伸手温柔地抚摸了下她额前的发丝，“我会用实际行动来告诉你：守护你，真的是我美好的幸福时光。”

米多多黝黑晶亮的眸子里带着动容，她隐隐感觉自己心里那一块柔软的地方被戳中，温柔得能滴出水来。她伸手轻轻地抱住了萧子显：“萧子显，虽然我现在不能答应你，但是我跟你做一个约定，等宝宝出生后，如果他喜欢你，而你还愿意接受我们，我们就在一起。”

“米多多，一言为定。”萧子显说完捧起米多多的脸，俯身温柔地吻了上去。

米多多愣住，不知道该推开还是任由萧子显霸道地侵入她的唇齿。在细细密密的缠绵下，她的理智一点一滴地消失，最后甚至主动地回应着他。唇舌交织将两颗心紧紧地连在一起，彼此渴望能够汲取更多、更深、更美好的时光。

过了许久，萧子显才温柔地放开米多多，双手紧搂着她的腰肢，头俯在她的肩头上，认真地道：“米多多，这个吻是我们约定的记号，我们要牢牢记住它。”

米多多任由萧子显圈在怀里，正色地点点头：“我会记住。”要不要接受萧子显，米多多把这个选择权交给了肚子里的宝宝。

时光飞逝，萧子显陪在米多多身边，让她安全地度过了整个孕期。直到宝宝出生，米多多才把宝宝的事告诉米家家长。虽然米妈妈、米爸爸嘴里骂了几句米多多胡闹，但是最终还是心疼米多多，急忙赶来医院照顾宝宝，照顾米多多坐月子。

米多多回到米家后，萧子显几次想去探望都被拒绝。米多多义正词严道，在宝宝没做选择之前，她不想萧子显过早地出现在米家，这会让米家家长过早嫌弃他，也会不同意米多多跟他在一起。萧子显也就打消了去米家的念头，每天对着微信刷米多多跟宝宝的消息。

孩子满月这天，米家来了一个客人——林默言。对于他的殷勤和米家家长的撮合，米多多只说了一句话："林默言，既然我们分开后都有了新的恋情，那么真的不要再牵扯不清了。"见林默言张嘴还想说话，米多多又狠心说了句，"其实老死不相往来，对我们来说是最好的结局。"

"米多多，你老实跟我说，宝宝到底是不是我的？"林默言目光恳切地看着米多多，"我保证不跟你抢宝宝的抚养权，我只是想知道事实。"宝宝先天带有花粉敏感症，此症状是林默言家族遗传。所以林默言知道这件事的时候，毫不犹豫地背着米多多带着宝宝的头发去做了亲子鉴定，那份权威鉴定报告，让林默言深深地懊悔，原来从始至终他都错怪了米多多。所以他悄悄地跟米家家长接触，想走岳父、岳母这边的亲情路线，跟米多多再续前缘。

第十三章 最好的结局

"林默言，孩子不是你的。"米多多否认。她不想宝宝跟这个男人有任何牵扯，哪怕他是宝宝生物学上的父亲。

"米多多你撒谎。"林默言将亲子鉴定报告往她身上一砸，"99% 遗传率，宝宝就是我的孩子。"

"林默言，就算你是宝宝生物学上的父亲那又怎么样？"米多多看到亲子鉴定报告就来火，恼怒道，"就你这样天天怀疑宝宝不是你的，他如果知道有你这么个父亲，他有的选择的话，一定会选择不要你的精子。"

"你……"林默言被米多多这么粗坯的话给震傻眼了，一时不知道该开口说什么。

“还有，就算是你的种，林默言，离婚后我没要一分钱的赡养费，宝宝也没受你一丁点儿照顾，以后我也不需要你的任何赡养费，拒绝你的一切示好，所以你想跟我争夺宝宝的抚养权，想都别想了。”米多多在产前患有轻微抑郁症，总害怕宝宝出生后，林默言知道了真相会来争夺抚养权。为此，她特意让萧子显找了好几个权威律师，详细咨询过这个问题，得到了确切的回复，她这才理直气壮。

林默言狼狈地再次离去。他真的不知道原来乖巧温驯的米多多是这样伶牙俐齿。林默言不得不承认，他之前对米多多的了解不够多，也不得不承认，她说的那些话都有道理。

分开后的两个人既然都有新的恋情了，就不要藕断丝连，老死不相往来是最好的结局。因为，回忆是一杯烈酒，饮下会醉意朦胧。回首那些已然远去的时光，早已历经沧海桑田，变得面目全非。

米爸爸、米妈妈面面相觑，他们实在不懂米多多，只是当萧子显出现的时候，他们脸上的担忧更甚了，背着萧子显拉过米多多悄悄咬耳朵，“多多，这个男孩子太小了，不适合你。”

米多多认真地点点头，“我也觉得他太年轻不适合我。”说完无奈地耸了下肩，“可是宝宝好像很喜欢他。”

“宝宝懂什么呀，给奶就是娘。”米爸爸都忍不住加入劝说的行列，“多多，你可千万不能糊涂。”

“叔叔，阿姨，我知道你们觉得我跟米多多不合适。”萧子显抱着宝宝走过来，虽然没有听到米爸爸、米妈妈跟米多多的详细谈话，但是聪明的他不难从米家人脸上的表情来猜测整个事件的大概。还别说，来之前有米多多悄悄放出的小道消息，他现在可谓知己知彼。“你们觉得我太年轻，不懂事，没办法好好照顾米多多还有宝宝对吧？”

米家家长被萧子显这样直白地一问，倒是有些不好意思，但是还是坦诚地点点头。米爸爸先说话，“小伙子，你追求我们家多多，我们做家长的本来也不好说什么，毕竟是你们年轻人的事嘛。”呵呵干笑了两声，语调一转，“但是我们家多多情况比较特殊，你们俩在一起不合适。”

“叔叔，容我说一句。”萧子显伸手逗着宝宝，“您所谓的特殊情况不就是米多多离婚，还带着前夫的孩子这事吗？”米爸爸被堵住，只能点点头。萧子显勾着嘴角的笑意道，“这件事我在你们知道之前早就知道，并且米多多整个孕期都是我陪伴照顾的。”

“啊？”米妈妈愣了下，“你知道她……你还……”她想说，你知道米多多离婚，有宝宝，你竟然还去照顾，你这孩子心眼太实了吧！

“阿姨，我知道，从一开始就知道米多多离婚，也知道她有宝宝。”萧子显认真地点点头，“她的每一次产检都是我陪着的，所以这个孩子对于我来说，跟我亲生的也没什么区别。”萧子显说完含情脉脉地看了一眼米多多，“我喜欢米多多，哪怕是带着孩子的米多多。”

“你家人知道多多的情况吗？会同意你们在一起吗？”米妈妈这边的口风明显松动。她喜欢萧子显这样坦诚的孩子，而且他在米多多那么糟心的孕期都能耐着性子陪伴左右，可见他是真的没有嫌弃带着孩子的米多多。

“我的家人是没有问题的，他们很喜欢米多多。”萧子显自信满满道，“现在最大的问题是米多多心里放不下太多事，不愿意接受我。”萧子显委屈道，“我都被她拒绝好多次了。”

“这个啊，那你们年轻人自己谈吧。”米爸爸瞬间摆出态度，从萧子显手里接过宝宝，拉了拉米妈妈道，“我们带宝宝出去晒晒太阳，让他们自己好好谈。”

米多多笑吟吟地看着萧子显轻松将米家家长搞定，不由得对着他竖着手指点了个“赞”。

“米多多，你先别赞我，说好的，宝宝喜欢我，你就跟我在一起的。”萧子显伸手握着米多多的手，爱怜地亲了亲，问道，“你说话算数的吧？”

“算数。当然算数。”米多多点点头，笑吟吟道，“不过萧子显，容我提醒一句，宝宝才一个月大，等他懂事喜欢你，可是会要很久哦！”

“我这么年轻，我等得起。”萧子显猛地一把抱住米多多，嘴角挂着温和的笑意，“米多多，我一定会好好照顾你跟宝宝，一直陪着你们。”

“虽然我不是很相信，但是还是很爱听。”米多多双手拥抱着萧子显的腰，将自己的俏脸轻轻地贴在他的胸口，“萧子显，谢谢你！”

“如果你说‘我爱你’，我会更感动。”萧子显幽暗深邃的眸光里带着动容，他温柔地亲了亲米多多的额头，“有些话我们都不用说，我们用行动来证明好吗？”

米多多点点头，任由着萧子显温柔地亲吻她、拥抱她，她的眼角流下喜极而泣的泪水。米多多从来没有想过自己的春天会来得如此快，但是爱来了就是来了，她跟着这样的节奏，大胆地往前走就是。